Vladimir Vertlib

Zebra im Krieg

Vladimir Vertlib

Zebra im Krieg

Roman

Nach einer wahren Begebenheit

Residenz Verlag

MIX
Papier aus verantwortungsvollen Quellen
FSC® C014496

Wir danken für die Unterstützung

LAND SALZBURG Kultur

STADT : SALZBURG

Bibliografische Information der Deutschen Nationalbibliothek
Die Deutsche Nationalbibliothek verzeichnet diese Publikation in der Deutschen Nationalbibliografie; detaillierte bibliografische Daten sind im Internet über http://dnb.dnb.de abrufbar.

www.residenzverlag.com

Umschlaggestaltung: Boutiquebrutal.com
Typografische Gestaltung, Satz: Ekke Wolf, typic.at
Lektorat: Jessica Beer
Gesamtherstellung: GGP Media GmbH, Pößneck
ISBN 978 3 7017 1752 1

TEIL 1

1

Aus der Ferne sehen sie harmlos aus: Sterne, die um die Wette laufen, eine rasende Lichterkette, die das Firmament erhellt und die Welt zum Glitzern bringt. Das Licht in der Wohnung kann man ausschalten und die Vorhänge zuziehen, doch erhöht das kaum das Gefühl von Sicherheit. Der Lärm lässt sich nicht abstellen: ein Knurren und Heulen wie von aufgeschreckten Raubtieren, wie das Stöhnen eines Betrunkenen im Schlaf oder das Auf- und Abschwellen einer heiser gewordenen Sirene. Ein Krieg im Stimmbruch.

Als die Geräusche näher kommen, kriecht Lena in Pauls Bett, schlingt die Arme um seinen Oberkörper, presst den Kopf an seine Brust und flüstert: »Papa, wenn wir sterben, dann zusammen. Allein sterben will ich nicht.«

»Unsinn!«, sagt Paul und streicht der Tochter durchs Haar. »Du bist doch schon ein großes Mädchen. Es ist nicht die erste Nacht, dass sie schießen. Niemand wird sterben. Jedenfalls nicht hier und nicht heute.« Er gibt sich Mühe, die Angst des Kindes, vor allem aber seine eigene, zu bannen, und versucht vergeblich, seiner Stimme die nötige Festigkeit zu geben. »Sie sind immer noch weit weg. Wenn es wirklich gefährlich werden sollte, gibt es sofort Alarm. Schließlich haben wir eine Einsatzzentrale …«

»Ach, Papa, sei nicht doof«, flüstert das Kind, schmiegt sich noch fester an ihn, krallt sich an seinem Rücken fest. »Du weißt doch, dass dort nur Debile herumsitzen.«

»Ich will nicht, dass du solche Wörter verwendest«, ermahnt er sie, aber er weiß, dass er keine Chance hat.

»Frau Bona sagt ...«

»Schon gut«, unterbricht er sie. »Ich weiß, was deine Lehrerin redet. Aber nein, sie hat unrecht: Es sind nicht alle Menschen außer ihr selbst dumm und verkommen. Und den Ausdruck *debil* streichen wir ab sofort aus unserem Wortschatz.«

Auf einmal hört man die ersten Einschläge – dumpf, in kurzen Abständen und immer lauter werdend. Das ist neu. Sie sind näher als je zuvor. Das Kind schluchzt. »Heute Nacht ist nicht wie gestern oder vorgestern, heute habe ich wirklich Angst«, murmelt Lena mit weinerlicher Stimme. »Ganz in echt.«

»Stell dir vor, es ist nur ein Gewitter«, sagt Paul und streichelt wieder über ihren Kopf. »Göttervater Zeus reist auf seinem von vier Himmelspferden gezogenen Wagen durch die Lüfte, schickt Blitz und Donner herab auf die Stadt, und bald schon kommt der Regen, den wir so dringend brauchen. Bald werden wir wieder sauberes Wasser haben. Wir bringen Zeus ein Opfer dar.«

»Ach, Papa! Was redest du denn für einen Quatsch?!« Auf einmal ist Lenas Stimme wieder lauter und klingt fast wie die einer Erwachsenen. »Zeus gibt's doch nur im Kinderbuch. Das ist nicht Zeus, sondern ein WS-1B. Wenn's nur ein WS-1 wäre, hätte ich keine Angst. Aber WS-1B schießen viel weiter. Geschwindigkeit: Mach 5. Reichweite: 180 Kilometer. Jedes Geschoss: 150 Kilogramm schwer. Was ist dein Zeus mit seinen Blitzen dagegen? Etwas für Babys, die noch an den Weihnachtsmann glauben.«

»Sei nicht so altklug«, murmelt Paul verstört und ist dennoch beeindruckt von seiner Tochter. Im April ist Lena zwölf Jahre alt geworden, doch seit Beginn der Krise vor zwei Monaten wirkt sie auf ihn viel reifer.

Als die Vororte der Stadt das erste Mal mit Raketen beschossen wurden, hatte Paul dies noch als großes Drama erlebt. Mit seiner Frau, der Tochter und seiner Mutter lief er die vier Treppen hinunter in den Keller. Dort traf er sämtliche Nachbarn und einige zufällige Passanten – Menschen, die das Schicksal an diesem Tag zu dieser Abendstunde in diese Straße und genau in der Minute, als der Beschuss begonnen hatte, vor dieses Haus verschlagen hatte.

Damals hielt Lena sich die Hände vor das Gesicht, als könnte sie damit die Welt um sich herum verbergen. Pauls Frau, eine Ärztin, meinte trocken, sie müsse ins Krankenhaus, in einer halben Stunde beginne ihre Schicht, aber er ließ sie nicht gehen. Die Mutter erinnerte sich an ihre Eltern und an deren Erzählungen vom letzten großen Krieg, bis man sie bat, die Klappe zu halten. In diesem Augenblick wollte das niemand hören.

Als die Kellertür von innen verschlossen wurde, verstummten alle und ließen sich auf den Holzbänken nieder, die einige Tage zuvor hastig in den Gang geschoben worden waren, der zu den Kellerabteilen führte. Im fahlen Licht der einzigen noch funktionierenden Neonröhre sahen die Gesichter der Menschen schmal, verbraucht und gespenstisch aus. Als das Heulen der Granatwerfer lauter wurde, als würde eine Meute hungriger Wölfe das Haus umkreisen, verzerrten sich die Gesichter, wurden zu Karikaturen ihrer selbst, zu Fratzen aus der Finsternis, Dämonen der Angst. Und als das Licht auf einmal zu flackern und die Neonröhre zu summen begann, musste Paul an die *Flagellantenprozession* von Francisco de Goya denken. Eine Abbildung dieses Gemäldes hatte er vor gut zehn Jahren durch Zufall im Internet entdeckt und sich davon sofort angesprochen gefühlt, mit einer Mischung aus Schaudern und Begeisterung, Ekel und Lust hatte er seinen Blick nicht davon losreißen können. Bis dahin hatte er sich kaum für Kunst interessiert und noch nie etwas von diesem spanischen Maler gehört. Inzwischen hatte er einige Bücher über Goya gelesen, Spielfilme und Dokumentationen gesehen, und wenn er die Augen schloss, konnte er dessen Bilder aus dem Gedächtnis erstehen lassen – so klar und scharf und voller Details, als hätte er sie selbst erdacht und gemalt.

Nach der Entwarnung waren alle so schnell wie möglich hinaus auf die Straße gelaufen. Sie machten den Eindruck, als seien sie nur knapp dem Erstickungstod entronnen, und auch Paul sog die frische Abendluft und den Duft des Frühlings ein, wie er es noch nie getan hatte, er füllte seine Lungen, bis sie zu platzen drohten, ertastete mit der rechten Hand in der Außentasche seiner Jacke eine Zigarettenschachtel, zog nach einem kurzen Augenblick des Zögerns die Hand zurück, ließ die Schachtel, wo sie war, umarmte Lena, hob sie hoch und rezitierte, besser gesagt, flüsterte – so leise, dass es außer Lena niemand hören konnte – ein bekanntes Gedicht, das er einst in der Schule gelernt hatte: »*Nichts kann ich dir schenken, nur meine Liebe, Angst und Schreck. Nichts habe ich zum Trösten, doch einmal gehen wir weg. Du hörst, was ich dir sage, wenn andere hören kein Wort. Einmal gehen wir beide weit, sehr weit von hier fort.*«

2

Was für eine Stadt! Vor den Kämpfen, bevor die Kontrahenten ihre Transparente, Fahnen und Megafone gegen automatische Waffen und Granatwerfer tauschten, hätte sie eine Perle des Tourismus werden können. Neben Sehenswürdigkeiten, Museen und malerischen Gassen gibt es wunderschöne Sandstrände, Wander- und Radwege und eine Fußballmannschaft, die regelmäßig internationale Erfolge feiert. Vor der Corona-Krise hätten sogar chinesische Gruppen hier für ein paar Stunden eine Pause einlegen und Kreuzfahrtschiffe im alten Hafen vor Anker gehen können, wenn die Stadt nicht von den Mächtigen – der Stadtverwaltung, dem Gouverneur, den Bezirksvorstehern und den diese Clique finanzierenden finsteren Gestalten, die jeder kennt, aber niemand beim Namen nennt – völlig verschissen worden wäre. Das sagen alle und verwenden exakt diesen Ausdruck: *verschissen und runtergespült!* – Worte, die man an Hauswänden, Mauern und Zäunen überall in der Stadt lesen kann, genauso wie in diversen Accounts, auf Plattformen und in Netzwerken im Internet, meist kombiniert mit Schmähungen und Bezeichnungen menschlicher und tierischer Geschlechtsteile und Exkremente. Schon seit langem ist die Stadt für die kreative Gestaltung ihrer Außenflächen berühmt: kein Straßenbahnwaggon und kein Oberleitungsbus, der nicht eine

Mischung aus Plakatwand und modernem Kunstwerk wäre – jugendfrei ab 18 Jahren. Für die Reinigung fehlt der Stadt angeblich das Geld.

Kein Wunder, dass Lena eine derbe Zunge hat, denkt Paul. Kürzlich hat sie einen Nachbarn, den alten Zollbeamten außer Dienst aus dem zweiten Stock, als »Kinderficker« bezeichnet. So, wie er sie anschaut, wenn sie sich im Stiegenhaus oder auf der Straße begegnen, liegt sie wahrscheinlich nicht so falsch. Trotzdem ist Paul schockiert über die Ausdrucksweise seiner Tochter. Seine Frau reagiert gelassener. Das Kind wisse doch gar nicht, was dieser Ausdruck bedeute, sagt sie, und Pauls Mutter meint, in Zeiten, in denen anständige Menschen den Verstand verlieren und zu Mördern werden, seien Kinderficker das kleinere Übel, besonders dann, wenn sie nur in der Gestalt eines Schimpfwortes auftreten.

Gegen Mitternacht schläft Lena endlich ein. Vorsichtig löst sich Paul aus ihrer Umarmung, lässt sich langsam aus dem Bett gleiten, sehr darauf bedacht, das Kind nicht zu berühren oder durch eine unachtsame Bewegung, das Anstoßen am Bettgestell oder an einem der Stühle im Zimmer, wieder aus dem Schlaf zu reißen. Dann umkreist er auf Zehenspitzen das Bett, überlegt kurz, ob er Lena zudecken soll, beschließt, es sei warm genug im Raum, geht zum Fenster, zieht einen der Vorhänge zurück – einen Spalt nur, gerade einmal so weit, um hinausschauen zu können …

Seit einer Woche herrscht Verdunkelungspflicht. Die Nacht ist mondlos, finster, und nur wenn man sich auskennt und genau hinschaut, kann man dort, wo es noch schwärzer als schwarz ist, den Hafen und das Meer vermuten. Zwischen der *Großen Mole* und dem *Zwinger*, der mittelalterlichen Festung auf der karstigen Landzunge, haben die noch intakten Reste der nationalen Marine einen Kordon gebildet. Fünf Schiffe sind es. Ihre Kanonen sind nicht hinaus aufs Meer, sondern auf die Stadt gerichtet – bereit, die Innenstadt und die umliegenden Viertel in Schutt und Asche zu legen, wenn die Aufständischen einmarschieren sollten.

Die Granatwerfer haben aufgehört, auf die Vororte und Hügelrücken rund um die Stadt ihre tödlichen Geschenke abzuladen. Der Donner wird trotzdem lauter. Es dauert einige Zeit, bis Paul begreift, dass seine Geschichte über Zeus offenbar ein Stückchen Wahrheit enthalten hat. Es handelt sich tatsächlich um ein Gewitter. Der Regen beginnt gegen die Fensterscheiben zu trommeln. Mehrere Blitze erhellen die Stadt und tauchen das Zimmer trotz der zugezogenen Vorhänge in ein käsig blasses Zwielicht, sodass Paul Lenas blonden Haarschopf und ihre linke Hand erkennen kann, die schlaff über die Bettkante hinunterhängt, und es scheint ihm, als würde diese Hand sich demnächst vom Körper lösen und wie ein weißes Tuch zu Boden fallen. Für den Bruchteil einer Sekunde, die Dauer eines halben Atemzugs nur, sieht er die ganze Stadt, als wäre sie ein Ort unsichtbarer Gespenster, verborgener Monster und verdrängter Albträume, längst untergegangen, im Meer versunken: Rechts liegt der Hafen mit seinen rostigen Kränen und endlosen, größtenteils nutzlos gewordenen Docks, links die bewaldeten Hügel mit dem felsigen Bergrücken im Hintergrund, dazwischen die Haupt-, die Flotten- und die Siegesstraße (benannt nach einem Sieg in einem längst vergessenen Krieg aus dem vorletzten Jahrhundert) mit ihren neoklassizistischen Bauten –

dem Großen Operntheater, dem Theater für Drama und Ballett, dem Rathaus mit seiner berühmten Säulenhalle, dem Marine-Institut, dem ehemaligen Gouverneurspalast, der Synagoge, der alles dominierenden Marienkathedrale und der alten Börse mit der markanten Kuppel, die an den Bauch einer auf dem Rücken liegenden schwangeren Gigantin erinnert. Die Altstadt mit ihren verwinkelten Gassen und der vor fünfzig Jahren restaurierten, inzwischen aber wieder baufälligen Moschee. Das von Touristen noch unentdeckte Kleinod erinnert an die orientalische Vergangenheit des Ortes. Vor hundertneunzig Jahren wurde der repräsentative Hauptplatz geschaffen, in dessen Mitte wiederum fünfzig Jahre später das große marmorne Denkmal jener Kaiserin errichtet wurde, unter deren Herrschaft die Region in einem der längsten Kriege des 18. Jahrhunderts erobert und die Stadt zur lokalen Metropole ausgebaut wurde.

Zweihundert Jahre lang war die Stadt Magnet und Schmelztiegel geblieben, Sündenpfuhl, Sprachenbabel und Sehnsuchtsort für Menschen aus der Region und von weit her, für In- und Ausländer – für Italiener und Griechen, Türken und Russen, Araber und Deutsche, Armenier, Roma, Franzosen, Rumänen, Georgier, Tataren und viele andere mehr, Christen, Moslems und Juden, vor allem aber für Menschen, die an den Handel und das schnelle Geld oder die große Karriere auf der Bühne glaubten. Ein libanesischer Reedereibesitzer errichtete im Jahre 1908 das Wahrzeichnen der Stadt: den großen Uhrturm im Stil eines venezianischen Campanile, der am Eingang zum Hafen steht – mit sieben Uhren an der Spitze, die einst die Zeit an verschiedenen Orten der Welt anzeigten, doch schon seit Jahrzehnten nicht mehr funktionieren. Paul selbst zählt neben Kopten, Ukrainern, Spaniern und einigen anderen vor allem Griechen zu seinen Vorfahren, davon zeugt auch sein Nachname Sarianidis. Natürlich spricht er kein Wort Griechisch.

Früher versperrten die Masten unzähliger Segelschiffe die Sicht auf das Meer. Zehntausende Gaslampen machten die Nacht zum Tage. In den Theatern, Varietés und Nachtclubs war zu jeder Jahreszeit Hochsaison, und in den Druckereien wurden täglich Zeitungen in sechzehn Sprachen gedruckt. Doch das ist lange her. Heute wirkt die Stadt wie eine Frau, die vor sehr langer Zeit einmal ein Star war und heute, als Greisin, immer noch gerne die Reste ihrer alten Kleider anzieht, Schminke und Lippenstift aufträgt und von den vergangenen Zeiten auf der Bühne schwärmt.

Paul liebt seine Stadt. Bevor er Vater wurde, hatte er nie erwogen, die Stadt zu verlassen, auch wenn er in der Hauptstadt in seinem Beruf als Flugzeugingenieur das Doppelte verdienen könnte, in Ländern wie Deutschland, den Niederlanden oder Schweden wohl das Zehnfache. Die notwendigen Arbeitsbewilligungen und Aufenthaltsgenehmigungen würden sich, wenn es nicht anders geht, käuflich erwerben lassen. Auf dem Schwarzmarkt lässt sich alles kaufen. Da ist seine Stadt immer noch ein Handelszentrum von Weltrang.

Nach Lenas Geburt wurde das Thema Umzug im Familienrat, dem auch Onkel, Tanten, Schwägerinnen und Schwager angehören, erwogen und wieder verworfen. Pauls Frau konnte ihre pflegebedürftige Großmutter, die erst drei Jahre später sterben sollte, nicht zurücklassen. Pauls Mutter ließ ihre Beziehungen spielen und versprach, einen Kindergartenplatz für Lena zu organisieren, wenn diese zwei Jahre alt sein würde. Das wichtigste Argument für den Verbleib in der Stadt aber war die Wohnung, die Pauls Mutter von einer Großtante zweiten Grades geerbt hatte, als er noch ein Kleinkind war: eine Dreizimmerwohnung mit geräumiger Küche und eigenem Badezimmer im zweiten Stock eines noblen, gutbürgerlichen Hauses aus dem 19. Jahrhundert, in einer von Kastanien gesäumten Straße, die auf den »Hausberg« der Stadt hinaufführt, ein Hügel, von dem sich ein atemberaubender Blick auf die gesamte Innenstadt, den Hafen, die Berge und das Meer öffnet. Wer gibt so etwas Wertvolles in Zeiten von Krisen aller Art und globaler Wohnungsnot schon auf!?

Wie konnte es nur so weit kommen?, denkt Paul, während er mit einer Mischung aus Rührung und Angst seine schlafende Tochter betrachtet. Bei jedem Blitz sieht er die Umrisse ihres Kopfes als Schatten im bläulichen Licht an der Wand. Er denkt zurück an die Zeit, als er sie als Baby in seinen Armen gehalten hat, erinnert sich noch genau an die Tage, als sie ihre ersten Schritte machte, als sie das erste Mal »Papa« sagte, als er sie in den Kindergarten brachte, als sie mit leuchtenden Augen nach ihrem ersten Schultag nach Hause kam und nicht aufhören konnte zu erzählen – unzusammenhängend, schnell, nach Luft schnappend, so euphorisch und selbstvergessen, dass Paul und seine Frau gebannt lauschten und immer wieder nachfragten, nachfragen mussten, und schließlich genauso elektrisiert, fasziniert und glücklich waren wie die Sechsjährige.

Inzwischen gibt es in der Schule jeden zweiten Tag Raketenalarm. Dann müssen alle Kinder in den Luftschutzkeller. Im Nachbarviertel hat die Grundschule einen Volltreffer abbekommen. Es gab Tote und Verletzte.

Wie konnte es, fragt sich Paul, zu diesem dummen Krieg kommen, der von den Behörden immer noch als *Aufruhr* bezeichnet wird, während der Einsatz der Armee angeblich nichts weiter als eine *EPA*, eine *Erweiterte Polizeiaktion*, sein soll? Nicht einmal der Ausnahmezustand wurde eingeführt, geschweige denn eine allgemeine Mobilmachung angeordnet. Warum ist er mit seiner Familie nicht rechtzeitig geflüchtet? Warum? Und warum nimmt seine Frau alles so gelassen hin und fährt – wie auch diese Nacht – ohne Zögern ins Krankenhaus, wenn sie dort gebraucht wird?

Er legt sich neben seine Tochter auf jene Seite des Bettes, wo üblicherweise seine Frau schläft, schließt die Augen und genießt die Stille, die jetzt nur mehr vom Geräusch des Regens und vom Schnarchen seiner Mutter, das aus dem Nebenzimmer zu ihm dringt, unterbrochen wird. *Warum?*, schießt es ihm noch einmal durch den Kopf und gleich darauf *Wir werden sehen!* und der bekannte Spruch: *Der Morgen ist klüger als der Abend.* Dann schläft er ein.

3

»Papa, es ist Frieden!«

»Red keinen Unsinn! Wieso soll auf einmal Frieden sein?«

»Weil man überhaupt keine Schüsse mehr hört!«

»Na und? Gestern haben wir nach dem Aufwachen auch keine Schüsse gehört ...«

»Aber heute ist dieses Nichthören irgendwie, irgendwie ...«

»Was?«

»Irgendwie viel nichthöriger als sonst«, verkündet Lena mit ernster Stimme.

»Du meinst ruhiger.«

»Das wäre etwas ganz anderes«, meint sie. »Dann hört man ja nicht einmal mehr die normalen Sachen.«

Seit der Flughafen zur Kampfzone geworden ist, hat Paul keine Arbeit mehr. Wie das gesamte Bodenpersonal ist auch er auf unbestimmte Zeit und bei halben Bezügen beurlaubt und wartet auf den Wiederaufbau des inzwischen völlig zerstörten Flughafens und auf dessen Wiedereröffnung nach dem Ende der *EPA*. Böse Zungen behaupten, das werde erst geschehen, wenn Leute wie Paul längst das Rentenalter erreicht haben. Aber es gibt zu viele böse Zungen in und außerhalb der Stadt, als dass ihnen Paul noch Beachtung schenken würde.

Das heißt nicht, dass Paul nun länger schlafen könnte. Seine Tochter weckt ihn immer – auch an jenen Tagen, an denen sie keine Schule hat – spätestens um sieben Uhr morgens. An diesem Samstagmorgen scheint sie nach den Aufregungen des vergangenen Abends jedoch so erschöpft zu sein, dass sie ihren Vater erst um Viertel vor acht aus dem Schlaf rüttelt.

Paul schaut aus dem Fenster und entdeckt einen atemberaubend schönen Frühlingsmorgen: kein Wölkchen mehr am Horizont, unten auf der Straße blühen die Kastanien; auf der verfallenen Treppe, die im Zickzackkurs durch die immer dichter werdende Macchia vom Hügel in die Innenstadt hinunterführt, spielen Kinder, so ausgelassen und selbstvergessen, als hätte es den »Aufruhr« und die »erweiterte Polizeiaktion« nie gegeben; ein Oberleitungsbus fährt vorbei, langsamer als sonst, beinahe gemütlich, von oben sieht er wie ein Riesenbüffel mit langen Hörnern aus, seine Räder quietschen in der Kurve hinter dem Haus und verstummen an der Haltestelle; die – überraschend wenigen – Passanten gehen erhobenen Hauptes ihrer Wege, ohne sich innerlich zu ducken, was in letzter Zeit fast immer ihre Wesensart gewesen war. »Das Kriechen ist keine Frage des aufrechten Ganges«, sagt Pauls Mutter. »Als die Schlange Eva im Paradies verführte, hatte sie noch Arme und Beine, aber sie war trotzdem schon damals eine Schlange.«

Und zu alledem kommt der salzige, frische Duft einer morgendlichen Brise, befreiend, lungenfüllend, ohne den markanten Geruchscocktail von Sprengstoff, Kerosin, Gummi, Kunststoff und verbranntem Fleisch.

»Geil! Als wäre nichts gewesen!«, sagt Paul fröhlich und erstaunt zugleich, während er sich im Wohnzimmer an den Tisch setzt. Seine Mutter hat das weiße Tischtuch mit den goldfarbenen Stickereien ausgebreitet und das Silberbesteck ihrer Großeltern hervorgeholt. Das ist ungewöhnlich.

»Ist heute ein Feiertag?«, fragt Paul.

»Nein, aber ich habe ein gutes Gefühl«, sagt sie. »Alles wird besser. Der Herrgott möge uns helfen.«

Paul hat noch nie erlebt, dass seine Mutter gesagt hätte, alles werde besser. Vielmehr kennt er von ihr vor allem Sätze wie »Wir werden sehen« oder »Kommt Zeit, kommt Rat«.

»Alles wird besser?«, fragt er seine Mutter ungläubig, angenehm überrascht, aber auch neugierig, was den plötzlichen Sinneswandel seiner Mutter bewirkt hat, die in den vergangenen Wochen kaum einmal aus einem Zustand von Niedergeschlagenheit und Zynismus herausgekommen ist.

»Meine liebe Eva, du überraschst mich immer wieder«, bemerkt Pauls Frau.

»Ich bin meiner Depression einfach müde geworden, sie geht mir auf die Nerven«, meint Pauls Mutter und lacht. »Entweder man ertrinkt oder man taucht wieder an der Oberfläche auf.«

»Wir freuen uns.«

»Freu dich nicht zu früh, Flora. Vielleicht ist das ja nur die Ruhe vor dem Sturm.«

»Nun ist sie wieder sie selbst«, flüstert Paul.

»Was hast du denn gedacht?«, fragt seine Frau. »Wunder gibt es nur in der Telenovela.«

»Apropos Tele«, sagt Paul mit fröhlicher Stimme. »Lena, schaltest du bitte den Fernseher ein; schauen wir, ob der Krieg wirklich zu Ende ist.«

»Leute, ich geh' schlafen«, erklärt Pauls Frau. »Ich bin hundemüde, ich habe die ganze Nacht operiert, von halb elf bis viertel nach fünf. Ich habe Bomben- und Granatsplitter und Maschinengewehrkugeln entfernt, einer ganzen Familie ist das Dach ihres Hauses buchstäblich auf den Kopf gefallen, einem Fünfjährigen mussten wir beide Beine amputieren. Viel lieber würde ich den dafür verantwortlichen Politikern, Militärs und selbsternannten Patrioten die Hoden amputieren. Ende des Krieges?«

»Das ist kein Krieg«, bemerkt Lena ernst, während sie zwischen den Zeitungen auf dem Sofa nach der Fernbedienung sucht, »sondern eine erweiterte Polizeiaktion gegen Terroristen.«

»Ach ja? Weiß das auch der Krieg, dass er kein Krieg ist?«

Flora ist eine stattliche Frau Mitte dreißig. Alle Freunde und Bekannten beneiden Paul, während Floras Freundinnen und Verwandte sich wundern, warum eine so attraktive, intelligente und gebildete Frau jemanden wie Paul geheiratet hat.

In den letzten Wochen ist Flora allerdings stark gealtert. Die ersten weißen Haarsträhnen in ihrem wallenden schwarzen Haar tragen zwar in erheblichem Maße zu ihrer Autorität als Ärztin bei und machen sie nur noch interessanter und anziehender, das gilt aber nicht für die blauen Ringe unter den Augen, die eingefallenen Wangen und Falten an der Stirn und am Hals, die nach jeder Nachtschicht tiefer werden. Menschen, die Flora und Paul das erste Mal begegnen, halten sie inzwischen für ein echtes Ehepaar und nicht für Floras Geschmacksverirrung, und wenn der Krieg noch länger dauert, wird man ihnen vielleicht sogar glauben, dass sie zueinanderpassen.

»Willst du denn gar nichts essen?«, fragt Eva, während sie Tee einschenkt.

»Hab keinen Hunger«, sagt Flora, nimmt einen Schluck Tee und ruft: »Lena, was ist nun mit den Fernsehnachrichten?«

»Es gibt keinen Empfang«, erklärt Lena erstaunt und wirft die Fernbedienung zurück auf das Sofa.

»Dann schalte das Radio ein.«

»Radio?!«, zischt Lena verächtlich und kichert. »Papa, darf ich dein Smartphone haben?«

»Mhm, ja, gut«, murmelt er mit vollem Mund. Die Omelette seiner Mutter schmeckt wie immer köstlich. »Aber verstell mir nicht wieder alles! Ich kenn dich doch.«

»Auf dem Heimweg vom Krankenhaus habe ich mindestens fünf Militärkolonnen gesehen, die zur Schnellstraße Richtung Westen fuhren«, erzählt Flora.

»Wieso nach Westen? Die Front ist doch am östlichen Stadtrand.«

»Jetzt nicht mehr«, sagt Lena, die immer hektischer auf Pauls Smartphone hin und her wischt.

»Was soll das heißen?«

»Hier steht, dass wir heute am frühen Morgen erobert wurden.«

»Was?«, schreit Paul und reißt seiner Tochter das Mobiltelefon aus der Hand.

»Mein Gott, ich bekomme irgendwann noch einen Herzinfarkt von solchen Scherzen, Kind«, stöhnt Pauls Mutter und lässt sich auf einen Stuhl fallen, ohne allerdings die Teekanne auszulassen. »Mit so etwas spaßt man nicht.«

Aber es ist kein Scherz. »Heute zwischen sechs und sieben Uhr morgens«, erklärt Paul mit zitternder Stimme, »hat unsere Armee die Stadt nach schweren und verlustreichen Kämpfen vorübergehend aufgeben müssen. Sagt die Armee. Nur der Hafen und die Hälfte des Flughafens verbleiben noch in unserer Gewalt.«

»Was denn für schwere Kämpfe?«, fragt Flora und lacht zynisch. »Sie sind Hals über Kopf aus der Stadt geflüchtet, diese Helden. Ich hab's mit eigenen Augen gesehen. In der Siegesstraße stehen sogar drei Panzer, die offensichtlich zurückgelassen wurden.«

»Für heute und morgen ist eine Feuerpause vereinbart worden«, sagt Paul. »Steht hier. Eine offizielle Pressemeldung.«

»Jetzt sind wir erledigt«, verkündet Eva, die auf dem Stuhl zusammengesackt ist und die Teekanne mit beiden Händen gegen den Bauch presst.

»Verarscht werden wir, und das von allen, verarscht, verschissen und runtergespült«, meint Paul, während er seiner Mutter die Teekanne abnimmt und auf den Tisch stellt. »Du verbrennst dir noch die Finger!«

»Erobert oder nicht, ich gehe jetzt trotzdem schlafen«, erklärt Flora. »Um 22 Uhr habe ich die nächste Schicht. Es sei denn, das neue Regime führt wieder die Sommerzeit ein oder tut etwas Albernes wie zum Beispiel das Krankenhaus zu schließen oder uns alle umzubringen. Weckt mich bitte, wenn es wieder etwas Aufregendes gibt.«

»Aha«, murmelt Paul entgeistert.

Nachdem sich Flora ins Schlafzimmer zurückgezogen hat, herrscht einige Augenblicke Schweigen. Durch das offene Fenster dringt strahlender Sonnenschein ins

Zimmer, das Singen der Vögel und die überwältigenden Gerüche des Frühlingsmorgens nach einem Gewitter füllen es aus, lassen es erstrahlen, wollen es umfärben, auflösen, der Natur zurückgeben. Vor langer Zeit, als die Stadt Mitte des vorletzten Jahrhunderts gerade zu wachsen begann und ihr Umfeld vereinnahmte und auffraß, war diese dem Meer und der Stadt zugewandte Seite des Hügels die fruchtbarste Gegend dieser trockenen Region. Die Steineichenwälder, Obstbäume und Weinberge und vor allem der Bach, genannt der *Fluss der Sieben Dschinnen*, waren berühmt. Wie gerne besäße Paul jetzt eine Zeitmaschine, um in die Zeit der Dschinnen zu flüchten.

Paul hat das Mobiltelefon weggelegt, seine Mutter hat die Arme vor der Brust verschränkt, sie runzelt die Stirn und schüttelt den Kopf, Lena schaut abwechselnd den Vater und die Großmutter an und fragt schließlich erwartungsvoll: »Muss ich jetzt nicht mehr zur Schule gehen?«

»Doch, musst du!«, antwortet die Großmutter.

»Lisas Mutter sagt, dass wir alles neu werden lernen müssen, wenn die Terroristen einmarschiert sind. Sie selbst nennen sich Freiheitskämpfer, und die Terroristen wären dann wir. Sagt Lisas Mutter. Das heißt, äh, wir sind dann eigentlich nicht mehr wir, sondern wir sind eigentlich schon sie, nachdem sie uns erobert haben. Oder? Versteht ihr, was ich meine?«

»Du solltest nicht so oft auf die Mutter deiner Freundin hören.«

»Heute ist Samstag«, bemerkt Paul. »Warten wir. Vielleicht ist ja am Montag die Lage wieder eine ganz andere. Dann reden wir über die Schule.«

»Solange die Kinder nicht lernen müssen, dass zwei plus zwei fünf ist«, meint Pauls Mutter.

»Unsinn! In unserer Stadt war zwei plus zwei immer schon drei, und das wird auch immer so bleiben.«

»Warum?«, fragt das Kind, doch die Erwachsenen kommen nicht dazu, ihm darauf zu antworten. Es läutet an der Tür.

»Wer kommt denn da schon wieder?«, knurrt Pauls Mutter: Es ist ihr Standardsatz, wenn sich unerwarteter Besuch ankündigt.

»Sollen wir überhaupt öffnen?«, fragt Paul, doch es ist zu spät. Lena ist schon in den Vorraum gelaufen und öffnet die Tür, bevor ihr Vater sie zurückhalten kann. »Es ist Kotik!«, schreit Lena. »Es ist nur Kotik.«

Kotik, eigentlich Konstantin Katz, ein russischer Jude, der seit ewigen Zeiten in der Stadt lebt, wohnt mit seiner Frau Myschka, die in Wirklichkeit Moira heißt, ein Stockwerk höher. Er ist ein alter Musiker, früher Geiger im Orchester des städtischen Operntheaters, ein kleiner, zarter Mann mit gelblich weißem Haar und gebeugtem Rücken, den im Stiegenhaus oder auf der Straße noch nie jemand ohne Krawatte gesehen hat. Diesmal trägt er sogar seinen beigefarbenen Anzug, den er sonst nur an Feiertagen anzieht, und seine schwarzen Schuhe sehen frisch geputzt aus.

»Habt ihr schon gehört?«, fragt er. »Die Aufständischen sind bei uns einmarschiert.«

Was du nicht sagst, denkt Paul.

»Ja, das wissen wir.«

»Ich wollte euch nur mitteilen: Wenn ihr irgendwelche Probleme habt, wendet euch an mich«, verkündet der Musiker mit feierlicher Stimme und strahlt über das ganze Gesicht. »Jetzt wird alles besser! Glaubt mir das. Jascha, mein Neffe, ist eine ziemlich große Nummer in der PR-Abteilung der Aufständischen. Wenn ihr etwas braucht, sagt, ihr kennt Jakob Katz. Oder, besser noch: Kommt zu mir.«

Paul und seine Mutter stehen neben Lena im Vorraum, aber sie bitten Herrn Katz nicht herein.

»Danke«, sagt Paul trocken. Er mag den alten Musiker nicht, auch wenn er nicht erklären könnte, warum. Vielleicht, weil er den Spitznamen Kotik, was auf Russisch Katerchen bedeutet, albern und den seiner Frau – Myschka, Mäuschen – peinlich findet. Vielleicht, weil der alte Mann etwas Übergriffiges und gleichermaßen Armseliges hat. Vor allem aber, weil Konstantin Katz ihn allzusehr an die blassen Figuren erinnert, die seine frühesten Kindheitserinnerungen bevölkern. Höchstens drei Sätze braucht ihm der Mann zu sagen, schon empfindet er ihn als aufdringlich wie eine Klette und wird ungeduldig und nervös.

»Dass es so weit gekommen ist, hat sich dieser Staat selbst zuzuschreiben. Er ist erschaffen worden, um die Bedürfnisse der Eliten zu befriedigen …«

»Gewiss!«, unterbricht ihn Paul. »Ich danke Ihnen herzlich, aber nun müssen Sie mich entschuldigen«, sagt er und schließt schnell die Tür.

»Dieser alte W…«, zischt er, doch seine Mutter unterbricht ihn schnell, bevor er das Wort aussprechen kann: »Paul, untersteh dich! Das Kind!!!«

»Aber es weiß doch jeder, dass Kotik ein alter Wichser ist«, erklärt Lena stolz und kichert. »Glaubt ihr denn, ich bin ein Baby? Lisas Mutter sagt, dass ich mit allen Wassern gewaschen bin.«

Ehe Paul und Eva empört protestieren können, klingelt es wieder an der Tür.

»Was will der Alte denn noch?«, schreit Paul verärgert, reißt die Tür auf und wird sofort, noch bevor er versteht, wie ihm geschieht, in die Wohnung geschoben. Etwas drückt ihm schmerzvoll gegen die Brust. Der Geruch von Schweiß, von schlecht geputzten Zähnen und dem Rasierwasser einer beliebten Billigmarke nimmt ihm den Atem, bis es ihm gelingt, sein Gesicht vom Körper des Fremden zu lösen, der drauf und dran ist, ihn umzustoßen und über ihn drüberzusteigen, als wäre er ein lästiger Gegenstand.

Drei Männer drängen in den Vorraum.

»Ihr Name ist Paul Sarianidis?«, fragt einer von ihnen.

»Ja.«

»Sie kommen mit uns!«

Pauls Mutter ist wie erstarrt. Schockiert steht sie da und bringt kein Wort heraus. Lena beginnt zu weinen, senkt den Blick, zieht den Kopf ein, macht zwei Schritte zurück, greift nach der Hand des Vaters.

Zwei der Männer tragen Tarnanzüge, blaue Marinemützen und Patronengürtel. Einer hat eine Maschinenpistole in der Hand, der andere ist mit einem Revolver und einem Jagdmesser bewaffnet, die an seinem Gürtel hängen.

»Ziehen Sie Ihre Schuhe an und kommen Sie mit«, sagt der Mann mit der Maschinenpistole, während der andere Lena ein Fruchtbonbon reicht und ihr über das Haar streicht. Sie weicht zurück, schlägt seine Hand weg. »Hör auf zu weinen, Kleine«, sagt der Mann. »Wenn dein Vater brav ist, bekommst du ihn bald zurück.« Sie nimmt das Bonbon, hört aber nicht auf zu weinen.

Der dritte Mann trägt Lederjacke und Jeans sowie eine alte Militärmütze der Infanterie, die vor der letzten Heeresreform vor einigen Jahren noch in Gebrauch war. Auf der Mütze wie auch auf den Uniformen der anderen Männer fehlen allerdings Wappen, Rangabzeichen oder sonstige Erkennungszeichen. Das jagt Paul die größte Angst ein.

Der Mann ist mindestens zwei Meter groß, hat breite Schultern, einen dichten, schwarzen Bart, der ihm bis zur Brust reicht, eine Glatze, in die ein vielzackiger Stern eintätowiert ist, und himmelblaue, kalte Augen. Seine Oberarme sind breiter als Pauls Oberschenkel, die Hände größer als seine Fußsohlen. Ein Schrankmensch. Einer, dem man nicht widerspricht.

Paul stammelt dennoch halbherzig: »Warum? Was wollen Sie von mir? Wer sind Sie überhaupt?« Das bereut er sogleich. Manchmal ist es besser, den Mund zu halten.

Fünf Minuten später sitzt er auf der hinteren Sitzbank eines Jeeps, der in einem Tempo, von dem Paul angst und bange wird, die kurvige Straße in die Innenstadt hinunterrast. Sein Oberarm schmerzt. Den Griff des Schrankmenschen wird er auch dann nicht vergessen können, wenn der blaue Fleck verschwunden ist.

»Bitte lassen Sie mich gehen«, bettelt Paul, der immer noch nicht verstehen kann, was mit ihm gerade geschieht, vor allem aber – warum. »Ich habe doch überhaupt nichts getan. Ich habe eine kleine Tochter. Ich habe Familie. Haben Sie denn keine Kinder? Liebe Menschen, Freunde, Ka-ka-kameraden …«

»Halt endlich die Klappe!«, brummt der Schrankmensch.

»Ich kenne Jascha, Jakob Katz!«, erklärt Paul verzweifelt.

»Jakob Katz? Jakob Katz?«, sinniert der am Steuer sitzende Uniformierte. »Ist das nicht der kleine, schmierige Jude, den wir letzte Woche als Spion erschossen haben?«

»Wir haben letzte Woche einen Spion erschossen?«, fragt sein Kollege am Beifahrersitz. »Warum sagt man mir so etwas nicht rechtzeitig? Das hätte ich mir gerne angeschaut.«

»Wenn ich mich recht entsinne, waren es sogar drei Spione, die hingerichtet wurden. Ich bin aber nicht sicher, ob die Sache mit Jascha letzte oder vorletzte Woche war. Egal. Für ihn macht das sowieso keinen Unterschied mehr.«

4

Auf den ersten Blick hat sich in der Stadt nicht viel verändert. In der Siegesstraße fahren weiterhin die Straßenbahnen, jene altersschwachen Garnituren mit offenen Türen, die entfernt an die berühmten *Cable Cars* von San Francisco erinnern und zu einem Markenzeichen der Stadt geworden sind. Die meisten Geschäfte sind geöffnet, und sogar die Arbeiter, die seit Monaten die Fahrbahn neu asphaltieren und nie zum Abschluss kommen, sind mit ihrem Asphaltfertiger, der größer ist als jeder Panzer, unterwegs. Zwar sieht man viele Uniformierte und Bewaffnete auf der Straße, doch war dies in den vergangenen Tagen und Wochen nicht anders, nur dass die Uniformen nun andere Farben haben.

»Schau dir die an!«, sagt der Schrankmensch, zeigt mit dem Finger auf die Arbeiter und kichert. »Coole Sache, das heißt – eigentlich heiße Sache! Völlig irre, oder?«

»Die Dreckschweine auf den Schiffen schießen die Stadt vielleicht in ein paar Tagen zusammen; dann gibt es nur mehr Ruinen, dafür aber eine frisch asphaltierte Siegesstraße«, meint der Fahrer und lacht.

»Sie schießen nichts zusammen, dafür haben sie nicht die Eier«, erklärt der Beifahrer. »Wenn sie die Zivilbevölkerung massakrieren, wissen sie ja, was wir mit ihnen machen, wenn wir sie einfangen.«

»Diese Wichser«, sagt der Schrankmensch, »sind doch längst auf allen Vieren und haben ihre Ärsche in unsere Richtung gewandt. Wir brauchen uns nur zu bedienen.«

Kichern.

»Hör mal, Freundchen, glaubst du denn, mich graust vor gar nichts? Außerdem bin ich nicht schwul!«

»Wer hat gesagt, dass sie Männer sind?«

Gelächter.

»Aber Frauen sind sie auch keine – zu viel der Ehre!«

Wieherndes Gelächter.

»Ja, typisch: ein ganzes Land voller Transen«, knurrt der Schrankmensch. »Aber jetzt ist Schluss mit Regenbogen!«

»Klar doch! Weltoffenheit bedeutet immer auch Arschoffenheit.«

Der Jeep biegt links in eine mehrspurige, einige Kilometer lange Straße ein, die Mitte des vorigen Jahrhunderts angelegt wurde und zu einem Neubauviertel am nördlichen Stadtrand führt. Die Ampeln blinken gelb. Die Busse verkehren nicht. Die neuen Machthaber haben Straßensperren errichtet. Warum dies gerade in dieser Straße der Fall ist, kann Paul nicht nachvollziehen.

An einer Kreuzung stehen Panzer. Einige Häuser sind beschädigt, aus einem von ihnen, einem sechsstöckigen Betongebäude, steigt immer noch dichter Rauch auf. Der Jeep wird überall durchgewunken, beschleunigt immer wieder auf gut hundert Stundenkilometer, bremst vor der nächsten Sperre ab. Paul wird übel, es hebt ihm jedes Mal den Magen aus. Der Fahrtwind nimmt ihm den Atem.

»Etwas langsamer bitte«, stöhnt er. »Bitte!«

»Mach dir nicht in die Hose, wir sind gleich da.«

»Wo denn? Sagt mir endlich, wo wir hinfahren?«

»Noch ein Wort, und du kannst dir einen Termin bei deinem Zahnarzt ausmachen. Habe ich nicht gesagt, du sollst dein Maul halten und keine Fragen stellen?«

Pauls letzter Zahnarztbesuch liegt nur wenige Monate zurück. Er beschließt zu schweigen, überlegt verzweifelt, wer etwas gegen ihn haben könnte, wem er vielleicht auf die Füße getreten ist oder wen er beleidigt hat. Alle, die ihn kennen, wissen natürlich, dass er ein Anhänger der Regierung ist und die Aufständischen nicht für Patrioten, sondern für Handlanger des großen Nachbarn hält. Den Anführern der Aufständischen, behauptet Paul, gehe es weder um das Land, seine Kultur oder die Verteidigung hergebrachter Werte noch um den Kampf gegen Korruption und Ausbeutung, und gegen die alten Eliten, die das Volk ausbeuten, weder um die Zukunft der Kinder noch um irgendeine Ideologie, sondern in erster Linie darum, im Interesse von Strippenziehern im Hintergrund die Kontrolle über die wirtschaftlichen Ressourcen zu erlangen. Aber mit dieser Meinung ist er in der Stadt nicht allein, und wenn die Terroristen tatsächlich beschlossen haben sollten, alle auszurotten, die sie als ihre Gegner ansehen, warum beginnen sie gerade mit ihm? Er ist doch nur eine ganz kleine Nummer! Was ist an ihm, einem arbeitslosen Flugzeugtechniker, der sich politisch niemals engagiert hat, sondern nur – wie viele andere auch – in den sozialen Netzwerken seine Meinung kundgetan hat, so außergewöhnlich, dass man keine zwei Stunden nach Einnahme der Stadt ein bewaffnetes Kommando mit Jeep zu ihm schickt, um ihn an einen entfernten Ort zu transportieren?

Bei dem Gedanken an einen »entfernten Ort« wird Paul noch übler als zuvor. Vor seinem geistigen Auge erstehen Exekutionskommandos, Massengräber und Gedenkstätten, die irgendwann einmal in ferner Zukunft am Ort des Verbrechens errichtet werden würden. Unter den in das Denkmal eingemeißelten Namen der zahlreichen Opfer wird auch seiner zu lesen sein, und zum Jahrestag seiner Ermordung werden seine Tochter und ihre Kinder zusammen mit den Angehörigen anderer Opfer zum Denkmal pilgern, um Blumen niederzulegen und weihevolle Reden zu halten. Er selbst allerdings wird seine Tochter nicht heranwachsen sehen und seine Enkelkinder nie kennenlernen. Er bemerkt, dass er sein Smartphone nicht mithat. Es liegt wohl immer noch auf dem Tisch in seinem Wohnzimmer. Er sollte seine Begleiter bitten, seine Familie zu informieren, falls sie ihn einsperren oder umbringen. Er wird ihnen Floras Mobilnummer geben, unter der sie auch im Krankenhaus erreichbar ist … Doch bevor er diese Fantasie weiterspinnen kann, hält der Wagen vor einem mehrstöckigen Bürogebäude aus den Sechzigerjahren, das als das *Pressehaus* bekannt ist.

Dorthin wird Paul jedoch nicht geführt, sondern in ein kleines, eingeschossiges Nebengebäude. Die beiden Uniformierten und der Schrankmensch schleifen ihn durch einen dunklen Vorraum in ein Großraumbüro mit mehreren Schreibtischen, Flachbildschirmen, Laptops und einer Unzahl von Kabeln, die notdürftig an den Wänden befestigt sind. Das Büro macht einen bizarren Eindruck. An den meisten Schreibtischen und Computern sitzen junge Menschen, die auf den ersten Blick ganz und gar unspektakulär, um nicht zu sagen gewöhnlich aussehen: Burschen und Mädchen um die zwanzig, unscheinbare, graue Tastaturklopfer, Freaks, Nerds und Tüftler, vermeintlich angehende Redakteure, die vorgeben, Studenten zu sein, eine schüchterne Praktikantentruppe mit asiatischen Fertiggerichten und *Cola Zero* im Gepäck. Paul kennt diesen Menschenschlag. Vor fünfzehn Jahren war er selbst wie sie. In den Gängen zwischen den Tischen lungern etwas verloren wirkende, bis auf die Zähne bewaffnete, kräftige Männer in grünen Tarnanzügen herum, von denen man nicht vermuten würde, dass sie überhaupt lesen und schreiben können. Offenbar haben sie aber durchaus ein reges Interesse an dem, was hier gearbeitet wird, denn sie schauen den jungen Leuten über die Schultern, kommentieren, was sie zu sehen bekommen, und geben Anweisungen. Was Paul in Erinnerung bleiben wird, ist ein kräftiger Mann, der an eine Mischung aus Wikinger und IS-Kämpfer erinnert, mit dem Finger auf den Bildschirm des Laptops einer zarten, jungen Frau mit dicker Hornbrille zeigt und schreit: »Habe ich dir nicht gesagt, du sollst das löschen, Kleines! Mach, was ich dir sage, mein Häschen!«

Am anderen Ende des Zimmers ist eine Tür, die in einen Korridor führt. Von dort wird Paul durch eine weitere Tür in ein Büro gebracht, in dessen Mitte ein Holztisch steht. Die zerkratzte Tischfläche ist leergeräumt, die Laden unter der Fläche herausgerissen, ein Bein des Tisches geknickt und notdürftig fixiert. Auf beiden Seiten des Tisches befinden sich Stühle und ein schwarzer Sessel mit imposant hoher Lehne. In diesen wird Paul gesetzt.

»Ein paar Minuten noch«, sagt der Schrankmensch. Seine Stimme klingt auf einmal sachlich, sogar freundlich. »Bald geht's los!«

Paul hat Durst, er möchte auf die Toilette, doch er sagt nichts, beschließt zu warten, scharrt nervös mit den Füßen, schaut sich um. Das Büro sieht aus, als sei es vor einer halben Stunde fluchtartig verlassen und neu übernommen worden. Hier gibt es nichts Persönliches: keine Bilder an den Wänden, keine Familienfotos, keine Blumen, ja nicht einmal Bücher oder Ordner, geschweige denn elektronische Geräte. Der Aktenschrank ist leer. Einige bedruckte, von schmutzig grauen Fußabdrücken verunstaltete Blätter liegen auf dem Boden, die Vorhänge und Jalousien sind heruntergerissen und machen den Eindruck, als sei auf ihnen herumgetrampelt worden. Eine der beiden Fensterscheiben ist eingeschlagen. Rechts und links des Tisches sind Videokameras aufgestellt, und auch wenn Paul von Kameras wenig versteht, so ahnt er sofort, dass es sich um eine professionelle Ausrüstung handelt.

»Könnten Sie meiner Frau oder meiner Mutter Bescheid geben, wo ich bin, und dass es mir vorerst den Umständen entsprechend gut geht«, bittet Paul den Schrankmenschen, der immer noch neben ihm steht, dabei sichtlich gelangweilt eine Zigarette raucht und die Asche in einem glänzenden tragbaren Metall-Aschenbecher entsorgt, als wäre er kein Schläger, sondern ein Dandy aus einer längst vergangenen Epoche. »Ich gebe Ihnen beide Nummern«, sagt Paul, doch genau in diesem Augenblick öffnet sich die Tür. Zwei junge Frauen treten ein. Ihnen folgt ein kräftiger Mann Ende dreißig mit kurzen, dunklen Haaren, einer fleischigen Nase und einem breiten Gesicht. Auffallend ist seine Militärjacke, die von einer Uniform stammt, die Paul keiner Armee zuordnen kann, darauf Schulterklappen mit goldfarbenen Streifen und einem Stern. Noch auffälliger ist, dass er Lederhandschuhe mit abgeschnittenen Fingerkuppen trägt. In der rechten Hand hält er ein langes Messer, in der linken ein Buch.

Paul erkennt den Mann, und plötzlich versteht er alles. Er weiß, warum er hier ist, und das erste, wenn auch nicht das letzte Mal an diesem Tag hat er die bestürzende Vorstellung, ja die Gewissheit, dass man ihn bald prügeln wird, aber nicht so, wie man ihn als Kind oder als Halbstarken auf dem Schulhof verprügelt hat, sondern richtig. Am liebsten würde er aufspringen und einen Hechtsprung aus dem Fenster machen. Doch neben ihm steht der Schrankmensch, am Fenster wacht einer der beiden Uniformierten, die ihn hierhergebracht haben, und bis zum Fenster, das sich in seinem Rücken befindet, sind es mindestens vier Schritte. Bevor er überhaupt dort ist, wird man ihn längst aufgehalten, geschlagen und zu Boden gedrückt haben. Also beschließt er, das Unvermeidliche anzunehmen, ringt sich ein Lächeln ab und sagt leise: »Guten Tag.«

5

Der Mann legt Buch und Messer auf den Tisch, nimmt auf der anderen Seite des Tisches Platz und gibt den beiden jungen Frauen mit einer herrischen Bewegung des Kopfes ein Zeichen. Eine von ihnen geht zur rechten, die andere zur linken Kamera. Sie schalten die Geräte ein, schwenken sie in Pauls Richtung, drücken Knöpfe, drehen an den Objektiven, betrachten aufgeregt die Displays, hantieren an den Stativen, werfen einander halblaut Fachausdrücke zu. Paul sieht, wie rote und grüne Kontrolllampen aufleuchten, Kamerascheinwerfer gehen an, blenden ihn, werden Augenblicke später gedämpft, abgedreht, wieder eingeschaltet.

»Fertig?«, fragt der Mann schließlich.

»Ja, es kann losgehen«, antwortet die Frau an der Kamera rechts von Paul. Sie hat eine sympathische, tiefe Stimme, die Paul bekannt vorkommt.

Die Frau auf der linken Seite hebt nur ihren rechten Daumen in die Höhe, ohne von ihrem Gerät aufzuschauen.

»Gregor!«, sagt der Mann, bewegt ein weiteres Mal den Kopf, eine kurze Bewegung von unten nach oben, und der Schrankmensch, der neben Paul gestanden war, verschwindet in jenen Bereich des Raums, der sich hinter den Kameras befindet.

»Auf drei!« Der Mann öffnet die beiden oberen Knöpfe seiner Uniformjacke, räuspert sich.

»Eins und …«

Die junge Frau zu seiner Rechten ist eine Schönheit, bemerkt Paul, obwohl das, wie ihm sofort bewusst wird, etwas ist, woran er in diesem Augenblick am wenigsten denken sollte: Sie hat markante Gesichtszüge, ein Profil wie eine Göttin auf einer antiken griechischen Vase, Minirock, Schuhe mit hohen Absätzen; die junge Frau linkerhand ist hingegen eine graue Maus mit rührendem Blick, ein stilles Wasser, das zweifellos noch viel tiefer ist, als man vermutet.

»Zwei, drei … und los!«

Der Mann ihm gegenüber schaut Paul direkt ins Gesicht. Dieser spürt, dass sein Puls immer schneller wird, dass sein Blut in den Schläfen und im Hals pocht und seine Atemzüge immer hastiger und dringlicher werden, als kämpfe er gegen den Erstickungstod an. Er senkt den Blick, kaut an den Lippen, zählt innerlich von zehn rückwärts bis null und dann bis minus fünf, beruhigt sich ein klein wenig, weiß nicht, welcher Drang gerade stärker ist: eine Zigarette zu rauchen oder auf die Toilette zu gehen.

»Stellen Sie sich bitte vor. Wie heißen Sie? Was ist Ihr Beruf? Wie alt sind Sie?« Der Uniformierte macht einen sehr aufgeregten Eindruck. Seine Stimme – ein vibrierender Bariton. Seine Mimik und Gestik sind aggressiv, angsteinflößend. Zweifellos würde er längst brüllen, wenn er seine Gefühle nicht mit großer Mühe unter Kontrolle halten würde.

»Mein Name ist Paul Sarianidis …«

»Lauter!«

»Mein Name ist Paul Sarianidis, Flugzeugingenieur, im Augenblick auf unbestimmte Zeit beurlaubt. Ich bin 36 Jahre alt und habe …«

»Wissen Sie, wer ich bin?«, unterbricht ihn der Mann.

»Ja.«

»Lauter! Reden Sie doch bitte lauter!«

»Ja, ich weiß, wer Sie sind! Ich habe oft Bilder von Ihnen gesehen.«

»Wer bin ich?«

»Sie sind Boris Lupowitsch, Herausgeber der Online-Zeitschriften *Falkenblick*, *Ergründete Abgründe* und *Fake-News-Aufdecker*.«

»Doktor Boris Lupowitsch, um genau zu sein«, ermahnt ihn sein Gegenüber.

»Doktor, ja, Doktor Lupowitsch«, flüstert Paul und zieht den Kopf ein. Wie gerne wäre er jetzt eine Schildkröte und hätte einen schützenden Panzer, unter dem er sich verkriechen könnte.

»Außerdem bin ich Generaloberst der Befreiungsarmee im Frontabschnitt Südwest.«

»Ich gratuliere«, sagt Paul, weil ihm nichts Klügeres einfällt, und fragt sich für einen Moment sogar, ob er nicht salutieren sollte, verwirft diese Überlegung aber sogleich.

»Kennen Sie mich persönlich? Sind wir uns vor dem heutigen Tag schon einmal begegnet?«, fragt Lupowitsch.

»Nein.«

Obwohl es draußen wie auch im Zimmer warm ist, hat Paul Gänsehaut und seine Füße sind eiskalt. Erst jetzt wird ihm bewusst, dass er immer noch seine Hausschuhe trägt – graue Filzpantoffel, die nun schmutzig und nass sind, weil er vor dem Eingang zum Gebäude in eine Pfütze gestiegen ist. Von einem Pantoffel löst sich gerade die Sohle, der andere sitzt schief und hängt als nasser Klumpen an seinem Fuß. Paul streift die Hausschuhe ab, reibt Füße und Waden unauffällig aneinander, damit sie wärmer werden. Eine der beiden Kameras schwenkt nach unten. Jede seiner Regungen wird dokumentiert.

»Warum haben Sie dann im *Falkenblick* unter meinem Artikel vom 11. April über die verbrecherischen Machenschaften der Regierung folgenden Kommentar hinterlassen?« Lupowitsch setzt eine gewichtige Miene auf, greift langsam, als wäre es ein feierlicher Akt, in die Innentasche seiner Jacke, holt ein Mobiltelefon heraus, streicht über das Display und liest vor: »Ich zitiere: *Lupowitsch, du dreckiger Verräter, du widerwärtiger Päderast wirst sicher bald aus meiner Stadt verschwinden wollen, doch bevor es so weit ist, komme ich zu dir mit einem Fleischermesser und schlitze dir deinen dicken Bauch auf. Sieh dich vor! Schöne Grüße an deine Familie.*«

»Hast du das geschrieben?« Diesmal hält sich Lupowitsch nicht mehr zurück. Er brüllt. »Ist das von dir, du Kotzbrocken?«

Paul seufzt, das Blut schießt ihm ins Gesicht, am liebsten würde er im Boden versinken. »Ja«, stöhnt er, spürt, wie seine Hände zittern, verbirgt sie in den Hosentaschen.

»Ich kann dich nicht hören! Hast du das geschrieben?«

»Das? … Ja … Äh … Das, das habe ich geschrieben.«

»Ich musste die Stadt, die übrigens nicht nur deine, sondern auch meine ist, ich bin nämlich ebenfalls hier geboren und aufgewachsen, Mitte April tatsächlich verlassen. Du weißt, warum. Nun bin ich aber wieder da und habe nicht gewartet, bis du zu mir kommst, meine Leute sind direkt zu dir gekommen.«

»Es tut mir so leid«, murmelt Paul.

»Du hast doch nicht wirklich geglaubt, dass ein dummes Pseudonym und ein alberner Avatar dich schützen können? Dass jemand wie ich nicht in fünf Minuten herausfinden wird, wer du wirklich bist?«

»Darüber habe ich nicht nachgedacht. Bitte: Es tut mir leid, sehr leid sogar!«

»Hast du persönlich etwas gegen mich oder gegen meine Familie?«, fragt Lupowitsch.

»Nein.«

»Warum hast du dann so etwas geschrieben, du Arschloch?«

»Ich weiß es nicht. Wirklich nicht! Aus Dummheit. Weil ich blöd war. Ich habe nicht nachgedacht. Ein Blackout. Und ja, ich habe falsch gehandelt, aber ich werde mich bessern! Es wird nicht wieder vorkommen.«

»Ach, du hast nicht nachgedacht, Drecksack? Und ja, ganz bestimmt wird es nicht wieder vorkommen, dafür werde ich schon sorgen.« Lupowitsch springt auf, schlägt mit aller Wucht auf den Tisch und brüllt: »Du sprichst eine Drohung gegen meine Familie aus? Was bist du nur für ein Mensch! Hast du nicht selbst eine Familie?«

»Ja.«

»Frau und Sohn, nicht wahr?«

»Frau und Tochter.«

»Soll ich den beiden ebenfalls Grüße ausrichten und ihnen mit meinen Leuten einen Besuch abstatten?«

»Nein, bitte nicht.«

»Du weißt, was du bist? Ich werde dir zeigen, was du bist!«

Wieder, diesmal noch plastischer und konkreter, malt sich Paul aus, wie er geprügelt wird: hart, lange, nicht nur mit Fäusten, sondern vor allem mit Fußtritten ins Gesicht, in die Nieren und den Unterleib, und während er versucht, dieses Bild aus seiner Vorstellung zu verbannen, zu löschen, spürt er, wie seine Hose nass und warm wird, wie etwas Klebriges und Kitzliges an seinen Beinen hinabrinnt, wie seine Hosenbeine an den Schenkeln kleben und sich dort, wo seine Füße sind, eine Pfütze bildet. Das ist Paul unglaublich peinlich, so peinlich, dass er lieber verprügelt werden und noch lieber sterben möchte, aber er kann das, was gerade mit ihm geschieht, nicht mehr verhindern oder steuern. Beide Kameras schwenken nach unten, auf seinen Unterleib, auf seine Beine und den Boden unter seinen Füßen. Die jungen Frauen grinsen spöttisch, verächtlich. Sie sind sichtlich zugleich amüsiert und angeekelt. Der starke Geruch von Urin verbreitet sich im ganzen Zimmer. Gregor, der Schrankmensch, hält sich ein Taschentuch vor die Nase, die beiden Uniformierten verziehen die Gesichter, während Lupowitsch laut auflacht und meint: »Das Brunzen der Lämmer, die sich viel zu lange für Hirtenhunde gehalten haben. Gratulation!«

Noch nie ist sich Paul so erbärmlich vorgekommen wie in diesem Augenblick.

»Du willst mir also den Bauch aufschlitzen, du bist ein Held, wenn du nicht gerade in die Hose machst?«

Paul schüttelt den Kopf.

Lupowitsch hebt das Buch, das er mitgebracht hat, auf, beugt sich vor und wirft es mit einem Knall vor Paul auf den Tisch. Jetzt erst erkennt dieser, dass es sich um *Wiedergeburt und Aufstieg* – die politische Autobiografie des regierenden Staatspräsidenten – handelt, eine von einem schlechten Ghostwriter verfasste Selbstbeweihräucherung und Lachnummer im ganzen Land. Und während Paul noch etwas ungläubig die Fotografie auf dem Cover betrachtet, die mindestens fünfundzwanzig Jahre alt ist und den greisen Präsidenten als Mann in der Blüte seiner Jahre zeigt, greift Lupowitsch nach dem Messer, holt aus und rammt es mit einem kräftigen Hieb in das Buch, und zwar genau in das rechte Auge des Präsidenten. Das Messer dringt durch den Umschlag und durch mehrere Seiten und bleibt mit dem Griff nach oben im Buch stecken. Paul zuckt zusammen, während Lupowitsch brüllt, sodass seine Stimme sich einige Male überschlägt: »Hier, ich gebe dir die Chance, hier und jetzt auszuführen, was du mir angedroht hattest. Los, nimm das Messer! Niemand wird dich daran hindern, und wenn es dir gelingt, mich zu töten oder wenigstens zu verletzen und kampfunfähig zu machen, wirst du aus diesem Raum und diesem Gebäude als freier Mann hinausgehen. Niemand wird dich aufhalten, niemand wird dir etwas tun. Los! Worauf wartest du?«

Paul schüttelt den Kopf. »Nie im Leben würde ich jemals …«, flüstert er und stockt.

»Was ist los?«, schreit Lupowitsch. »Hast du Angst? Schau her, ich bin unbewaffnet.« Er beugt sich über den Tisch und hebt die Arme in die Höhe. »Ich bekämpfe dich mit bloßen Händen. Du hingegen darfst das Messer haben. Wenn du mich besiegst, darfst du gehen. Niemand wird dir ein Haar krümmen. Darauf gebe ich dir mein Wort als Offizier und Ehrenmann.«

»Nein«, schluchzt Paul.

»Wenn du meinen Leuten ganz und gar nicht traust, fahren wir doch hinaus ins Grüne, auf ein freies Feld, nur wir beide. Dort kannst du mich umbringen und nach Hause fahren. Du darfst sogar meinen Wagen haben.«

»Nie im Leben«, stammelt Paul und, ohne seinen Widersacher anzuschauen, fixiert er die Urinpfütze auf dem Boden, »würde ich die Hand gegen einen Menschen erheben. Und noch nie habe ich einen Menschen mit einer Waffe angegriffen und werde dies niemals tun. Sogar während meines Militärdienstes war ich nur im Innendienst, habe die ganze Zeit Uniformen gewaschen, gebügelt und ausgeteilt.«

»Ja, wenn das so ist, warum, du Sohn einer läufigen Hündin, schreibst du mir dann solche Sachen?«

»Ich weiß es nicht. Aus Wut, aus Hass …«

»Wut? Wütend bin ich auf Leute wie dich, die unser Land und somit uns alle verschissen und runtergespült haben. Hass? Hass!!! Ich hasse dich ebenfalls, dich und deinesgleichen, ich hasse euch alle, abgrundtief hasse und verachte ich euch kleine Arschkriecher und Profiteure, die es sich gerichtet haben, aber deshalb bedrohe ich nicht gleich deine ganze Familie und sage nicht, ich schlitze dir den Bauch auf. Das ist der Unterschied zwischen mir und dir, zwischen uns und euch. Wir stehen für Charakter und Anstand. Und wofür steht ihr?«

Paul schweigt.

»Noch etwas, Sarianidis: Du hast mich als Päderasten bezeichnet. Du kennst mich nicht persönlich. Wieso behauptest du solche Sachen? Kennst du mein Intimleben, meine Vorlieben?«

»Nein.«

»Warum also nimmst du den Mund so voll?«

Paul zuckt mit den Schultern.

»Ist es vielleicht eine Projektion? Bist du vielleicht selbst ein verkappter Päderast? Oder pädophil? Oder ganz einfach schwul?«

Paul schüttelt vehement den Kopf.

»Am liebsten würde ich jemanden holen, der dir den Mund voll macht. Ich kenne da einen bei uns, der würde gerne mit großem Vergnügen diese Aufgabe übernehmen. Einer, der dich gerne Paula nennen würde.«

Paul schluckt, hält sich reflexartig die Hand vor den Mund, spürt, wie seine Augen feucht werden.

»Ist deine Tochter überhaupt bei dir sicher? Vielleicht sollten wir sie abholen und zu Verwandten bringen?!«

Noch vehementer schüttelt Paul den Kopf, schnieft, stöhnt, verzieht das Gesicht und beginnt zu schluchzen. Was nun folgt, setzt dieser schrecklichen Szene der Erniedrigung die Krone der Schande auf und zerstört Pauls Selbstachtung endgültig. Die schönere der beiden Frauen meldet sich plötzlich zu Wort. »Herr Sarianidis«, sagt sie, und ihre Stimme klingt zwar vorwurfsvoll, doch weder spöttisch noch verächtlich. »Reißen Sie sich zusammen! Sie sind doch ein Mann. Also seien Sie ein Mann! Was sollen denn sonst Ihre Frau und Ihre Tochter von Ihnen halten? Wer soll Sie noch respektieren?« Wieder kommt Paul ihre Stimme bekannt vor, und auf einmal weiß er, wer sie ist und woher er sie kennt. Sie war im Sommer vor zwei Jahren Praktikantin im Wartungs- und Technikbereich des Flughafens. Während dieser Zeit ist er ihr unmittelbarer Vorgesetzter gewesen. Damals hatte sie ihn respektiert.

»Alina?«

»Sie haben Rotz in der Nase, Herr Sarianidis. Soll ich Ihnen ein Taschentuch geben? Wenn Sie wollen, könnte ich sogar …«

»Genug der Freundlichkeiten«, unterbricht sie Lupowitsch barsch, greift über den Tisch nach dem Messer, reißt es aus dem Buch, reicht es einem der Uniformierten, der es sogleich in seinen Gürtel steckt, fegt das Buch theatralisch mit einer Handbewegung vom Tisch, geht zu Paul, packt ihn am Kragen, hebt ihn aus dem Sessel, zerrt ihn einige Meter Richtung Tür und sagt, wobei er sich nicht an Paul, sondern an Gregor und die Uniformierten wendet: »Werft diesen Abschaum hinaus. Lasst ihn gehen, ich will ihn nie mehr sehen, er verpestet hier nur die Luft. Aber krümmt ihm kein Haar. Wir wollen uns nicht die Hände schmutzig machen; wir sind nicht so wie unsere Feinde!«

»Ich möchte fragen, ob ich mich in aller Form für mein Verhalten entschuldigen darf?«, bettelt Paul und forscht im Gesicht seines Peinigers wie ein Hund in dem seines Herrn.

»Hier wird nichts entschuldigt!«

»Ich …«

»Verschwinde, bevor ich es mir anders überlege!«

»Aber …«

»Raus!«

Fünf Minuten später steht Paul – mit einem Passierschein, der ihm alle Straßensperren öffnen soll, und einem mit Mineralwasser gefüllten Pappbecher versehen – vor dem Eingang zum Gebäude. Er trinkt das Wasser aus, macht ein paar Schritte Richtung Straße, dreht sich aber plötzlich um, geht schnell zurück und bittet einen der uniformierten Wachleute am Eingang zum Pressehaus um eine Zigarette. Dieser mustert ihn mit einer Mischung aus Staunen und Ekel, zögert einen Moment, reicht ihm dann aber doch eine Zigarette, gibt ihm Feuer und sagt ihm, er möge verschwinden.

Nachdem er ausgeraucht hat, zieht Paul die Reste seiner Pantoffeln und seine Socken aus, wirft sie zusammen mit dem leeren Pappbecher in einen Mülleimer und schleppt sich barfuß und langsamen Schrittes Richtung Innenstadt. Bis er zu Hause ist, werden zwei Stunden vergehen, vielleicht auch mehr, aber das stört ihn nicht, und er hat sowieso keine andere Wahl, als zu Fuß zu gehen. Busse und Straßenbahnen verkehren heute in diesem Teil der Stadt nicht. Außerdem hat Paul weder Geld noch Mobiltelefon bei sich. Es gäbe allerdings ohnehin niemanden, den er in diesem Augenblick anrufen wollte, nicht seine Frau, nicht seine Mutter, nicht den besten Freund, niemanden.

Es ist heiß. In der Mittagszeit wird die Temperatur auf dreißig Grad ansteigen. Paul hat Durst, aber er beachtet ihn nicht, seine Fußsohlen schmerzen, aber er beachtet sie nicht, sein rechtes Auge hat sich entzündet, doch er beachtet es nicht, genauso wenig, wie er die Passanten beachtet, die ihn seltsam anschauen, oder die dummen Fragen und Kommentare der Soldaten an den Straßensperren, die ihn tatsächlich auf der Stelle durchwinken, sobald er ihnen den Passierschein mit Lupowitschs Unterschrift zeigt. Er geht und denkt an ein Gedicht, dessen Autor und Titel er vergessen hat, doch das Gedicht begleitet ihn und geht ihm nicht aus dem Kopf: *Man gab mir einen Körper, ich frage mich, wozu. Die stille Freude – atmen dürfen, leben, wem sei der Dank dafür gegeben? Soll ich denn Blume, Unkraut oder gleich der Gärtner sein? Im Kerker Welt, da bin ich bald allein. Das Glas der Ewigkeit, behaucht – mein Atem, meine Wärme drauf. Wozu? Die Zeichnung auf dem Glas, die Schrift, man liest sie nicht, erkennt sie nicht. Die Trübung wird vergehen, die zarte Zeichnung bleibt nicht stehen.*

6

Der Stadtberg hat zwei Seiten: die repräsentative Vorderseite mit der von Kastanien gesäumten Sankt-Markus-Straße, die in einer langgezogenen S-Kurve von der Innenstadt auf den Hügel hinaufführt, mit dem *Fluss der Sieben Dschinnen*, der in den letzten Jahrzehnten zu einem trüben Rinnsal mit übelriechendem Wasser verkommen ist, und der alten, steilen Treppe mit dem Postkartenblick auf die Innenstadt. Die Treppe wird von zahlreichen Marmorstatuen heimischer Maler, Musiker und Dichter gesäumt. Die Statuen haben allerdings eine Besonderheit – ihnen fehlen die Köpfe. Diese wurden ihnen im letzten großen Krieg von den Besatzern abgehackt. Derart verstümmelt, stehen sie heute als *Denkmal gegen Gewalt, Faschismus und Geistlosigkeit* am Steilhang des Hügels: mahnende Zeugnisse und beliebtes Motiv für die wenigen Touristen, denen die Stadt trotz der schlechten Verkehrsanbindung und der unterentwickelten Fremdenverkehrsinfrastruktur eine Reise wert ist. In der Sankt-Markus-Straße befindet sich auch das alte, gutbürgerliche Haus, in dem Paul und seine Familie wohnen.

Die gegenüberliegende Straßenseite ist unverbaut. Dort verläuft jener Panoramaweg, den der heutige Staatspräsident am *Tag des Sports* immer – von Bodyguards, keuchenden Journalisten und Kameras begleitet – hinaufgejoggt war. Damals war er noch Gouverneur der Provinz. Hier hat der »Papa der Nation« weiterhin seine Machtbasis, inzwischen aber auch seine erbittertsten Gegner. Ursprünglich ein »Linker«, hatte er den kleinen Leuten ein besseres Leben versprochen. Seitdem jedoch sind Jahre vergangen, und der »Schmock der Nation«, wie er heute hinter vorgehaltener Hand genannt wird, ist nur deshalb zweimal wiedergewählt worden, weil viele Menschen befürchteten, ohne ihn werde alles noch schlimmer.

Die andere, von Innenstadt und Meer abgewandte Seite des Hügels beherbergt ein altes Viertel, das zwar eine offizielle Bezeichnung hat, aber von allen nur *La-alot* genannt wird. *La-alot* ist Hebräisch und bedeutet Aufstieg. Für die Juden, die im 19. Jahrhundert in die Stadt kamen, verkörperte die aufstrebende Handelsmetropole am Meer Freiheit und Aufstieg. Hier erhielten viele von ihnen eine Ausbildung, wurden Geschäftsleute, Künstler, Intellektuelle oder Banditen. Manche wanderten in die USA oder nach Palästina aus, andere wurden zu legendären Figuren, über die aberwitzige Geschichten erzählt werden. *La-alot* war das Viertel, das sie mühsam mit eigenen Händen erbauten, jenes Viertel, wo sie in großer Zahl hinzogen und wohin sich alle zuallererst auf der Suche nach Verwandten, Freunden oder einfach nach hilfsbereiten Glaubensbrüdern wandten, nachdem sie die Postkutschen, Züge und Schiffe verlassen hatten, mit denen sie angereist waren. *La-alot* entstand auf der unwirtlichen Rückseite des Stadthügels, wo das Meer fern und die Steppe hinter der Bergkette so nahe war, dass man sie riechen konnte, wo die Steine in der Mittagssonne so heiß wurden, dass man Fladenbrot darauf backen konnte, wo der Wind Staub und Sand aus der fernen Wüste ablud und sich nur Eidechsen und Kakteen wirklich wohlfühlten. Hier wuchs das Viertel der steilen Gassen, die zum Gipfel und zum gleißenden Licht hinaufkrochen, das Viertel der strahlend weißen, ein- bis dreigeschossigen Häuser mit flachen Dächern, Holztüren und bunten Fensterläden, der Innenhöfe und Balkone, der kleinen Plätze mit Olivenbäumen und Palmen, das Viertel der 39 Bethäuser und Synagogen und des etwas zu groß geratenen Platzes am Gipfel des Hügels, wo die Sankt-Markus-Straße endet und die zwei Welten, die der Vorder- und jene der Rückseite des Hügels, sich berühren.

Doch *La-alot* ist längst kein jüdisches Viertel mehr. Die Juden wurden während des letzten Krieges verfolgt, vertrieben oder ermordet. Die Überlebenden sind in andere Gegenden gezogen, die meisten ausgewandert. Auch wenn einige von ihnen immer noch in *La-alot* zu Hause sind, hat sich die Einwohnerschaft des Viertels in den letzten Jahrzehnten radikal verändert. Zuerst nahmen einheimische Nichtjuden die verlassenen Häuser in Besitz, und als die Häuser ganz abgewohnt waren und die Stadtverwaltung schon an den Abriss dachte, zogen Fremde ein – Menschen auf der Durchreise, die nicht weiterkamen, Gastarbeiter, die aus noch ärmeren Ländern hierhergekommen waren, Menschen aller Hautfarben und Religionen, Geflüchtete, Migranten und jene, die beides zugleich sind oder nicht wissen, was sie sind, was andere glauben, dass sie sind oder sein sollen, Verzweifelte und kleine Profiteure, ehrgeizige Optimisten, gescheiterte Existenzen, Kriminelle, Psychopathen und Eigenbrötler aller Art und unzählige Kinder, deren Eltern keine Papiere haben und deren Schule die Straße ist. Die Synagogen sind heute größtenteils Moscheen oder Beträume evangelikaler Gemeinschaften, die sich überall auf der Welt wie Schmeißfliegen auf solche Viertel stürzen. Wie in früheren Zeiten, als das Viertel noch jüdisch war, spielt sich das Leben auf der Straße ab. Hier geht es laut, derb, heiter und schlagfertig zu, Wäscheleinen sind quer über die Straße gespannt, ärmlich gekleidete Menschen bieten an jeder Ecke ihre Waren feil, in winzigen Lokalen und Läden werden Haare geschnitten, exotische Speisen, gefälschte Markenartikel und elektronische Geräte verkauft, Zigaretten und Shisha-Pfeifen geraucht und Geschäfte gemacht. Wer gut informiert ist, kann hier gebrauchte Feuerzeuge wieder auffüllen lassen und weiterverkaufen, Atommüll in den Kongo verscherbeln, einer illegalen chinesischen Fabrik in Italien einen Auftrag erteilen oder für Tausende Migranten die Weiterfahrt nach Deutschland oder Großbritannien organisieren.

An jenem heißen Samstag Ende Mai, von dem hier die Rede ist, betritt gegen vierzehn Uhr ein traurig aussehender Mann das Viertel. Trotz der Hitze trägt er eine beigefarbene Jacke und eine dunkelbraune Schirmmütze. Seine Hände zittern. Er ist noch nicht alt, schleppt sich aber mühsam vorwärts, als hätte er Wunden an den Füßen. Es scheint, als wolle er sich so klein wie möglich oder unsichtbar machen, er fällt aber gerade dadurch erst recht auf. Die Menschen drehen sich nach ihm um und betrachten ihn mit einer Mischung aus Erstaunen und Irritation. Drei Kinder im Grundschulalter, zwei Mädchen und ein Junge, zeigen mit dem Finger auf ihn. Eines der Mädchen, eine kleine Orientalin mit so großen Augen, dass man darin ertrinken könnte, flüstert dem anderen Mädchen, einer kleinen Blondine, etwas ins Ohr, woraufhin beide zu kichern beginnen. Paul schaut hasserfüllt in ihre Richtung.

Vor einem der ältesten Häuser der Straße bleibt der Mann stehen und klopft an die Tür. Eine alte Frau mit Kopftuch öffnet und führt ihn wortlos durch einen finsteren Korridor in einen Innenhof. Dieser ist weder gepflastert noch asphaltiert. Auf harter, rötlich gelber Erde stehen zwei Müllcontainer, ein Geräteschuppen aus Holz und eine Kinderschaukel. Im Schatten eines Balkons sitzt eine weitere ältere Frau mit Kopftuch an einer alten, mechanischen Nähmaschine mit Pedal und arbeitet. Neben ihr steht eine ganze Kiste mit Kleidungsstücken. Sie würdigt Paul keines Blickes. Ihr abgearbeitetes, faltiges Gesicht ist wie der ganze Innenhof ein Gruß aus einer verwunschenen Epoche: Fenster mit geschlossenen Läden – tote Augen einer erloschenen Zeit; eine durchhängende Stromleitung steigt zum Dach empor und verschwindet in einem Kabelsalat, ein Storchennest aus Metall und Rost; schiefe Wände, einst gelb gestrichen, jetzt ausgebleicht, weiß im gleißenden Licht.

»Du willst bestimmt zu Abdul und Abdullah«, sagt die alte Frau, die Paul ins Haus gelassen und in den Hof begleitet hat.

»Ja. Dringend! Es geht um Leben und Tod!«

»Das sagen sie alle.«

»Aber bei mir ist es tatsächlich so. Das müssen Sie mir glauben!«

»Auch das sagen sie alle.«

Sie mustert ihn misstrauisch, setzt eine schmale, randlose Brille auf, die sie plötzlich hervorgezaubert hat, betrachtet Paul noch einmal eindringlich, runzelt die Stirn, schüttelt den Kopf, murmelt ein verächtliches »Äähh« und ein paar Worte auf Arabisch, spuckt auf den Boden und weist ihm einen Platz auf einer Bank an der Wand zu. »Warte hier«, sagt sie. »Ich schaue, was ich für dich tun kann.«

Paul sieht, wie die Spucke schäumt, in den Boden einsickert und in der prallen Sonne rasch zu trocknen beginnt.

7

Abdul, der Dicke, ist zwar »ein Mann von derber Verschlagenheit«, aber der Gutmütigere der beiden – das weiß Paul von den »guten Leuten«, die ihm die beiden empfohlen haben. Abdullah, der Dürre und viel Jüngere, ist angeblich ganz anders – ein Mann »der schönen Worte und der harten Entscheidungen«, gnadenlos, unmoralisch und richtig böse. Beide haben dichtes, schwarzes Haar, doch während Abdul, der Endvierziger, trotz der Hitze einen weißen Anzug, ein weißes Hemd und eine weiße Hose, eine rote Krawatte und schwarze Schuhe trägt, hat Abdullah, ein junger Mann von Anfang, höchstens Mitte zwanzig, ein blassgelbes T-Shirt mit dem Bild eines stacheligen Smileys und der Aufschrift *Don't worry, be happy!* an. Seine Sonnenbrille, der tätowierte arabische Schriftzug am Hals, das nach hinten gekämmte Haar, die enge Hose und die Art, sich zu bewegen – eine Mischung aus Schlendern, Füße-Nachziehen und Wippen –, vervollständigen das Bild eines coolen, wenn auch einer eher simplen Ästhetik zugeneigten jungen Mannes.

»Sechzigtausend Gulden«, erklärt Abdul, während er Paul auf der Treppe vorangeht, »ist der Eintrittspreis.«

»Oder hundert Euro«, sagt Abdullah, der hinter Paul hergeht.

»Wir nehmen nur Bargeld!«

»Können Sie einen Hunderttausend-Gulden-Schein wechseln?«, fragt Paul.

»Nein«, antworten beide im Duett.

»Okay.« Paul reicht ihnen das Geld. »Die zusätzlichen Vierzigtausend sind eine Anzahlung für alles Weitere.«

Abdul grinst und macht eine leichte Verbeugung.

»Sie werden es nicht bereuen«, sagt Abdullah.

Abdul hat einen starken arabischen Akzent, während Abdullah völlig akzentfrei im typischen Tonfall der Stadt redet.

»Vierhundertdreißigtausend Klicks auf *YouTube* nach nur drei Stunden!«, bemerkt Abdullah. »Beeindruckend.«

»Das sind Zahlen, die mein Herz mit Freude erfüllen«, ruft Abdul euphorisch aus.

Paul erwartet, dass die beiden mit ihm in ein Wohnzimmer oder einen Büroraum gehen. Stattdessen durchqueren sie einen weiteren langen, nach Müll stinkenden Korridor, der durch den hinteren Teil des Gebäudes führt und trotz einer schwach leuchtenden Glühbirne an der Decke so dunkel ist, dass Paul Angst bekommt, er könnte stolpern oder gegen eine Wand laufen. Nur mit Mühe folgt er dem Licht von Abdullahs Mobiltelefon. Während sie gehen, erzählt Abdul, dass Abdullah sein »Lieblingsneffe« sei, und dabei »eigentlich nur« der Urenkel der älteren Halbschwester seiner Großmutter, er stehe ihm aber trotzdem besonders nahe. Abdullah bedankt sich bei seinem »lieben Onkel« und erzählt, dass ihm Abdul von seinen insgesamt 36 Onkeln und Großonkeln, Tanten, Großtanten und Urgroßtanten verschiedener Verwandtschaftsgrade der Allerliebste sei, während Paul den Atem anhält, schweigt und sich fragt, warum ihm das alles erzählt wird.

Endlich haben sie den übelriechenden Korridor hinter sich gelassen. »Fast fünftausend Kommentare«, schreit Abdullah begeistert, während er mit dem Zeigefinger über das Display seines iPhones streicht.

»Ich sterbe«, stöhnt Paul.

»Nicht doch! Bei uns sind Sie in den richtigen Händen!«, versichert Abdul.

»Aber nur im lebendigen Zustand, nicht als Leiche«, meint Abdullah.

»Warten Sie noch mit dem Sterben.«

»Hinzuscheiden bleibt Ihnen früher oder später ohnehin nicht erspart. Irgendwann gehen wir alle zum Teufel.«

»Sterben ist im Preis nicht inbegriffen. Wenn Sie abkratzen, verlieren Sie Ihr Geld und wir unsere Investition. Bleiben Sie also schön am Leben, sonst bringe ich Sie eigenhändig um.«

Seltsamerweise hat auf einmal Abdullah den arabischen Akzent, während Abdul in den heimischen Dialekt gewechselt hat, und zwar so authentisch, als sei er im Viertel geboren und aufgewachsen. Dabei stammt Abdul aus Tripolis im Libanon und ist erst als Erwachsener nach *La-alot* gekommen, während sein »Lieblingsneffe« Abdullah hier geboren wurde.

Sie gelangen in einen weiteren, noch kleineren und muffigeren Innenhof, der von dunklen Mauern mit schmalen Fenstern, wahrscheinlich jenen von Küchen, Toiletten, Vorratskammern und anderen Hinterzimmern, umgeben ist. Mehrere bunte Stühle aus Kunststoff sind um einen runden Tisch mit gusseisernen Beinen und einer Platte aus Zierstein platziert. Auf dem Tisch steht ein Krug mit Wasser, ein paar Gläser, eine Packung Zigaretten und ein Aschenbecher, in dem mehrere Zigarettenkippen liegen. Auf einer der Kippen, die von einer teuren ausländischen Zigarettenmarke stammt, kann Paul Spuren von Lippenstift erkennen.

»Setzen wir uns«, sagt Abdullah, während Abdul schon Platz genommen und den Laptop aufgeklappt hat, den er unter dem Arm getragen hatte.

»Zigarette?«, fragt Abdullah.

Paul schüttelt den Kopf. »Nicht jetzt!« Seine Stimme klingt so heiser, als hätte er eine schwere Grippe hinter sich.

»Schauen Sie«, sagt Abdul und dreht den Laptop zu Paul, sodass dieser den Bildschirm sehen kann.

Paul hört die verhasste Stimme seines Peinigers, sieht auf dem Bildschirm seinen eigenen armseligen Gesichtsausdruck im Großformat, sieht, wie das Bild von seinem Gesicht hinunterschwenkt, an seinem Körper entlangstreicht und den nassen, immer größer werdenden Fleck in seinem Schritt heranzoomt. »*Das Brunzen der Lämmer, die sich viel zu lange für Hirtenhunde gehalten haben. Gratulation!*«, klingt Lupowitschs Stimme dumpf und verzerrt aus den Lautsprechern.

»Wie viele Kopien gibt es davon?«, fragt Paul.

»Zu viele!«, sagt Abdul. »Allein auf YouTube schon ein paar Dutzend. Gute und schlechte. Lang- und Kurzfassungen. Mit und ohne Kommentare. Mit unterschiedlichen Titeln. Wollen Sie ein paar Kommentare von Usern zu den Videos lesen?«

Paul schüttelt vehement den Kopf.

Abdul klickt etwas auf dem Bildschirm an und öffnet ein neues Fenster. »Hier ist zum Beispiel dasselbe Video mit dem Titel *Hass im Netz: Böses Erwachen für einen Internet-Hooligan!* Der Kommentar dazu ist recht nüchtern, beinahe seriös.« Er scrollt hinunter. »Oder hier – *Feuchte Tatsachen: Die Demütigung eines Trolls.*« Er scrollt weiter. »Ah, das ist neu – *Nach der Eroberung: eine Stadt pisst sich an*. Na ja.« Er scrollt hinauf und hinunter, murmelt verärgert etwas auf Arabisch, scrollt weiter und liest schließlich: »*Gestern lässig, heute durchlässig*. Griffig! Im Ausland gibt es ebenfalls zahlreiche Beiträge: 撒尿器. Das ist Chinesisch. சிறுநீர். Tamil. Interessant auch das: Người đi tiểu.«

»Gnade!«, stöhnt Paul.

»Sogar in Neuseeland ist das Video zu sehen – und das nach nur wenigen Stunden! *This video is about a jerk who messed with the wrong psycho …* Das Ganze hat etwas Völkerübergreifendes, multikulti sozusagen.« Abdul und Abdullah grinsen, während sie weiterhin konzentriert den Bildschirm betrachten. »Dann kommt natürlich noch die Lügenglotze hüben wie drüben und anderswo, Kanäle eins, zwei, drei und fünf – alles mit der entsprechenden feuchten Einstellung. RAI, ARD, NBC, BBC, Euronews, FOX News und CNN. Bei den Amerikanern natürlich ohne Pisse, aber mit der Messerszene …«

»Technisch können wir nichts mehr machen«, erklärt Abdullah.

»Was einmal im Netz ist, ist nie mehr aus der Welt zu schaffen«, meint Abdul.

»Nie und nimmer!«

»Es bleibt dort!«

»Bis ans Ende der Tage.«

»Bis wir alle dem Klimawandel, Bomben, Minen, Viren, Bakterien und den bösen Zungen unserer Nachbarn zum Opfer fallen.«

»Ich weiß«, sagt Paul mit erstickter Stimme. »Es hilft alles nichts.«

»Nicht doch!«, empört sich Abdullah. »Sie sind bei *A & A.*, den großen Manipulatoren.«

»Wir spielen das Spiel!«, ruft Abdul aus.

»Das Spiel der Spiele! Bei uns wird jeder Stolperstein zum Wegweiser und jeder Straßengraben zur Goldgrube«, meint Abdullah. »Vertrauen Sie uns! Wenn Sie schon gedemütigt wurden, dann sollen Sie davon wenigstens profitieren. Wir sorgen dafür, dass Sie an der Geschichte genug verdienen, um mit Ihrer Familie in Europa oder in Amerika ein neues Leben zu beginnen.«

»Gut«, murmelt Paul. »Ich vertraue Ihnen.«

»Allahu akbar!«, schreit Abdul, hebt die Arme theatralisch in die Höhe und schaut zur Decke. »Der Mann ist also doch klüger, als er ausschaut.«

»Was soll nun geschehen?«, fragt Paul.

»Wir werden Sie überall im Netz vorführen und vermarkten«, sagt Abdullah. »Sie sind natürlich schon jetzt ein Superstar, aber das Brunzvideo allein ist zu wenig, um ganz groß abzusahnen.«

»Wir erschaffen Sie neu – als eine negative, eine positive, eine bemitleidenswerte Figur, ein Hassobjekt, eine Identifikationsfigur, wir machen aus Ihnen alles, was wir wollen und was das Internet braucht«, erklärt Abdul. »Im Netz werden Sie zum Widerling und zum besten Schwiegersohn der Welt – je nachdem.«

»Ein mieses Arschloch und ein netter Kerl, dem übel mitgespielt wurde. Jeder bekommt den Paul präsentiert, den er oder sie sehen möchte.«

»Wer braucht schon das reale Leben, wenn es das Netz gibt!«

»Krisen sind Glanzzeiten für das Netz.«

»Also auch für uns!«

»Kriege, Erdbeben, Hungersnöte, Umstürze, Epidemien! Menschen flüchten ins Netz und holen sich dort alles, was im echten Leben allzu sehr nach Blut, Tränen oder nach einer Faust im Gesicht riecht.«

»Die Corona-Krise war für uns ein Geschenk des Himmels.«

»Vielleicht sind Sie für uns auch ein Geschenk.«

»Aber sicher nicht des Himmels!«

»Wir lassen Sie tanzen, solange die Kasse klingelt.«

»Heißt?«, fragt Paul.

Darauf Abdullah: »Je mehr Klicks, desto höher die Einnahmen.«

Abdul: »Wir schließen Werbeverträge ab.«

Abdullah: »Auch im Darknet.«

Abdul: »Haben Sie ein Haustier?«

»Was?«, stammelt Paul.

Abdul: »Hund, Katze, Goldhamster, Chinchilla, Vogel …«

»Nein.«

Abdullah: »Weiße Maus?«

»Machen Sie sich lustig über mich?«

Abdul: »Schauen wir so aus?«

»Nein.«

»Na also!«, sagt Abdul. »Tiere lassen sich gut verkaufen. Wenn wir ein Bild von Ihnen mit einem Kätzchen oder Hündchen in den Armen ins Netz stellen, haben sämtliche Omas sofort feuchte Augen.«

»Nicht nur Augen und nicht nur Omas«, meint Abdullah, woraufhin beide wieder zu kichern beginnen, während sich Paul mit zitternden Händen nun doch eine Zigarette anzündet.

»Wollen Sie richtigen Hass im Netz erleben?«, fragt Abdul. »Schlimmer als alles, was Sie jemals in Ihrem Leben gesehen, gelesen oder in Ihren schlimmsten Albträumen geträumt haben? Dann quälen Sie ein Haustier, filmen die Szene, stellen sie ins Netz und warten, was die Leute Ihnen schreiben.«

»Was ist mit Ihrer Familie?«, fragt Abdul. »Sie haben eine reizende Tochter, soviel ich weiß …«

»Die lassen Sie bitte aus dem Spiel!«, schreit Paul und springt auf. »Meine Tochter wird in keinem dieser Drecksfilmchen zu sehen sein, hören Sie!«

»Kinder verkaufen sich noch besser als Hunde«, bemerkt Abdul trocken. »Besonders kleine Mädchen, wenn sie hübsch und nett sind.«

»Aber Katzen sind unüberbietbar«, meint Abdullah. »Katzen sind besser als Musik, Mädchen oder Pornos. Katzen sind top!«

»Ich …«, keucht Paul, doch bringt er kein Wort mehr heraus, sondern schaut abwechselnd auf Abdul und Abdullah hinunter, die sitzen geblieben sind, während er aufgesprungen ist. Nun lächeln ihn beide von unten an – breit, selbstzufrieden, höhnisch, und plötzlich hat Paul den Eindruck, es nicht mit Menschen, sondern mit zwei großen, satten Katern zu tun zu haben.

»Meine Familie ist tabu!«, sagt Paul leise, aber mit hörbar unterdrückter Wut. »Ende der Diskussion!«

Auf einmal öffnet sich die Tür zum Korridor, und die alte Frau, die vorhin an der Nähmaschine gesessen war, betritt mit einem Teller in der Hand den Hof. Sie geht sehr langsam, gebückt, zieht das rechte Bein nach, stöhnt und lamentiert bei jedem Schritt und flüstert etwas, als sie ihren Teller, der groß und blau und mit honigsüßen arabischen Speisen aus Blätterteig gefüllt ist, auf den Tisch stellt, Paul dabei misstrauisch von oben bis unten mustert und in verächtlichem Tonfall etwas sagt, das wie eine arabische Beleidigung klingt. Dann geht sie einige Schritte in Richtung der hinteren Wand, in der es nicht einmal Fenster gibt, bleibt stehen und dreht dem Tisch den Rücken zu.

»Einen Augenblick, bitte«, murmelt Abdul, steht auf, folgt der Frau zum anderen Ende des Hofes. Abdullah entschuldigt sich daraufhin ebenfalls und folgt den beiden.

Während Paul sich wieder hinsetzt, die Zigarette fertig raucht und ein Glas Wasser trinkt, tuscheln die drei leise auf Arabisch, werfen Paul manchmal verstohlene Blicke zu, wirken irgendwie verstört, irritiert. Ihre Köpfe sind so dicht beisammen, dass es aussieht, als würden sie einander demnächst berühren. So vergehen lange Minuten, in denen Paul immer nervöser wird, die Sonne plötzlich hinter einem der Dächer auftaucht und den schmalen Innenhof in ein goldenes Licht taucht und der Straßenlärm, der bis hierher dringt, für Paul immer deutlicher wird. Plötzlich macht die alte Frau eine wegwerfende Handbewegung, stößt Abdullah weg, wendet sich zur Gänze Abdul zu und beginnt auf ihn einzureden. Abdullah schlendert zum Tisch zurück, schiebt sich die Sonnenbrille auf die Stirn, setzt sich, greift nach den klebrigen Süßigkeiten und beginnt zu essen.

»Was ist los?«, fragt Paul besorgt.

»Umm Abdul mag Sie nicht«, sagt Abdullah mit vollem Mund, holt ein weißes Taschentuch aus seiner Hosentasche, wischt sich damit die Lippen ab, schluckt runter, wischt sich ein zweites Mal die Lippen ab und sagt: »Abduls Mutter meint, Sie seien unehrlich, verschlagen, dumm, bösartig und würden alle ins Unglück stürzen. Wir sollten Sie mit Fußtritten davonjagen, sagt Umm Abdul.«

»Ich bin ganz ehrlich zu Ihnen!«, protestiert Paul. »Ich brauche Ihre Hilfe! Bitte! Ich bin nicht verschlagen. Dumm – ja! Bösartig – vielleicht. Aber nicht verschlagen! Wieso entscheidet eigentlich Abduls Mutter bei einer solchen Frage mit?«

»Abdul respektiert seine Mutter. Er würde nie etwas tun, was sie nicht gutheißt. Ohne Umm Abduls Segen läuft bei uns nichts.«

Umm Abdul redet unterdessen weiterhin auf ihren Sohn ein. Dieser steht mit gesenktem Haupt wie ein begossener Pudel vor ihr und lässt die Standpauke über sich ergehen.

»Sie sind ehrlich zu uns? Wirklich?«, fragt Abdullah und verzieht den Mund zu einer Grimasse, vor der Paul angst und bange wird. »Dann erzählen Sie doch, warum Sie anderen Menschen solche Ungeheuerlichkeiten schreiben.«

»Lupowitsch ist eine widerwärtige Figur.«

»Ist das ein Grund, die Familie des Mannes zu bedrohen?«

»Es war keine echte Drohung.«

»Ach, kommen Sie!«

»Ich war wütend. Wütend, ohnmächtig und verzweifelt. Ich habe um mich geschlagen wie ein Boxer, der im Ring zu wanken begonnen hat.«

»Jetzt sind Sie angezählt.«

»Ich weiß.«

»Warum das Ganze?«, fragt Abdullah, doch Paul schweigt. Abdullah wartet.

»Wenn Sie mir nicht helfen wollen, werde ich damit leben, solange es sich noch leben lässt«, erklärt Paul schließlich.

Abdul beendet das Gespräch mit seiner Mutter, kommt zurück und flüstert Abdullah etwas ins Ohr.

»Abdul ist es gelungen, seine Mutter umzustimmen«, berichtet Abdullah daraufhin freudig. »Besser gesagt, hat er ihr schwören müssen, dass Sie alles tun, was man Ihnen sagt. Dass Sie sich anständig benehmen und lammfromm sein werden!«

»Werden Sie lammfromm sein?«, fragt Abdul. Es klingt wie eine Drohung.

»Aber gewiss«, versichert Paul. »Ich bin doch schon längst ein Hammel.«

»Gut«, meint Abdul. »Wenn das so ist …«

»Sie haben Glück«, erklärt Abdullah. »Sie wissen noch gar nicht, was für ein Glück Sie haben!«

»Wir werden eine Gegenoffensive starten«, sagt Abdul, lächelt und legt Paul den Arm um die Schultern. »Wir werden Ihrer peinlichen Geschichte eine andere Story entgegenstellen.«

»Ein anderes Narrativ.«

»Einen neuen Inhalt.«

»Eine andere Aussage.«

»Aus Prosa machen wir ein Gedicht.«

»Aus Hardrock ein zartes Volkslied.«

»Aus der bedingungslosen Kapitulation den Endsieg.«

»Oder umgekehrt.«

»Aus Urin Champagner.«

»Prickelnd!«

»Wir werden eine Journalistin engagieren. Aus Westeuropa. Sie ist die beste von allen.«

»Eine unabhängige Journalistin mit der nötigen Distanz und der Fähigkeit, die Situation objektiv zu beurteilen: ein Vollprofi!«

»Eine Deutsche.«

»Aus Darmstadt.«

»Der Name des Ortes ist Programm.«

»Klingt schon so deutsch, dass es deutscher gar nicht geht.«

»Sie wird gut von uns bezahlt.«

»Sie wird alles erforschen, alles verstehen und alles erklären.«

»Sachlich, also in unserem Sinne, natürlich.«

»Das kann ich mir nicht leisten«, bemerkt Paul leise.

»Macht nichts. Sie leisten eine Anzahlung, nicht wenig zwar, aber verkraftbar für jemanden wie Sie, den Rest schießen wir vor, und das Projekt finanziert sich von selbst.«

»Vertrauen Sie uns!«

»Vertrauen Sie nur uns und sonst niemandem, am wenigsten sich selbst!«

»Tun Sie ab sofort nur das, was wir Ihnen sagen.«

»Ach ja, und schreiben Sie bitte keine weiteren Kommentare im Internet mehr. Keinen einzigen!«

»Reißen Sie sich zusammen!«

»Rauchen Sie, koksen Sie, saufen Sie, spielen Sie Schach oder machen Sie Kniebeugen. Nur Hände weg von der Tastatur! Wenn es sein muss, schreiben wir etwas für Sie.«

8

Einst hatte Paul Menschen belächelt, die halbe Nächte damit verbringen, im Netz mit Leuten zu streiten, die sie nicht kennen und wohl nie eines Blickes gewürdigt hätten, wenn sie ihnen auf der Straße, in einem Lokal oder auf einer Party bei Freunden begegnet wären. Pauls eigene Internetpräsenz beschränkte sich über viele Jahre auf berufliche Kontakte und auf den Austausch mit wenigen guten Freunden und Bekannten, die ähnliche Interessen hatten wie er. Dies änderte sich erst, als sich die politische Bewegung gegen das Regime des Präsidenten zunehmend radikalisierte und Paul eines Tages in den sozialen Netzwerken auf einen Kommentar dazu stieß, der ihm derart albern und selbstgefällig vorkam, dass er sich bemüßigt fühlte, eine ausführliche »Entgegnung« zu verfassen. Später konnte er weder sich noch anderen stimmig erklären, warum er gerade auf diesen Kommentar geantwortet hatte, der nicht der erste dieser Art war, den er im Internet gelesen hatte, und dem er auch nicht an einem Tag begegnet war, der sich in irgendeiner Weise von anderen Tagen unterschied. Am meisten empörte ihn wohl, dass der Kommentar von jemandem stammte, mit dem er eine Leidenschaft für alte Flugzeugmodelle teilte und mit dem er sich schon seit Jahren zu diesem Thema in mehreren Foren ausgetauscht hatte – es war ein Kollege, der in einer anderen

Stadt als Flugzeugingenieur tätig war. Wie konnte er sich in diesem Mann, den er für einen intelligenten und sympathischen Menschen gehalten hatte, nur so getäuscht haben! Es war aber nicht dieser Bekannte, der auf seine »Entgegnung« antwortete, sondern jemand, der unter dem Pseudonym *Wise Old Skunk* im selben Thread mitpostete. Das Stinktier »zerlegte« Pauls Argumente Punkt für Punkt und meinte abschließend, Paul sei weder belesen noch intelligent genug, um *mit Menschen, die sich profund mit der Materie beschäftigt hatten*, mitzudiskutieren. Dafür fehle Paul schlichtweg das nötige Format.

Mir? Mir fehlt es an Format, um mit jemandem wie dir zu diskutieren?, empörte sich Paul und lief wütend im Zimmer auf und ab. Es war nach Mitternacht, am nächsten Tag musste er um fünf Uhr morgens aufstehen, weil er Frühschicht hatte, doch das spielte plötzlich keine Rolle mehr.

»Ich war immer ein guter Schüler, als Student war ich einer der besten«, murmelte Paul. »Ich habe ohne Zweifel mehr Bücher zur globalen und nationalen Politik, zur Geschichte unseres Landes und zu unserem Wirtschaftssystem gelesen als dieses alte Stinktier, das kaum rechtschreiben kann und nicht einmal die einfachsten Gesetze der Logik verinnerlicht hat.«

Paul begann, eine lange Replik auf die Replik zu verfassen. Diesmal bemühte er sich sehr, Querverbindungen herzustellen, Quellen anzugeben und daraus zu zitieren, Artikel aus angesehenen ausländischen Zeitungen zu verlinken, seine Argumente präzise und so klar wie möglich vorzutragen.

Als er endlich mit seinem kurzen Essay, den er einige

Male redigiert hatte, zufrieden war, die Return-Taste gedrückt hatte und sich erleichtert zurücklehnte, war es drei Uhr morgens.

Ich muss völlig verrückt sein, um für irgendeinen Idioten, dessen Profil ich nicht einmal entnehmen kann, wo er lebt, was er tut, ja, ob es ihn wirklich gibt, eine halbe Nacht zu verschwenden, dachte er. Nie wieder mache ich einen solchen Blödsinn!

Er trank ein Bier, ging auf die Straße, um eine Zigarette zu rauchen, putzte die Zähne und wollte den Laptop schon zuklappen und sich für die ihm noch verbleibende Nachtstunde ins Bett legen, als er sah, dass sein Kontrahent, der offenbar ebenfalls ein Nachtmensch war, schon geantwortet hatte. Pauls erste Reaktion war, den Computer schnell auszuschalten und den Kommentar erst am nächsten Tag zu lesen, doch die Neugierde war stärker als die Vernunft.

Das alte Stinktier ging auf Pauls Argumente kaum ein, hatte seine Ausführungen aber aufmerksam gelesen, denn er wies auf einen kleinen Widerspruch in seiner Argumentationskette hin, womit sich seiner Meinung nach Paul *der Lächerlichkeit* preisgegeben habe und sein *peinliches Geschwurbel* sofort und im eigenen Interesse löschen sollte. Die von Paul verlinkten Artikel habe sich das Stinktier gar nicht angeschaut, denn *die dreckige Lügenpresse aus dem dekadenten Westeuropa oder den imperialistischen USA* interessiere ihn nicht. Pauls Replik bestätige nur, was er, das *weise, alte Stinktier*, gleich von Anfang an gewusst habe: Paul sei einer Diskussion zu einem derart ernsten politischen Thema weder intellektuell noch charakterlich gewachsen und solle *lieber bei seinen Flugzeugen* bleiben.

Zehn Minuten später lag Paul mit weit aufgerissenen Augen im Bett und kochte vor Wut. »Was ist los?«, fragte Flora. »Nichts!«, zischte er mit gepresster Stimme, drehte ihr den Rücken zu und beschloss, ab sofort nie mehr in ein soziales Netzwerk hineinzuschauen. Hatte er es wirklich nötig, sich derart dumm und schwach anreden zu lassen?

Sein Entschluss hielt gerade einmal einen Tag an. Schon am selben Abend konnte er sich nicht zurückhalten und schickte dem alten Stinktier einige böse Bemerkungen, die inhaltlich und im Tonfall um einiges schärfer waren als seine vorangegangenen Kommentare. *Wusste ich's doch*, schrieb ihm das Stinktier prompt zurück, *dass Sie, wenn Ihnen die Argumente ausgehen, die Contenance verlieren. Von jemandem wie Ihnen habe ich es aber nicht anders erwartet.*

Diesmal blieb Paul nichts anderes übrig, als zu schimpfen. Jedenfalls glaubte er, dass er keine andere Wahl mehr hatte. Andere Diskutanten mischten sich ein und fielen über ihn her, nannten ihn im besten Fall einen *Rüpel*, im schlimmsten Fall drohten sie ihm mit sexueller Gewalt oder kündigten an, ihn zu ermorden. Er war auf einer Seite gelandet, auf der ihm niemand wohlgesonnen war. Hier trafen sich Gegner des Präsidenten mit Verschwörungstheoretikern, Chauvinisten, christlichen Fundamentalisten, Faschisten und Rechtsradikalen aus dem Ausland. In Pauls Land gab es keinerlei Kontrolle von sozialen Netzwerken. Jeder postete, was er wollte, ohne Konsequenzen fürchten zu müssen.

Je mehr Paul versuchte, seine Meinung zu vertreten, desto mehr wurde er für alle anderen zum Troll, und je öfter er versuchte, sachlich oder freundlich zu diskutieren, desto öfter wurde er vorgeführt und lächerlich gemacht, fühlte sich als Versager und versuchte noch verbissener, seine Gegner durch passende und unpassende Argumente zum Schweigen zu bringen, vor allem aber sich selbst zu beweisen, dass er schlagfertig, intelligent und souverän genug war, in einer feindlichen Umgebung zu bestehen und jenen Respekt zu erhalten, den er seiner Ansicht nach verdiente. Das jedoch gelang ihm nur selten. Viele seiner Kontrahenten waren offensichtlich diskussionserfahren, kannten alle Argumente, die gegen ihre Thesen vorgebracht werden konnten, und widerlegten diese geschickt mit Standardphrasen. Alles Ungewohnte und Originelle perlte an ihnen ab. In den meisten Fällen ignorierten sie es, und wenn sie überhaupt darauf eingingen, meinten sie, es habe nichts mit dem Thema zu tun, sei eine Ablenkung, eine Lüge, eine Beleidigung, oder aber sie machten sich über eine ungeschickte Formulierung oder einen Tippfehler, der Paul unterlaufen war, lustig.

Je leidenschaftlicher Paul wurde, desto öfter fiel er auf die Nase und fühlte sich als Versager. Je öfter er sich als Versager fühlte, desto mehr hatte er das Gefühl, wieder der kleine Junge von einst zu sein, auf dem alle herumhackten. Wie damals fühlte er sich ohnmächtig, dumm, unverstanden, vor allem aber stumm. Stundenlang schrieb er sich die Finger krumm, und doch war alles, was er produzierte, nicht mehr als der stumme Schrei eines zappelnden Fisches, der am Angelhaken hängt und langsam aus dem Wasser gezogen wird.

Irgendwann spielte es eine untergeordnete Rolle, worüber Paul im Netz diskutierte oder ob er selbst glaubte, recht zu haben oder nicht. Es war der Akt selbst, der ihn nicht losließ. Das Diskutieren entwickelte sich zu einem virtuellen Boxkampf, und dieser zu einer in Szene gesetzten, ritualisierten Niederlage. Jeden zweiten Tag fasste Paul den Entschluss, mit »dem Blödsinn« aufzuhören. Manchmal kündigte er auf seiner Facebook- oder Instagram-Seite großspurig an, eine dreißig-, vierzig- oder fünfzigtägige Internetpause einzulegen, nur um – zur Schadenfreude seiner zahlreichen »Freunde« und »Follower« – nach höchstens drei Tagen wieder rückfällig zu werden. Wenn er keine Kommentare im Internet verfasste, schlief er schlecht, hatte Schweißausbrüche oder Panikattacken. Seine Hände zitterten, manchmal hatte er das Gefühl, er bekomme keine Luft. Das alles war schlimmer als seine vergeblichen Versuche, mit dem Rauchen aufzuhören. Jedes Warten auf die Straßenbahn wurde zur Herausforderung, die Fahrt selbst zum Martyrium. Wenn er »nur noch einmal kurz hineinschauen« wollte, wusste er, dass er demnächst wieder in den Ring steigen würde. Aber er konnte nicht anders. Etwas geschah mit ihm, etwas veränderte seinen Geist, eine innere Kraft trieb ihn an, die viel stärker war als er.

Seine Frau erklärte ihm, er entwickle sich zu einem Menschen, der er niemals gewesen sei. Einmal las Flora die Einträge in einem Blog, in den Paul sich hineinsaugen hatte lassen, und war entsetzt. Von Jonathan Swift stamme der Satz: *It is useless to attempt to reason a man out of a thing he was never reasoned into*, erklärte sie ihm. Warum nur gebe er sich so viel Mühe, irgendwelchen Idioten etwas zu erklären?

Paul verstand selbst nicht, was ihn antrieb, und meinte, er verliere den Verstand. Seine Tochter hätte es ihm gerne gleichgetan, wenn sie ein eigenes Handy gehabt hätte, doch vermuteten Paul und Flora, dass sie insgeheim ohnehin viel Zeit mit ihren Freundinnen im Netz verbrachte.

Paul sah ein, dass er ein schlechtes Vorbild für seine Tochter war. Er hatte ein schlechtes Gewissen, doch seine Sucht war stärker. Je mehr Zeit verging, desto öfter stritt er mit seiner Frau, und je mehr Zeit verging, desto weniger ertrug er es, allein mit sich selbst zu sein. Er surfte im Netz, wenn er am Morgen aufwachte, nahm das Handy nach dem Frühstück mit auf die Toilette, surfte auf dem Weg zur Arbeit, in den Pausen, auf dem Weg nach Hause und später am Abend und in der Nacht, nachdem alle schlafen gegangen waren. Als der Flughafen geschlossen und er in Zwangsurlaub geschickt wurde, machte das alles noch schlimmer. »Meine Mutter hatte so was von recht, was dich betrifft«, schimpfte Flora. »Ich hätte auf sie hören sollen.«

Das Internet, las Paul einmal in einem Essay, *ist die Fortsetzung des Krieges mit anderen Mitteln*. Mehr als das würde es jedoch zum Vorspiel des Krieges. Vor Beginn der Kampfhandlungen hatte in der Stadt eine gespenstische Ruhe geherrscht. In diesen Tagen wurde die Verlagerung der gesamten sozialen Kommunikation ins Netz auf die Spitze getrieben. In früheren Zeiten hatte in Bussen und Straßenbahnen Leben geherrscht: Die Menschen hatten miteinander geredet, Scherze gemacht, gestritten, gesungen, Gitarre gespielt oder sich über die Köpfe von anderen Fahrgästen etwas zugerufen. Manche blätterten in Büchern oder in Zeitungen, andere schauten aus dem Fenster, machten ihre Nachbarn auf etwas aufmerksam oder spielten mit ihren Kindern. Die südländische Lebensfreude überlagerte Armut und Perspektivlosigkeit, und wer mit finsterem Gesicht in einen Bus stieg, verließ ihn eine halbe Stunde später oft mit einem breiten Lächeln im Gesicht. Dies alles gehörte längst der Vergangenheit an. Verbissen starrten alle in ihre Mobiltelefone, stiegen wie Zombies in Busse und Bahnen, konnten ihre Blicke keine Sekunde von ihren Displays losreißen, stiegen wie Zombies wieder aus und wankten zur Arbeit oder nach Hause. Ähnliches konnte man in Kaffeehäusern und Restaurants, in Parkanlagen, Wartezimmern, Frisiersalons, Konzertsälen, vor und nach Begräbnissen, am Strand und in allen Straßen der Stadt beobachten. Selbst die Zweijährigen umklammerten schon Geräte, die ihnen wichtiger waren als ihre Schnuller.

Kurz bevor der Krieg ausbrach, änderte sich die Stimmung. In den Tagen, Wochen und Monaten danach wurde dann viel darüber diskutiert, wer die Angst und den Hass anheizte, wer davon profitierte, gezielt Falschinformationen lancierte oder reale Missstände aufbauschte. Man glaubte, Bots erkennen zu können, munkelte von Tausenden bezahlter Trolle, die angeblich an verschiedenen Orten im Ausland saßen, im gesamten Internet ausschwärmten und ihr Gift wie eine ansteckende Krankheit rasant verbreiteten.

Der verbissene Gesichtsausdruck der Menschen wurde wütend, verzweifelt, manchmal resigniert, meist aber voller Aggression. Die Bewegungen der Daumen und Zeigefinger wurden schneller, gehetzter, wenn Kommentare und Drohungen in Geräte gehämmert oder Bilder verschickt wurden. Je hasserfüllter die Menschen miteinander umgingen, desto weniger sahen sie einander im realen Leben an. Allenfalls nahm man den Mitmenschen wahr, wenn er ein gutes Fotomotiv darstellte. Man grüßte den Nachbarn freundlich, dem man gerade eben auf Twitter die Vergewaltigung seiner Kinder gewünscht hatte, scherzte am Mittagstisch mit einem Arbeitskollegen, dem man auf Instagram gerne die Kehle durchschneiden würde, oder hielt einer Dame die Tür auf, die man wenige Minuten zuvor auf Facebook als *Drecksfotze* beschimpft hatte. Irgendwann jedoch geschah das, was geschehen musste. Als der Hass so groß wurde, dass er nicht mehr zu ertragen war, schauten die Menschen von ihren Bildschirmen und Displays auf und erkannten in den Gesichtern ihrer Nachbarn, Bekannten und der guten Freunde von einst denselben Hass und dieselbe Angst, die sie selbst empfanden. Das ertrugen sie nicht. Sie wurden taub und blind, und das Morden begann.

9

Als Paul noch ein Kind war, verbrachte seine Mutter mit ihm jeden Sommer eine Woche in dem Dorf, aus dem sie stammte. Sie besuchte dann Onkel, Tanten und Jugendfreunde, brachte Geschenke aus der Stadt mit, erfreute sich an den kleinen und größeren Alltagskatastrophen ihrer früheren Feinde, pries die alten Zeiten und reiste schließlich mit großer Erleichterung wieder ab. In der Stadt erzählte sie allen, wie froh sie sei, in dem Elendsnest, das ihr eine erbärmliche Kindheit beschert hatte, nicht mehr leben zu müssen.

Das Dorf liegt im Landesinneren, etwa fünfzig Kilometer von der Stadt entfernt, hinter den Bergen, wo die letzten Hügel in eine baumlose, trockene Steppe übergehen. Die Winter sind hier schneereich und kalt, in den Nächten fällt die Temperatur manchmal auf minus zwanzig Grad, die Sommer hingegen sind heiß wie der Vorhof zur Hölle. Die Bauernhäuser sind massiv gebaut. Wie unverrückbare Felsbrocken ragen sie aus der Erde. Wenn zehn Häuser nebeneinanderstehen, ist das offiziell ein Dorf, und wenn die Häuser noch gehäufter auftreten, was hier selten der Fall ist, spricht man schon von einem »Städtchen«. Die Kirchen kauern in der Mitte – niedrig, gedrungen. Kein Turm zeigt Richtung Himmel. Wozu auch? Gott ist nicht oben im Himmel, sondern in den Herzen, und die Herzen der Menschen dieser Gegend sind wie aus dem Boden gewachsen. Stets zieht es sie zurück zur Erde. Schaut man gen Norden, berühren sich Erde und Horizont. Schaut man gen Süden, kratzen die karstigen Gipfel der Berge am Firmament.

Wenn Paul in den Sommern mit seiner Mutter im Dorf zu Besuch war, erlosch in der hochsommerlichen Mittagszeit jegliche Aktivität, alles war wie ausgestorben, Mensch und Tier verkrochen sich, nur Paul ging – trotz der Ermahnungen seiner Mutter, die fürchtete, das Kind würde einen Sonnenstich erleiden – mittags spazieren, schlenderte durch die Hauptstraße, sah Hunde, die keuchend mit schwitzenden Zungen im Schatten der Häuser lagen, betrachtete die Schilder der Geschäfte, auf denen *geschlossen* stand, und hatte jedes Mal das beklemmende Gefühl, die Zeit habe sich aufgelöst, sei an ihr Ende gelangt und werde nie mehr weiterlaufen. Das war der Moment, der kein Moment mehr war, sondern eine Ewigkeit und gleichzeitig so nichtig, weil unendlich kurz, und Paul verstand, dass Ewigkeit und Nichtigkeit ein und dasselbe waren, genau wie Sein und Nichtsein. Wenn es ihn, Paul, aber gar nicht gab, brauchte er sich vor nichts zu fürchten, weder vor den Mitschülern, die ihn hassten und verprügelten, noch vor den Erwachsenen, die ihn für einen zurückgebliebenen Nichtsnutz hielten.

Er stellte sich in die Straßenmitte, nahm seine Mütze ab und tanzte und sang, zuerst langsam, dann schneller und schneller, bis ihm schwindlig wurde. Was die Dorfbewohner über ihn dachten, war ihm gleichgültig, denn in der Zeitlosigkeit waren sie allesamt von einem Schwarzen Loch aufgesogen worden oder hatten sich schlichtweg aufgelöst. Er allein war noch am Leben und sang, nein, brüllte alte Chansons, die er von seiner Großmutter kannte, brüllte so lange, bis alle Hunde des Dorfes zu jaulen begannen und die Menschen aus ihren Häusern kamen, um das »elende Geschrei endlich abzustellen«.

Zwanzig Jahre später wünscht sich Paul in sein Dorf zurück, spürt das kleine Kind in sich, das er damals war, sieht es auf der leeren Hauptstraße tanzen, sieht sich Pirouetten drehen, selbstvergessen herumlaufen und hochspringen. Was für ein blasser, unscheinbarer Knirps er doch gewesen ist, so zart und zerbrechlich, dass es den Anschein hatte, ein Erwachsener könne ihn umpusten oder wegblasen wie Brotkrümel vom Tisch.

Zweifellos werden Abdul und Abdullah einiges zuwege bringen können. Doch wird das niemals seine Schande tilgen, die Demütigung ungeschehen machen können. Ist jegliches Bemühen denn nicht vergeblich? Wie gerne würde er die Zeit zurückdrehen oder, besser noch, anhalten und alle Menschen verschwinden lassen, sich wie ein tanzender Derwisch singend im Kreis drehen, drehen, drehen, so lange, bis er aus der Trance in die Euphorie und aus dieser in ein Nirwana des Vergessens abtauchen könnte. O, wie wunderbar konnte er singen, bis der Stimmbruch seine Gesangskarriere beendete, noch bevor sie hatte beginnen können. Dabei hatte er sich als Kind nichts sehnlicher gewünscht, als wenigstens einmal auf einer großen Bühne vor einem richtigen Publikum zu stehen und zu singen, und zwar so, dass alle begeistert aufspringen und applaudieren. Es blieb ein Traum.

Aber er kann die Zeit weder verbiegen noch wegzaubern oder anhalten, weil die Zeit, als er mit sich selbst im

Einklang war, längst vorbei ist. Als Teenager hatte er von einem Sommer auf den anderen seine wertvollste Gabe verloren. Wenn er sang, klang es nun falsch und albern, mal wie das Knurren eines Wolfes, mal wie das Heulen eines Schakals. Das änderte alles. Die Hunde wedelten mit ihren Schwänzen und liefen ihm zu, die Dorfbewohner meinten, er solle in der Kneipe vorsingen, jemand erwähnte ein Volkslied, das man gerne von ihm hören wollte.

Es sollten mehr als zehn Jahre vergehen, bis er das Heimatdorf seiner Mutter wieder aufsuchte.

Als Paul am späten Vormittag mit blutenden Füßen vor dem Eingang zu seinem Haus stand, hätte er sich wie in seiner Kindheit gerne aus der Realität in die Zeitlosigkeit geflüchtet. Doch leider war er längst erwachsen. Er würde, das jedenfalls hatte er sich während des langen und mühsamen Heimwegs vorgenommen, sein Schicksal annehmen, ehrlich zu sich und zu anderen sein, sein Leben ändern, seine Familie retten, alles unternehmen, um die Kriegszone zu verlassen. Er durfte sich nicht brechen lassen, und wenn das Schicksal ihn auf die Knie zwang, musste er aufstehen und weitergehen – selbst wenn jeder Schritt so schmerzvoll war wie das Laufen auf glühenden Kohlen.

Er würde aufrecht gehen, statt auf allen Vieren zu kriechen, und mit erhobenem Haupt statt mit erhobenem Hintern dem Schicksal begegnen. Er würde hinaufgehen, sich den Schweiß aus dem Gesicht wischen, den Rücken durchstrecken, den Kopf heben und erst dann den Klingelknopf neben der Tür zu seiner Wohnung drücken. Seine Mutter würde öffnen, einen Freudenschrei von sich geben und ihm erleichtert um den Hals fallen. Seine Frau würde die Tränen aus ihrem Gesicht wischen, seine Hand ergreifen, die Schwiegermutter zur Seite schieben und ihn schnell ins Wohnzimmer ziehen. Seine Tochter würde ihre Arme um seinen Oberkörper schlingen, ihr Gesicht ganz fest an seinen Körper drücken, Gott danken, dass er wieder zurückgekommen war, schluchzen und betteln, er solle nie mehr weggehen. Dann würden alle durcheinanderreden, Fragen stellen und sich gegenseitig auffordern, keine Fragen zu stellen, um ihn erst einmal ankommen zu lassen, ihm etwas zu essen und zu trinken geben, seine Füße verarzten, ihm ein Bad einlassen, ihm Zeit geben. Zeit. Als ob die Zeit jemals auf seiner Seite gewesen wäre! Statt zu essen oder zu trinken oder ein Bad zu nehmen, würde er alle bitten, ihm aufmerksam zuzuhören, ohne zu unterbrechen, denn er habe etwas sehr Wichtiges zu sagen. Mit fester Stimme würde er alles bekennen, Selbstkritik üben, seine Seele öffnen, seine Schande offenbaren, um Verzeihung bitten. Von seiner Wut würde er erzählen, von seiner Ohnmacht, seiner Sucht, von den Sätzen, die er nie hätte schreiben dürfen, und von dem neuen Leben, das er fortan führen würde. Die Erniedrigung habe aus ihm einen besseren Menschen gemacht. War sie nicht eine Prüfung Gottes, die ihn gereinigt und veredelt hätte?

Während er die Treppe hinaufging, beschloss er, auf die Erwähnung Gottes zu verzichten. Der letzte Gottesdienst, dem er beigewohnt hatte, war seine eigene Taufe gewesen. Was sollte das denn auch für eine Prüfung Gottes mitten im Krieg gewesen sein? Er war am Leben, hatte noch alle seine Gliedmaßen, inneren Organe und sogar noch alle Zähne, und er hatte niemanden getötet.

Im zweiten Stock begegnete er dem Mann, den seine Tochter einen Kinderficker genannt hatte. Wie jeden Tag um diese Zeit machte der »Kinderficker« seinen Lieblingsspaziergang: zum Kinderspielplatz und zurück. Wie immer an heißen Tagen trug er auch diesmal ein buntes, kurzärmliges Hemd und einen weißen Hut mit einer schwarzen Schleife. Doch während er bei Begegnungen mit Nachbarn üblicherweise nur die Krempe seines Hutes mit dem Zeigefinger berührte, mit dem Kopf nickte und ein kaum hörbares »Tag« murmelte, ohne anzuhalten, blieb er diesmal stehen, nahm den Hut ab, verneigte sich, schaute Paul ins Gesicht, grinste höhnisch und sagte: »Einen wunderschönen Tag wünsche ich Ihnen, Herr Nachbar.« Der Tonfall klang wie eine Beleidigung.

Das Verhalten des »Kinderfickers« verstörte Paul, aber er war zu sehr mit sich selbst beschäftigt, um weiter darüber nachzudenken, und seine Füße schmerzten so stark, dass er es kaum noch die Treppe hinaufschaffte. Er war auf unzählige Glasscherben, Verpackungsreste und alte Granatsplitter gestiegen, bevor ihm der Kommandant einer der Straßensperren, die er passieren musste, ein altes Paar Turnschuhe geschenkt hatte. Diese waren ihm zwar zu groß und hatten einige Löcher und Risse, doch für den Weg nach Hause erfüllten sie ihren Zweck. Jetzt allerdings war Paul am Ende. Zehn Stufen noch, fünf, zwei, eine, zehn Schritte noch. Er hatte Tränen in den Augen.

Danach lief alles ungefähr so ab, wie er sich das vorgestellt hatte: Seine Mutter öffnete, umarmte ihn allerdings nicht, sondern packte ihre Freude und Erleichterung in ein paar nüchterne Phrasen, seine Frau zog ihn ins

Wohnzimmer, die Tochter umarmte ihn heftig, dankte aber weder Gott noch bat sie ihn, nie mehr wegzugehen. Seine Frau verarztete seine Füße. Man gab ihm zu essen und zu trinken, bombardierte ihn mit Fragen, freute sich, dass er noch am Leben war, ließ ihm ein Bad ein. Nach dem Bad würde sie seine Füße ein weiteres Mal desinfizieren und verbinden, versprach Flora.

»Was ist passiert? Nun, erzähl doch schon!«

»Jetzt lass ihn doch erst einmal ankommen.«

»Ich will es aber erfahren«, insistierte die Mutter. »Wer weiß, was übermorgen, morgen oder schon in fünf Minuten passiert. Je mehr wir wissen, desto besser sind wir auf alles vorbereitet, was sein könnte.«

»Ein Glas Wasser darf er aber schon noch trinken. In den nächsten drei Minuten wird die Welt nicht untergehen. Und wenn doch, werden wir es nicht mehr verhindern können.«

»Papa, was haben sie mit dir gemacht?«

»Setzt euch«, sagte Paul, doch seine Stimme klang plötzlich unsicher und schwach, »ich muss euch etwas Wichtiges erzählen.«

Wenige Augenblicke später saßen alle Drei Paul gegenüber am Tisch, die Gesichter konzentriert und voller Erwartung. Er aber schwieg, seine Zunge wurde auf einmal trocken und schwer, fühlte sich fremd an, wuchs und klebte unangenehm am Gaumen, versperrte seinen Worten den Weg nach draußen, hielt seine Gedanken fern.

»Und?«, fragte seine Frau.

»Na?«, fragte die Tochter.

»Nu?«, fragte die Mutter.

»Nein!«, presste er schließlich aus sich heraus.

»Nein, was?«, fragte seine Frau.
»Nein, wie?«, fragte die Mutter.
»Warum nicht?«, fragte die Tochter.
»Weil ich nicht darüber reden möchte«, bemerkte er leise und senkte den Blick. »Jedenfalls nicht im Detail und nicht jetzt.«
»Lena, geh bitte auf dein Zimmer!«, befahl seine Frau. Ihre Stimme, zuvor noch mitfühlend, aber ruhig und fest, klang nun in einer Weise ängstlich und besorgt, dass Paul erschrak.
»Nein, ich will nicht«, protestierte Lena.
»Doch, du gehst. Bitte!« Auf einmal schien alles von Flora abgefallen zu sein, was sie in den Augen anderer so einmalig machte: Ihr herausfordernder Trotz, der unterschwellige Spott, mit dem sie ihren Mitmenschen sowie den Höhen und Tiefen des Alltags begegnete, ihre Distanz allem und jedem gegenüber, die meist sogar in Momenten der Rührung und der Hingabe spürbar war. Paul sah ihr ins Gesicht und beschloss, die Wahrheit zu sagen. »Flora!«, flüsterte er und griff nach ihrer Hand. »Ich …«
»Nein, ich bleibe hier!«, sagte das Kind laut und trotzig.
»Geh!«, schrie Flora. »Geh auf dein Zimmer!«
»Geh, mein Kind«, bat Pauls Mutter mit sanfter, versöhnlicher Stimme. »Wir erzählen dir später alles.«
»Nicht nötig«, erklärte Paul. »Lena kann bleiben. Es ist nicht viel geschehen und somit auch nicht viel zu erzählen. Die Details sind beklemmend, aber sie sind uninteressant. Eine Verwechslung. Die Namensgleichheit mit einem … Ich weiß gar nicht, mit wem und warum er von ihnen gesucht wurde. Nach einer Stunde hat sich alles aufgeklärt.« Was ist mit mir los?, fragte er sich verzwei-

felt. »In Zeiten wie diesen ist man ein Freund, dann ein Feind, dann wieder ein Freund, bis man irgendwann einmal sich selbst gegenüber misstrauisch wird. So ist die Zeit, in der wir leben, und die Zeit war noch nie meine Verbündete. Ein gewisser Boris Lupowitsch hat mich verhört. Das ist ein Blogger, selbsternannter Journalist und Rebellenführer, ein jähzorniger Kerl, der ein großes Messer bei sich trägt.« Wird eine Lüge durch einen wahrhaftigen Satz verwässert und damit weniger verlogen? Ab wann überwiegt die Wahrheit in einer Lüge? »Ich musste mindestens zwanzig Mal meinen Namen, mein Geburtsdatum, meine Versicherungsnummer und mein Autokennzeichen aufsagen.« Wer den Weg der Lüge beschritten hat, muss ihn bis zum Ende gehen.

»Aber unser Auto ist doch seit langem kaputt«, erklärte Lena ernst. »Sie hätten dich lieber nach unseren Fahrrädern fragen sollen.« Diese Bemerkung löste die Spannung ein wenig.

Eine halbe Stunde später lag Paul in der Badewanne und genoss die Galgenfrist, die er sich erschwindelt hatte, für die er aber, das war ihm vollkommen klar, teuer bezahlen würde müssen.

Der Augenblick der Wahrheit kam schneller, als er gedacht hatte. Er wollte gerade aus der Wanne steigen, da sprang die Tür zum Badezimmer auf, und »seine drei Mädchen«, wie er sie nannte, stürmten herein. Lenas Gesicht war schmerzverzerrt und voller Tränen, das von Flora fassungslos. Eva schaute ihn traurig, streng und vorwurfsvoll an und sagte nur: »Ach, Paulchen!« Wenn sie ihn wieder Paulchen nannte, konnte es nicht schlimmer werden.

Lena hielt ihm ein Smartphone entgegen – sein Smartphone. Auf dem Display liefen Bilder, und trotz des fahlen Lichts im Badezimmer erkannte er sich selbst sofort.

»Wie konntest du mir das antun?«, schrie Lena und begann zu heulen. »Alle, alle, alle werden mich auslachen. Ich gehe nie mehr in die Schule. Ich gehe nie mehr auf die Straße. Ich kann meinen Freundinnen nie mehr in die Augen schauen. Zwei von ihnen haben mir schon geschrieben, dass sie nicht mehr meine Freundinnen sein wollen. Sie können nicht mit der Tochter des Pissers befreundet sein. Ich hasse dich! Ich hasse dich! Ich hasse dich! Du bist nicht mehr mein Vater.«

»Halt die Klappe, du dummes Ding!«, sagte ihre Mutter streng, wandte sich Paul zu und fügte noch strenger und sehr trocken hinzu: »Habe ich dir nicht oft genug gesagt, du sollst im Internet keine blöden Kommentare schreiben?«

»Ja«, antwortete Paul kleinlaut.

»Du machst uns zum Gespött der Leute«, meinte Eva. »Mir selbst ist das längst egal, ich bin eine alte Frau, aber du, Paulchen, du hast doch Familie, du hast Frau und Kind! Mitten im Krieg bringst du uns alle in eine solche Lage!«

»Ich weiß, du bist arbeitslos«, ereiferte sich Flora. »Aber musst du deshalb stundenlang irgendwelche Leute beschimpfen, die du gar nicht kennst? Was hast du davon? Was bringt das? Glaubst du, du kannst damit etwas ändern? Jemanden überzeugen? Jeder lebt doch nur mit seiner eigenen Wut und füttert ständig nur immer wieder seine eigene Ignoranz und seine vorgefassten Meinungen. Mir selbst genügen die Affen, mit denen ich tagtäglich im realen Leben zu tun habe, vollauf. Es kostet viel Kraft, nicht zum falschen Zeitpunkt auf ihre räudigen Affenschwänze zu steigen.«

»Ja«, flüsterte Paul schuldbewusst und wäre gerne zur Gänze unter der Wasseroberfläche verschwunden.

»Seit Wochen muss ich im Krankenhaus jeden Tag über Leben und Tod entscheiden!«, schrie Flora. »Wir haben keine freien Betten mehr, nicht genügend Medikamente, keinen Platz, zu wenige Geräte. Schwerkranke liegen auf den Gängen und im Innenhof. Unser Chefarzt ist ein korruptes Schwein, der Direktor des Krankenhauses eine Null und die anderen … die anderen …« Sie stockte für wenige Augenblicke und sagte dann: »Ich muss Kinder und Menschen, die Familien haben, bei den Behandlungen vorziehen, alte Leute und Alleinstehende hingegen sterben lassen.« Ihre Stimme klang gleichzeitig wütend und verzweifelt. Sie rang nach Luft und nach Worten. »Erst gestern ist eine Frau, die nur mittelschwer verletzt war, an einer Reihe unerwarteter Komplikationen gestorben, weil sie einen halben Tag lang im Verbindungsgang zwischen Block B und Block C schlichtweg vergessen oder übersehen wurde. Tagtäglich werde ich schuldlos schuldig, und nichts kann und wird mich jemals von dieser Schuld befreien. Und was macht mein Mann währenddessen? Statt in einer solchen Zeit etwas Sinnvolles zu leisten, legt er sich mit irgendwelchem Dreckspack im Internet an und schafft sich und uns Probleme, ohne dass es dafür irgendeinen triftigen Grund gäbe. Warum? Warum tust du das?«

»Ich kann einfach nicht aufhören. Ich werde so wütend, wenn ich so viel Unsinn lesen muss. Irgendwann platzt mir dann der Kragen und dann bin ich keineswegs stolz auf meine eigene Reaktion.«

»Aber warum, warum, warum liest du den ganzen Unsinn überhaupt? Schalte doch einfach den Scheißcomputer aus! Ich verstehe dich nicht. Es ist, als würdest du selbst glühende Kohlen in deine offenen Wunden legen.«

Er schwieg.

»Habe ich dir nicht immer und immer wieder gesagt, wie groß meine Angst ist, wenn du dich mit Idioten anlegst?«

»Ja.« Nun hatte er Tränen in den Augen.

»Du hast Familie. Du hast ein Kind, verdammt noch einmal. Irgendwann steht ein Psychopath mit einer AK47 in der Hand vor unserer Haustür und will nicht nur dich abholen, sondern uns allen etwas antun! Wir haben Krieg! Krieg! Krieg! Und du verschwendest deine Zeit für irgendeinen Abschaum in den sozialen Netzwerken?!! Kümmere dich lieber um dich selbst und um uns!«

»Was soll ich denn jetzt tun? Soll ich mich ertränken?«

Doch Flora ignorierte diesen Zwischenruf. »Schlimm genug, dass du jetzt selbst als Waschlappen dastehst. Aber hast du dir eigentlich überlegt, was das für andere Menschen bedeutet?«

Obwohl dies zweifellos einer der schlimmsten Momente in seinem Leben war, wurde Paul plötzlich der Aberwitz und die Absurdität seiner Lage bewusst. Plötzlich musste er wieder an Francisco Goyas *Hexensabbat* denken, nein, nicht an das berühmte Bild mit dem thronenden Teufel in Gestalt eines Ziegenbocks in der Mitte, sondern an das andere, viel weniger bekannte, in einer Privatsammlung versteckte, in dem die Weiber der Finsternis mit Monstergesichtern, Teufelsschwänzen und Hufen um ein Feuer und einen großen Kochtopf, in dem menschliche Überreste zubereitet werden, herumtanzen. War es nicht er selbst, besser gesagt, das, was von ihm übrig war, das gerade in diesem Topf lag?

»Ich werde ein paar gute Leute anrufen«, sagte Eva. »Das mache ich jetzt, sofort. Es muss schnell gehen. Ich habe meine Kontakte zu einigen guten Leuten. Es wird sich gewiss eine Lösung finden. Wie ich gehört habe, gibt es zwei Araber, die unter guten Leuten und deren Freunden einen ausgezeichneten Ruf haben und in solchen Fällen helfen können.«

Flora ignorierte auch diese Bemerkung und setzte ihr Lamento fort: »Als ob es nicht genug wäre, dass du dich wochenlang nicht entscheiden konntest, ob wir die Stadt verlassen sollen oder nicht, als ob es nicht schlimm genug wäre, dass du rauchst, nur wenige Freunde und außer deinem Beruf und deinen gelegentlichen Theaterbesuchen keine echten Interessen hast, musst du dich als der dümmste aller Trolle im Internet herumtreiben und Leuten, die dir jederzeit in die Fresse hauen können, ans Bein pinkeln. Und das mitten im Krieg!«

»Das ist kein Krieg«, sagte Lena und stampfte trotzig mit den Füßen. »Das ist eine erweiterte Polizeiaktion …«

»Ach, hör doch endlich auf mit diesem Blödsinn!« Diesmal waren sich alle Erwachsenen einig, denn sie sprachen denselben Satz fast gleichzeitig und im selben Tonfall aus, woraufhin Lena Pauls Smartphone wütend in die Badewanne warf und schluchzend hinauslief.

10

Die Stadt weiß noch nicht, ob sie erobert oder befreit worden ist. Die einen freuen sich, andere haben Angst, doch vorerst ändert sich nicht viel. Die Stadt bleibt das, was sie schon in den Tagen zuvor gewesen war: eine Mausefalle. Sämtliche Zufahrtsstraßen sind blockiert, der Flughafen zerstört, der Hafen Frontzone. Die »Befreier« haben die Passierschein- und Ausweisgesetze der alten Machthaber übernommen und drei weitere *Kontrollzonen mit limitiertem Zugang* geschaffen. Dennoch findet abends im *Kleinen Stadion*, welches nur einen Steinwurf vom Hafen entfernt ist, ein schon vor Monaten angekündigtes Konzert der Mädchen-Pop-Gruppe *Blaue Pillen* statt. Keiner weiß, wie das möglich sein kann, doch die Gruppe ist in der Stadt, das Stadion seit Wochen ausverkauft, und schon am Nachmittag bildet sich eine lange Schlange vor dem Eingang.

Alles ist schlagartig teurer geworden, und sämtliche Läden akzeptieren nur mehr Euro und US-Dollar als Zahlungsmittel. Es wird gemunkelt, dass es in den letzten Stunden zu einer Reihe grauenvoller Verbrechen gekommen sei – Raub, Mord, Diebstahl, Vergewaltigung, Einbruch, Brandstiftung, Vandalismus. Irgendwer habe einen Oberleitungsbus entführt und die Passagiere gezwungen, sich nackt auszuziehen. Außerdem seien Hunderte (manche behaupten: Tausende) Menschen verhaftet worden. Mindestens genauso viele seien einfach verschwunden. Überall irren Menschen durch die Straßen, suchen ihre Angehörigen oder beklagen ihr eigenes Schicksal. In sozialen Netzwerken sind Portale eingerichtet worden, in denen nach vermissten Personen gesucht wird und man sich gegenseitig Hilfe anbietet.

Die Feuerpause hält an. Verhandlungen werden geführt, Gefangene ausgetauscht, internationale Beobachter und Journalisten in die Stadt gelassen. Schließlich wird die Feuerpause noch einmal verlängert, sie endet erst am Montag um 23 Uhr 59.

Nach wochenlangen Gefechten ist es auf den Bergen und Hügeln am Stadtrand gespenstisch still. Die Nacht zum Sonntag ist die erste ruhige Nacht seit langem. Ab neunzehn Uhr dreißig gibt es eine Ausgangssperre, die bis halb sechs Uhr morgens dauert, doch kaum jemand hält sich daran, und die neuen Machthaber greifen nicht durch. Noch nicht. Der Aristoteles Boulevard, längst kein Boulevard mehr, sondern eine sechsspurige Schnellstraße, die nicht nach dem berühmten griechischen Philosophen, sondern nach dem durch den Handel mit Gurken und Tomaten reich gewordenen griechisch-deutschen Unternehmer und Förderer der Künste und des klassischen Balletts Aristoteles Schmitt, benannt ist und die Innenstadt vom Hafen trennt, ist zur Frontlinie geworden. Wo noch vor kurzem der Verkehr rauschte, türmen sich Sandsäcke, stehen Panzersperren, Geschütze, werden Maschinengewehrnester errichtet, beziehen Scharfschützen ihre Verstecke, versperren Zäune und Stacheldrahtrollen den Durchgang. Die Schiffe im Hafen sind noch etwas näher an das Ufer herangerückt, haben die Geschütze neu justiert und auf strategische Punkte der Stadt ausgerichtet.

Eine unheimliche Spannung liegt über der Stadt. Irgendwer schreibt in einem Tweet, der bald von allen wichtigen Nachrichtenagenturen übernommen wird, über diesen Sonntag, er sei ein *Kaninchen-vor-der-Schlange-Tag*. Es gibt niemanden, der nicht dieser Meinung wäre.

Flora hat Paul erklärt, sie müsse über vieles nachdenken, sie brauche Zeit, um »das Ereignis« richtig einzuordnen. Das bedeute nicht, dass sie Paul nicht mehr liebe, sie liebe ihn genauso wie bisher, doch erst mal brauche sie etwas Distanz. Er solle Verständnis für sie aufbringen, und sich, nach allem, was am Vortag geschehen war, in ihre emotionale Lage versetzen und Berührungen mit ihr vermeiden. Paul hat Verständnis, doch gibt es nichts, was er als schmerzvoller und demütigender empfindet als Floras Distanz.

Lena spricht nicht mehr mit ihrem Vater. Wenn er sie anschaut, dreht sie sich demonstrativ weg. Wenn er auf sie zugeht, läuft sie davon. Ihre beste Freundin Lisa hat ihr eine trocken formulierte Message auf Signal geschickt, in der sie ihr mitteilt, ihre Mutter habe ihr die Freundschaft mit Lena verboten. Paul sei ein »Sicherheitsrisiko«, der Kontakt zu seiner Tochter könne als »Ausdruck feindlicher Gesinnung«, zumindest jedoch als »oppositionelle Haltung« ausgelegt werden.

Seit den frühen Morgenstunden läuten abwechselnd das Telefon und Pauls Handy, das nach dem Bad im Bad erstaunlicherweise immer noch funktioniert. Neben Freunden und Verwandten sind die meisten Anrufer irgendwelche Wahnsinnigen, die Paul bedrohen, verhöhnen oder beschimpfen, Neugierige, die ihn kennenlernen wollen, oder Leute, die schlichtweg Unsinn reden. Auch Journalisten sind dabei, darunter sogar einige aus dem Ausland, die Paul und seine Familie unbedingt kennenlernen möchten, doch er hat Anweisung von Abdul und Abdullah, mit niemandem zu sprechen. Wiebke Schlager, die deutsche Redakteurin aus Darmstadt, die sie engagiert hätten, sei schon unterwegs. Sie werde am Dienstag mit ihrem Team in der Stadt eintreffen, um eine umfassende Sendung über Paul, sein Leben, sein Umfeld und den bedauerlichen Vorfall zu gestalten, und habe das Recht auf ein Exklusivinterview.

Am späten Vormittag steckt Paul das Festnetztelefon aus und stellt sein Handy auf lautlos. Doch ist damit die Sache nicht erledigt. Wenn er aus dem Fenster schaut, sieht er seltsame Gestalten vor dem Eingang zum Haus herumlungern. Einige von ihnen könnten Journalisten sein. Einen von ihnen, einen korpulenten, älteren Reporter aus Österreich, hat Paul einige Male im Fernsehen gesehen. Glücklicherweise bleiben sie draußen auf der Straße. Dies ist erfreulich, aber auch erstaunlich. Man hätte erwarten können, dass sie die Tür eintreten und die Wohnung stürmen.

Mittags gibt es eine offizielle Verlautbarung der neuen Machthaber im Fernsehen. Die Sprecherin, eine junge Frau namens Kira, liest vom Teleprompter ab. Wenn man genau hinschaut, erkennt man dies daran, wie sie kaum merkbar den Kopf bewegt und ihre Augen immer wieder von links nach rechts laufen. »Die Zeit der Lügenmedien ist vorbei«, sagt Kira. »Ab sofort ist Wahrheit Pflicht, Lüge ein Verbrechen, und es gibt kein Thema, das verheimlicht, und keinen Vorfall, der beschönigt wird.«

»So ein Quatsch!«, murmelt Eva.

Auf dem Bildschirm sieht man rollende Militärlastwagen und Panzer. Frauen reichen den auf Panzern sitzenden Soldaten Blumen, Brot, Süßigkeiten, Obst, Zigaretten und Wasserflaschen. Eine frenetisch jubelnde Menge schwenkt Rebellen-Fahnen. Dazu wird das Lied *Believer* der *Imagine Dragons* eingespielt, und dies so laut, dass der Rhythmus des Schlagzeugs von den Wänden widerhallt.

»Cool!«, schreit Lena und klatscht in die Hände.

Kira liest nun vom Blatt. Ab Dienstag würden Lebensmittel und andere Güter des täglichen Bedarfs rationiert, eine leider notwendige Maßnahme in Notzeiten. Die entsprechenden Karten würden ehestmöglich zur Verfügung gestellt werden und könnten von allen Einwohnern der Stadt in den Meldeämtern ihrer Bezirke abgeholt werden. Lebensmittelkarten gebe es aber auch online zum Ausdrucken oder als App für sämtliche elektronischen Geräte. Der Posten des *Gouverneurs* werde abgeschafft und durch jenen des *Ersten Volksdieners der Region* ersetzt. Die Kompetenzen des Ersten Volksdieners seien mit jenen des Gouverneurs ident. Für alle, die Arbeit hätten, würde eine Arbeitspflicht im Ausmaß von 48 Stunden pro Woche eingeführt. Jene, die keine Arbeit und das 17. Lebensjahr vollendet hätten, jedoch noch keine siebzig Jahre alt seien, im Notfall aber auch alle anderen Einwohner der Stadt, könnten bei Bedarf zu einer Tätigkeit im Dienst der Allgemeinheit herangezogen werden. Mit sofortiger Wirkung werde eine Währungsreform durchgeführt: Tausend alte Gulden entsprächen einer Krone, die in hundert Cent unterteilt sei. Leider habe die lokale Zweigstelle der Nationalbank weder die technischen

Möglichkeiten noch die finanziellen Mittel, neue Banknoten zu drucken oder alte zu überstempeln. Das alte Geld bleibe deshalb vorerst in Gebrauch, werde aber im Alltag verpflichtend anders benannt. Wer einen ehemaligen Eintausend-Gulden-Schein als »tausend Gulden« statt als »eine Krone« bezeichne, mache sich strafbar.

»Aha«, kommentiert Flora. »Eine Katze soll also bellen, wenn man sie Hund nennt?«

»Mit sofortiger Wirkung werden Abtreibungen verboten, und die Todesstrafe wird wieder eingeführt«, verkündet Kira, macht große, erstaunte Augen, stockt, erfängt sich aber rasch von ihrem Schock und spricht weiter: »In der Nacht von Sonntag auf Montag wird die Uhrzeit im gesamten befreiten Territorium auf Sommerzeit umgestellt, womit eine Angleichung an die Nachbarländer erfolgt.«

»Und ich dachte, ich mache einen Scherz, als ich von der Wiedereinführung der Sommerzeit sprach«, murmelt Flora.

»Den Mann, den wir jetzt angesichts der aktuellen Ereignisse ins Studio bitten, braucht man eigentlich nicht vorzustellen, weil ihn die meisten ohnehin kennen«, setzt die Sprecherin fort. »Er ist Patriot, Bürger unserer Stadt in vierter Generation, erfolgreicher Geschäftsmann, diplomierter Chemiker, Producer, Journalist, Buchautor, ehemals regionaler Meister im Kickboxen, Vizepräsident des Tierschutzvereins und Herausgeber der Online-Medien *Falkenblick*, *Ergründete Abgründe* und *Fake-News-Aufdecker* – Doktor Boris Lupowitsch. Herr Lupowitsch ist Mitglied des Exekutivkomitees der *Provisorischen Regierung*, seit heute außerdem General der Befreiungsarmee, Kommandeur der gesamten

Südfront, provisorischer Erster Volksdiener der Region, provisorischer Chef der Nationalgarde und der Stadtverwaltung …«

»Fuck!«, flüstert Paul. »Wann hört dieser Albtraum endlich auf?«

»Da hast du uns ja eine schöne Suppe eingebrockt«, wendet sich Flora an ihn.

»Warum?«, fragt Paul.

»Weil nun alle auch an dich denken werden, wenn sie ihn sehen«, antwortet sie.

»Jetzt wäre es wohl besser, wenn du auf dein Zimmer gehst, Lena«, sagt Flora, doch das Kind lässt sich nicht wegschicken.

»Ich brauche das für die Schule«, erklärt das Mädchen.

»Bitte wie?«, fragt die Großmutter.

»Ich muss bis Dienstag eine Hausübung schreiben.«

»Und?«

»Über einen Menschen, den ich bewundere.«

»Und du willst …«

»Eigentlich wollte ich über meinen Vater schreiben, aber jetzt schreibe ich lieber einen Aufsatz über General Lupowitsch.«

Mein Gott, warum nur hat meine Mutter mich nicht abgetrieben?, denkt Paul.

»Wenn aber die Regierungstruppen bis Dienstag die Stadt zurückerobern sollten, über wen schreibst du dann?«, fragt Eva. »Über unseren Staatspräsidenten?«

»Also nein! Ich mache mich doch nicht völlig lächerlich. Nein, wenn wir zurückerobert werden, schreibe ich etwas über Adele.«

»Adele? Wer ist das?«, fragt Eva.

»Ach, Oma!«, seufzt Lena und verdreht die Augen.

11

Lupowitschs Fernsehansprache offenbart nicht viel Neues. Er ergeht sich in den üblichen Angriffen auf die »faschistische Clique« in der Hauptstadt, den korrupten Präsidenten und seine Unterstützer, die »armseligen Vertreter des an und für sich großartigen jüdischen Volkes«, welche für die großen Krisen der Gegenwart verantwortlich seien, »Leute wie die Rothschilds und die Soros und sonstige Kohns, Rabinowitschs, Eisenbergs und Katz, die wir alle kennen«, auf Spekulanten und Ausbeuter, auf die Regenbogenvereine mit ihren »albernen Problemchen und Analitäten«, die CIA, die ausländische »Hetzpresse«, die internationalen Konzerne, Spione, Verräter und Saboteure, Heimathasser, radikale Muslime und Islamisten, die man alsbald ausmerzen werde, Migranten, die sich nicht integrieren wollten und stattdessen alle möglichen Krankheiten und Seuchen einschleppten, ausländische Kriminelle, hysterische Ökofaschisten, dumme Rassisten und vorlaute Antirassisten, linksradikale Feministinnen sowie »intellektuelle Schmarotzer, Dummschwätzer, Möchtegernkünstler, Literaten und sonstige warme Brüder«. Dem folgt die gebetsmühlenartig vorgetragene Beteuerung, man stehe an der Spitze einer »antifaschistischen Bewegung«, wolle den Menschen ihre Freiheiten zurückgeben und habe »natürlich nichts gegen Juden, Moslems, Fremde oder

Minderheiten«, sondern nur gegen einzelne finstere Gestalten sowie deren Unterstützer. Lupowitsch: »Wir werden hier mit dem eisernen Besen der Gerechtigkeit auskehren, mit der Lauge unseres sozialen Gewissens aufwischen und eine echte Demokratie errichten! Wir setzen um, was sich die ehrlichen und fleißigen Menschen insgeheim immer schon gewünscht, aber nie zu fordern gewagt haben!«

Das einzig wirklich Überraschende ist die Ankündigung von Gerichtsverfahren gegen Schwerverbrecher, die live im Fernsehen übertragen werden sollen. Als Geschworene werde die gesamte Bürgerschaft der Stadt fungieren, denn alle sollten die Möglichkeit erhalten, per SMS, WhatsApp, Signal und über eine Reihe anderer Dienste oder sogar mit einem simplen Telefonanruf ein Urteil zu befürworten und über das Strafmaß abzustimmen.

»Unser Feldzug«, erklärt Lupowitsch zum Abschluss mit viel Pathos in der Stimme, »ist nicht nur der Weg zur Befreiung, er ist auch ein Kulturkampf. Wir kämpfen gegen die Verseuchung unseres Geistes, den Schmutz in unseren Herzen und das Gift in unseren Seelen.«

»Was für ein alberner Wichser!«, murmelt Flora und schüttelt den Kopf.

Irgendwann ist der Krieg zu Ende, denkt Paul. Ein neuer Frühling kommt ins Land. Bis dahin werden wir alle unsere Lügen verschenkt haben, so großzügig und so verzweifelt, dass von uns nur mehr ein Häufchen Wahrheit bleibt, ein armseliger Rest dessen, was wir so gerne gewesen wären, vor dem, was niemals unser Krieg war.

Paul hält es in der Wohnung nicht mehr aus, er kündigt einen Spaziergang an, steht auf und geht. Hinter seinem Rücken hört er die besorgten Rufe seiner Frau und seiner Mutter. Die Stadt sei für jemanden wie ihn gefährlich, Tollkühnheit passe nicht zu ihm und sei ganz und gar unangebracht. Außerdem seien seine Füße verletzt. Er solle zu Hause bleiben.

Er geht trotzdem.

Vor dem Eingang schiebt der Sohn der Hausmeisterin, ein schmächtiger Mann Anfang dreißig, Wache. Er trägt eine Tarnjacke und hält eine Maschinenpistole im Anschlag. Jetzt versteht Paul, warum sich niemand von den Fremden, die er durch das Fenster gesehen hat, ins Haus hineingetraut hat. Wenn die Gestalten, die auf der Straße herumlungern, dem Haustor zu nahe kommen, geht die Wache ihnen ein paar Schritte entgegen, richtet die Maschinenpistole auf sie, rollt die Augen und brüllt etwas. Die Gestalten ziehen sich wie verscheuchte Zombies zurück, um sich nach einiger Zeit wieder dem Tor zu nähern.

Dass der Sohn der Hausmeisterin mit den Aufständischen sympathisiert, ist seit langem bekannt. Nun ist er Unteroffizier der Nationalgarde – mit Armbinde und Erkennungszeichen – und wirft sich, wenn jemand kommt, wie ein Gockel in Pose. Kaum sieht er Paul, erklärt er ungefragt: »Sie sind jetzt ein VIP, Herr Sarianidis. Deshalb bewache ich das Haus und schütze Sie vor dem Abschaum. Wir brauchen Sie unversehrt. Lebend und gesund bringen Sie uns mehr. Sie sind, wie man so schön sagt, ein *Asset*.«

»Aha. So kann man mich besser demütigen.«

»Das auch.«

»Danke für Ihre Ehrlichkeit.«

»Gern geschehen.«

Entgegen seinen Befürchtungen gelingt es Paul, die Straße schnell zu überqueren. Keiner stellt sich ihm in den Weg, weil sein Beschützer ihn begleitet und dabei eine Grimasse schneidet, als habe er soeben in eine Zitrone gebissen. Nur der korpulente, kurzatmige österreichische Fernsehreporter läuft Paul einige Schritte nach, wedelt mit seinem Presseausweis, bettelt um ein Interview, bleibt aber bald stehen und ringt nach Luft.

Auf der alten Treppe, die in die Innenstadt hinunterführt, stellt Paul erleichtert fest, dass ihm niemand folgt. Von oben sieht die Stadt friedlich und unbeschädigt aus. Ihre Narben sind nicht zu erkennen, die alten Fassaden glänzen, als wäre das Sonnenlicht eine Wunderheilsalbe, die die Stadt wieder jung und stolz macht.

Jemand hat den Statuen anstelle der abgehackten Köpfe Luftballons in unterschiedlichen Farben verpasst. In besseren Zeiten hätte Paul diese Szenerie fotografiert und die Fotos mit einem humorvollen Kommentar auf Facebook gepostet.

Auf halber Höhe quert die Treppe eine Straße, in der nebeneinander etwa zehn Panzer mit offenen Luken stehen: fein säuberlich in Reih und Glied, die Geschütze auf die Stadt gerichtet. An dem Turm eines Panzers, wahrscheinlich das Fahrzeug des Kommandanten, ist eine Fahne mit einem Totenkopf und zwei gekreuzten Schwertern befestigt. Darunter ist die Zahl *XXIII* zu lesen. Einige Panzerfahrer stehen plaudernd und rauchend etwas abseits der Fahrzeuge im Schatten eines Kastanienbaums herum. Als Paul an ihnen vorbeigeht, verstummen sie und mustern ihn misstrauisch. Einer macht eine Bemerkung in einer fremden Sprache, die wie Türkisch klingt, ohne Türkisch zu sein. Die anderen lachen. Paul beschleunigt den Schritt, bis er zu laufen beginnt, überquert die Straße, rennt, trotz seiner Fußverletzungen, so schnell wie möglich die Treppe hinunter, die in eine enge Straße mündet, bekommt Wut auf sich selbst, zwingt sich, noch vor dem Ende der Treppe stehenzubleiben, schaut hinauf, sieht die Spitzen der Panzerrohre über seinem Kopf und kann sich nicht mehr zurückhalten. Er lässt sich auf die Stufen sinken und beginnt zu weinen …

Er ist froh, dass er auf der Treppe allein ist. Nur in der Macchia, die im unteren Teil des Hügels besonders dicht ist, raschelt etwas. Wie gerne würde Paul sein menschliches Antlitz verlieren und als Schlange davonkriechen, sich verkriechen, eingraben.

Er wischt sich die Tränen aus dem Gesicht, schnäuzt sich, holt sein Smartphone heraus und wählt die Nummer seines besten Freundes. Mark lebt am anderen Ende der Stadt. Seine Frau ist Lehrerin, die beiden Kinder sind ein paar Jahre älter als Lena. In den letzten Tagen hatte Paul versucht, seine Freunde und Verwandten anzurufen, und konnte erleichtert feststellen, dass die meisten noch am Leben waren. Einige hatte er allerdings nicht erreichen können, andere hatten reserviert bis abweisend reagiert, als sie seine Stimme hörten. Manche redeten mit ihm, als hätte er eine tödliche Krankheit.

Mark ist anders.

Ja, Paul könne ihn besuchen kommen, beteuert Mark. Er müsse nur achtgeben, weil die Straßen sehr unsicher geworden seien. Klüger wäre es, wenn er zurück nach Hause ginge.

»Unmöglich!«, sagt Paul. »Ich ersticke, ich ersticke von innen, wenigstens für ein paar Stunden muss ich weg von zu Hause.«

»Gut, dann komm zu uns, wenn du magst. Aber mach einen Bogen um die Oper. Dort wurden Leute erschossen.«

»Ich nehme den Achter. Der fährt durch die Admiralitätsstraße.«

»Die Straßenbahnen fahren nicht. Auch keine Trolleybusse, keine Taxis, nicht einmal Sammeltaxis.«

»Aber gestern …«

»Gestern war gestern. Heute ist Tohuwabohu, Saustall und Untergang. Bewaffnete Türken, Araber, Afghanen und Tschetschenen sind in der Stadt unterwegs. Der beschnittene Abschaum der Menschheit.«

»Was? Ich dachte, die Rebellen mögen keine Muslime!«

»Ja klar. Sie reden viel, wenn der Tag lang ist. Aber wenn es um billige Söldner oder einfach nur um durchgeknallte Schläger geht, die sich ihnen anschließen, dann sind sie weltoffen und pragmatisch. Also: Pass auf dich auf. Wir warten auf dich. Maria und die Kinder freuen sich. Der Kleine fragt schon seit langem, wann denn Onkel Pauli wieder einmal vorbeikommt. Du bist immer willkommen.«

»Danke.«

»Ach ja: Nimm diese Video-Geschichte nicht allzu ernst. Es gibt Schlimmeres.«

»Ja, ich könnte tot sein. Bis bald.«

Während Paul langsam durch die engen Gassen des Altstadtviertels schlendert, weicht die melancholische

Stimmung, in der er sich bis jetzt befunden hat, langsam der Wut. Seine verletzten Füße tun ihm bei jedem Schritt weh, doch er ignoriert den Schmerz. Es ist jene ohnmächtige, kalte Wut, mit der er nur schwer umgehen kann. Am liebsten würde er sein Handy zücken, auf Facebook gehen und jemanden demütigen, doch er hat versprochen, keine Kommentare mehr zu schreiben. Abdul und Abdullah hatten Paul gebeten, sich gedanklich auf das Interview mit der deutschen Journalistin vorzubereiten und gute Ausreden für sein Verhalten zu finden, vor allem solle er sich überlegen, woher seine Wut komme.

Die Häuser in dem Altstadtviertel, das Klein-Neapel genannt wird, sehen wie Greise aus, die unter Hautkrebs leiden. Wenn man die Arme ausstreckt, kann man mit den Fingerspitzen die Wände auf beiden Seiten der Gasse berühren. Es gibt kaum eine Straße, die breiter ist. Es riecht nach nasser Wäsche, nach Speisen, Müll und Schweiß. Das Sonnenlicht dringt nicht bis ganz hinunter zum Straßenpflaster, und wenn man hinaufschaut, scheint es, als strebten die Dächer aufeinander zu und müssten sich jeden Augenblick treffen.

Warum ihn die Rebellen mit ihrer nationalistischen Rhetorik, ihrer Heuchelei und ihrer reaktionären Weltanschauung wütend machen, erscheint Paul nachvollziehbar. Das zu erklären, wird nicht schwer sein. Dies sollte sogar eine käufliche deutsche Journalistin verstehen können. Die Gründe für seinen Zorn reichen jedoch weiter zurück.

An einer Kreuzung befindet sich ein kleiner Brunnen, an dem sich Paul Hände und Gesicht wäscht, um seine Wut abzukühlen. Das Wasser der Stadt habe den Geruch von Fieber, behauptet Eva, doch Paul und seine Familie trinken es trotzdem ungefiltert.

Wut.

Womit sollte er anfangen, wenn ihn die Journalistin tatsächlich nach den Ursachen der Wut fragt? Am besten mit den Jahren, die er an der *Giacomo Puccini Musischen Mittelschule* durchlitten hat. Die Schule galt um die Jahrtausendwende als Vorzeigeprojekt im Bildungs- und Kulturbereich, bevor der Stadt das Geld ausging und die Schule geschlossen wurde. Wie viele Hürden und Widerstände hatte Paul überwinden müssen, um diese Schule besuchen zu können! Das Unverständnis seiner Mutter, die seine Leidenschaft für Gesang stets als kindliche Träumerei abtat (insgeheim aber stolz auf ihn war und schließlich das notwendige Schmiergeld zusammenkratzte), die Ignoranz von Verwandten, die meinten, das Kind solle etwas Anständiges aus seinem Leben machen, der Grundschullehrerin, die ihn für dumm und ungeeignet hielt, und der Schulverwaltung der Mittelschule, die für die Aufnahme anderer Kinder viel höhere Bestechungsgelder kassieren konnte. Damals hoffte Paul immer noch, irgendwann auf einer großen Bühne zu stehen und zu singen: Das Publikum würde ihm zu Füßen liegen, die Frauen würden ihn anhimmeln, die Männer beneiden. Als er schließlich in die Mittelschule aufgenommen wurde, sollte ihm das jedoch kein Glück bringen.

12

Paul war in einer Zeit aufgewachsen, die sich selbst genügte. Das Jahrtausend neigte sich seinem Ende zu. Mit dem Ende der Geschichte kam das Ende des Anstands und des guten Geschmacks. Jeder war sein eigenes Ideal und das Maß aller Dinge. Paul und seine Mutter waren froh, dass sie über die Runden kamen und nicht hungern mussten, während andere ihre Urlaube in der Schweiz verbrachten und in Stretchlimousinen durch die Stadt kutschierten.

Weder damals noch später vermochte Paul zu ergründen, warum gerade er kaum Freunde hatte und der *punching bag* seiner Klassenkameraden war. Schon in der Grundschule war er Außenseiter gewesen. In der Mittelschule wurde er gequält und kam täglich mit blauen Flecken nach Hause. Warum ich?, fragte er sich immer wieder. Nichts an ihm war auffallend oder außergewöhnlich. Er sah durchschnittlich aus, war durchschnittlich gekleidet, hatte durchschnittliche Ansichten, hatte einen für die Stadt typischen Hintergrund, dachte, sprach und verhielt sich wie die anderen. Dass er seinen Vater nie kennengelernt hatte, ja, nicht einmal wusste, wer dieser war, überraschte oder irritierte in seiner Generation niemanden. Er sprach zwar nie darüber, dass seine Mutter ihn hatte abtreiben wollen, doch wenn dieser Umstand bekannt geworden wäre, hätte auch dies in den Neunziger- und Zweitausenderjahren niemanden schockiert. Die Zeiten waren hart, jeder zweite Schüler kam aus einer geschiedenen Ehe. Der Vater einer Mitschülerin saß im Gefängnis, weil er seine Frau krankenhausreif geprügelt hatte. Es gab Eltern mit einer Nähe zum organisierten Verbrechen, einen Vater, der in einer psychiatrischen Klinik interniert war, einen Schüler, der von zu Hause davongelaufen war und bei seiner älteren Schwester lebte; eine Mutter war in Westeuropa als Prostituierte tätig gewesen, und ein Schüler hatte eine Mutter und eine Stiefmutter, aber keinen Vater. Unter den Schülern gab es Christen, Moslems, Juden und Sektenmitglieder aller Arten, Kommunisten, Faschisten und Problemkinder, die jeder am liebsten wegsperren würde, Schwarze, Weiße, Kinder mittel- und ostasiatischer Herkunft sowie alle möglichen Mischungen und Schattierungen. Paul hingegen war das, was man in dieser Stadt im besten Falle sein sollte: ein ganz normaler Knabe mit einem Hauch von allem, was die anderen auch waren.

Paul befolgt den Rat seines Freundes und macht einen großen Bogen um das Opernhaus. In einigen Straßen ist es so sauber und friedlich, als sei der Krieg nichts weiter als ein böses Gerücht. Anderswo sind Geschäfte geplündert, Fensterscheiben eingeschlagen und Fahrzeuge demoliert worden. An der Kreuzung Admiralitätsstraße und Siegesstraße steht eine ausgebrannte Straßenbahn. Keiner weiß, warum. Zahlreiche Menschen haben sich um die Überreste des Fahrzeugs versammelt und diskutieren. Niemand hat etwas gesehen, und jeder hat eine andere Version dessen, was geschehen ist. Hooligans? Terroristen? Versprengte Regierungstruppen, die im

Untergrund agieren und Angst und Schrecken verbreiten? Moslems? Immer wieder spricht jemand von den »islamistischen Marodeuren«, die angeblich die Stadt unsicher machen. Paramilitärische Einheiten, die für jeden kämpfen, der sie bezahlt. »Ich dachte eigentlich, die Rebellen machen endlich Schluss mit diesen ziegenstinkenden Frauenschändern«, murrt jemand. »Ich frage mich, wozu eigentlich Krieg geführt wird.«

Paul biegt von der Admiralitätsstraße in die Flottenstraße ein und sieht den ersten Toten seit dem Regimewechsel. Es handelt sich um einen jungen Mann mit eingeschlagenem Schädel, der mitten auf dem Gehsteig liegt. Reste seines Gehirns kleben in einer großen Blutlache, die von der Hauswand bis zum Gehsteigrand reicht. Der Körper ist mit einer Kunststoffplane zugedeckt, doch kann man Teile des Kopfes, blutige Haarbüschel und Schädelreste erkennen. Der rechte Arm ragt unnatürlich verdreht unter der Abdeckung heraus, während die Hand, angespannt und scheinbar nach etwas greifend, höchst lebendig aussieht. Es scheint, als sei sie weiterhin in Bewegung, nur für einen Augenblick erstarrt, weil jemand die Zeit angehalten hat – wie eine Videoaufnahme, die der Betrachter auf Knopfdruck beliebig oft stoppen und weiterlaufen lassen kann …

Neben der Leiche steht ein bewaffneter Bursche in himmelblauem Uniformhemd und einer dunkelblauen Mütze. Er ist gewiss kein Moslem, denn er trägt gut sichtbar ein silbernes Kreuz um den Hals. Außerdem weiß jeder, wer die Männer mit den himmelblauen Jacken und Hemden sind. Sie gehören zum »Volkssturm« der *SuF*, der *Partei für Sieg und Freiheit*, einer ultranationalistischen Gruppierung, die schon vor Beginn des Krieges eigene paramilitärische Einheiten aufgestellt hatte.

In dem Haus, neben dem die Leiche liegt, findet offenbar eine Razzia statt. Man hört Schreie, Lärm, zerbrechendes Glas, auf den Boden fallende Gegenstände, hastige Schritte. Der Hauseingang wird von zwei weiteren Uniformierten bewacht, die den Passanten, einer tibetanischen Gebetsmühle gleich, zurufen: »Weitergehen! Nicht stehen bleiben, nicht gaffen, es gibt nichts zu schauen, gehen Sie weiter. Weitergehen! Gehen Sie auf die andere Straßenseite! Los, los, los, weiter!«

Die beiden Kämpfer, die den Hauseingang bewachen, tragen grüne Uniformen. Auffallend sind ihre grauen Mützen mit eingearbeitetem grünem Halbmond und einem weißen Stern aus Blech. Ihr Aussehen und ihr Akzent lassen vermuten, dass es sich bei ihnen um jene berüchtigten muslimischen Söldner handelt, von denen alle sprechen. Was Paul überrascht, ist, dass sie offenbar mit den Leuten der islamfeindlichen, chauvinistischen *SuF* eine gemeinsame Aktion durchführen.

»Weitergehen!«, wiederholen die beiden Muslime am Hauseingang immer wieder. »Weitergehen! Gehen Sie weiter und bleiben Sie gesund.«

Die Passanten ziehen die Köpfe ein und gehen schnell weiter. Die meisten wechseln die Straßenseite. Einige bleiben trotzdem kurz stehen und machen Fotos von der Leiche oder filmen die Szenerie mit ihren Handys.

Die Fensterscheiben des Hauses sind eingeschlagen – wie ausgestochene Augen in einem Gesicht voller Narben. Der aus dem Inneren des Gebäudes dringende Lärm wird lauter, doch sieht man niemanden. Keiner verlässt das Haus, keiner wird abgeführt.

In einiger Entfernung, an der nächsten Ecke, steht ein weiterer *SuF*-ler und neben ihm ein muslimischer Söldner. Der *SuF*-ler, ein schon etwas älterer, imposanter Kerl mit grauem Haar, telefoniert am Handy und ist sichtlich verärgert. Der muslimische Soldat, ebenfalls weit über dreißig, wahrscheinlich ein Offizier, genießt die eigene Wichtigkeit, raucht eine Zigarette und grinst.

»Gnädige Frau, ich unterschreibe Ihnen alle Formulare, die Sie mir vorlegen, auch dieses S16, wenn es sein muss«, brüllt der *SuF*-Milizionär in sein Mobiltelefon. Dann hält er das Mikro mit der Hand zu, wendet sich an seinen Kameraden und zischt: »Ich schneide ihr den Kopf ab!«

»Ja«, antwortet dieser, denkt kurz nach und fügt langsam, mit ernster Stimme und sehr gewichtig hinzu: »Ja. Gut. Mach das. Kopf. Abschneiden. Ja!«

Der andere schreit wieder in sein Handy: »Sie müssen wirklich sofort jemanden schicken, der die Leiche abholt. Sofort! … Ja, ich weiß, dass Ihre Behörde und alle Leichenschauhäuser und Krematorien heute voll ausgelastet sind. Wir auch! Aber wir können die Leiche doch nicht tagelang auf der Straße liegenlassen oder einfach verscharren … Mitnehmen? Soll das ein Witz sein? … Angehörige? Was weiß ich, wo die sind. Wir sind doch keine Sozialarbeiter … Ins Meer werfen?! … Aber Gnädigste, für wen halten Sie uns, wir sind keine Banditen! Wir wollen das ordentlich abwickeln.«

»Genau!«, wirft sein Kamerad ein. »Es muss alles seine Ordnung haben. Sag ihr das. Sag's ihr! Den Toten muss man Respekt erweisen. Wir sind Menschen! Allahu akbar.«

Paul beeilt sich, den Schauplatz hinter sich zu lassen, biegt zweimal um die Ecke, kommt an einen Platz, in dessen Mitte sich ein kleiner Park mit zwei Alleen und einer Wiese befindet, bleibt stehen, ringt nach Luft, atmet tief durch. Diesen Teil der Stadt kennt er kaum. Es liegt Jahre zurück, dass er hier gewesen ist. Jetzt erinnert er sich wieder: er ist am Englischen Platz. Dieser hat seinen Namen erhalten, weil die Häuser hier Backsteinfassaden haben, was für die Stadt eher untypisch ist, und weil im Inneren des Parks eine überlebensgroße Statue des britischen Unternehmers Archibald Purcell steht, der Mitte des 19. Jahrhunderts das Bergbauwesen der Region erschlossen und die ersten modernen Fabriken des Landes gebaut hatte.

Am Englischen Platz sind die Geschäfte offen – ein Lebensmittelladen, ein Elektrogeschäft, ein Kaffeehaus, in dem sogar am *Kaninchen-vor-der-Schlange-Tag* Leute sitzen, Tee oder Kaffee trinken und Kuchen essen. Auf der Wiese im Park spielen Kinder. Einige Jungs jagen einem Ball hinterher, andere laufen um die Wette.

Unglaublich!, denkt Paul. Ein Platz des Vergessens. Eine Insel der Seligen mitten im Krieg.

Er beschließt, eine Pause zu machen, setzt sich auf eine Parkbank, zündet sich eine Zigarette an, beobachtet die Kinder bei ihrem Spiel, schließt aber bald die Augen und stellt sich vor, wie alles Beängstigende und Belastende von ihm abfällt, wie er seine Vergangenheit auslöscht, wie er die Welt um sich herum neu erschafft, wie er von null beginnt. Was für eine großartige Vorstellung: das ganze Leben wieder von vorne beginnen zu können, Namen, Herkunft, Biografie, Alter, Geschlecht, Ort und Zeit ändern zu können. Warum nur, warum ist das Leben kein Computerspiel?, fragt er sich.

Jemand zieht ihn am Ärmel. Er erschrickt, zuckt zusammen, öffnet die Augen. Ein Mädchen, höchstens elf Jahre alt, mit zwei langen Zöpfen, einer großen Brille und ernsten, traurigen Augen steht vor ihm und lächelt ihn an.

»Sind Sie der Mann auf dem Video?«

Paul schweigt.

»Ich meine, der Mann auf dem Video mit dem Messer im Buch und … und … mit allem anderen.«

»Was willst du von mir?«, fragt Paul leise, versucht, das Mädchen nicht anzuschauen, dreht den Kopf weg.

»Darf ich ein Foto von uns machen?«

»Was???«

Sie setzt sich neben ihn auf die Bank, macht ihren Hals länger, neigt den Kopf zur Seite, sodass er beinahe sein Kinn berührt, streckt die Hand, in der sie ihr Mobiltelefon hält, aus und macht ein Selfie. Ein zweites. Und schnell noch ein drittes.

Paul hat weder die Gelegenheit, Ja oder Nein zu sagen, noch zu protestieren.

»Vielen Dank!«, sagt das Mädchen. »Cool! Darf ich von Ihnen auch noch ein Autogramm haben?«

Paul schluckt und starrt sie mit weit aufgerissenen Augen an.

»Hier!« Das Mädchen hält ihm ein aufgeschlagenes Album entgegen. Auf der linken Seite sieht man ein Standbild aus dem berüchtigten Video. Es zeigt Paul genau in jenem Augenblick, als er in die Hose macht. Darüber steht in schwarzer Blockschrift DER PISSER. Die rechte Seite ist leer.

»Könnten Sie bitte hier signieren?«, bittet das Mädchen, zeigt mit dem Finger auf die rechte Seite und reicht Paul einen Kugelschreiber.

Paul greift nach dem Stift und setzt seine Unterschrift auf das leere Blatt.

»Danke!«, sagt das Mädchen, macht einen angedeuteten Knicks und läuft davon.

Paul blickt ihr entgeistert nach, beobachtet, wie sie in einem der Häuser verschwindet, und bleibt noch einige Minuten wie paralysiert sitzen. Dann steht er auf, wirft den Rest seiner Zigarette wütend in großem Bogen in die Mitte des Platzes und geht schnell weiter.

13

Zwischen der Altstadt und dem Viertel, in dem Pauls Freund Mark mit seiner Familie wohnt, liegt ein kleiner Hügel, der an zwei Seiten felsig abfällt und den man überqueren muss, wenn man zu den Wohnblöcken auf der anderen Seite gelangen möchte. Der Hügel hat einen offiziellen Namen, den man leicht vergisst, wird aber im Volksmund seit ewigen Zeiten nur als *Judennase* bezeichnet. Hier stehen ein paar eingeschossige, gelb gestrichene Häuser, deren Zwischenräume durch Schuppen mit Wellblechdächern oder Holzzäunen verbaut sind. Am höchsten Punkt der *Judennase* befindet sich das Kleine Stadttheater – ein kleiner, klassizistischer Theaterbau aus dem 19. Jahrhundert mit Säulen, hohem Portal und einem zweistöckigen Seitenflügel, der nach hinten versetzt ist und auf diese Weise zwischen Theater, Straße und Nachbarhaus einen kleinen Platz entstehen lässt. Hier, auf diesem Platz und dem angrenzenden Teil der Straße, hat sich eine große Menschenmenge versammelt, die etwas für Paul Unverständliches skandiert. Die Menge wird mit jedem Augenblick größer. Als Paul das Theater erreicht hat, gibt es auf einmal kein Weiterkommen mehr. Er versucht, umzukehren, doch auch in die Gegenrichtung ist der Weg versperrt. Die Menschenmenge erfasst ihn wie eine Welle, schiebt ihn hin und her und spült ihn schließlich in die hintere linke Ecke des Platzes, wo der Raum noch enger ist und die Menschen noch dichter gedrängt stehen. Jetzt sieht er das Theater von der Seite und den Anbau wie in Schräglage. Irgendetwas blitzt im Sonnenlicht auf, ein Schuss ertönt, vom Dach steigt, aufgescheucht, ein ganzer Schwarm schwarzer Vögel auf. Paul sieht, wie ein Fenster im ersten Stock geöffnet wird. Die Menge johlt, doch versteht Paul immer noch nicht, was sie schreien und warum.

Von hinten drückt ein schwitzender, heißer Körper gegen seinen Rücken. Vor ihm sind zwei schwitzende, heiße Körper, gegen die er gedrückt wird. Etwas Spitzes sticht ihm in die Seite. Etwas Dumpfes schlägt ihm in den Nacken. Jemand steigt ihm so schmerzvoll auf den Fuß, dass er aufschreit. Paul fragt sich, wo die Nationalgarde bleibt, warum sie die Leute nicht auseinanderknüppelt, wie es sich gehört. Angeblich sind ja große Menschenansammlungen verboten, und angeblich ist nun ein Regime an der Macht, das hart durchgreift und für Ordnung sorgt. Wenn man den Terror eines Terrorregimes einmal wirklich braucht, ist er nicht da, denkt Paul, während er vergeblich versucht, mit dem linken Arm seinen Kopf und mit der rechten Hand seine Hoden zu schützen. Das hilft nicht viel. Er wird zusammengedrückt und noch weiter zur Seite geschoben, kann kaum mehr atmen und hat den Eindruck, seine Rippen müssten jeden Augenblick brechen. Plötzlich erkennt er, dass mitten in der Menschenmasse eine etwa drei Meter breite Straße frei gemacht worden ist, die auf geradem Wege vom gegenüberliegenden Gehsteig zum Seitenflügel des Theaters führt. In dieser Schneise wird von ein paar zwielichtig aussehenden Gestalten ein großer, grüner Biomüllcontainer auf Rädern rumpelnd zum Gebäude geschoben. Der Deckel ist geöffnet – ein riesiges, zahnloses Maul, weit aufgerissen, als wollte es alles in seinen schwarzen Schlund ziehen, was von oben kommt. Aus dem Inneren steigt übler Geruch auf, eine Mischung aus Jauche, faulem Obst und verwesendem Fleisch. Wespen und Fliegen kreisen um die maulartige Öffnung, und plötzlich versteht Paul, was der Mob skandiert: »In den Müll! In den Müll! In den Müll!«

Nun weiß Paul, was vor sich geht. Hier findet eine »Entsorgung« statt. Rituelle Entsorgungen sind nicht neu, doch hier in der Stadt bis jetzt sehr selten gewesen, sodass Paul noch nie einem solchen Schauspiel beigewohnt hat. Soweit er sich erinnern kann, fanden die ersten Aktionen dieser Art während der pinkfarbenen Revolution in der Hauptstadt statt. Damals wurden korrupte Beamte und bekannte Anhänger des alten Regimes »entsorgt«. Künstler und Intellektuelle ließ man aber noch in Ruhe.

Etwas wird aus dem geöffneten Fenster gehalten. Auf den ersten Blick sieht es wie ein Paket aus. Erst als sich Pauls Augen an das grelle Sonnenlicht gewöhnt haben, das ihm ins Gesicht scheint, erkennt er, was, besser gesagt: wer hier von kräftigen Armen einiger unsichtbar im Inneren des Gebäudes bleibender Peiniger hinausgehalten wird: Es ist Celine Muscat, Leiterin des Kleinen Stadttheaters, langjährige Regisseurin, Dramaturgin, ehemals Schauspielerin und Sängerin, Popsternchen der Neunzigerjahre des vorigen Jahrhunderts, inzwischen berüchtigt für ihre skandalträchtigen Theaterinszenierungen und ihre böse Zunge. Dass sie »entsorgt« werden soll, wundert Paul nach allem, was Frau Muscat in den letzten Monaten über die Rebellen, die Stadtbewohner und die Zustände im Land gesagt und geschrieben hat, nicht.

Wie komme ich hier nur weg?, fragt sich Paul. Mein Gott, ich will das nicht, ich will nicht hier sein! Doch es gibt keinen Weg aus der Menschenmasse, die ihn umklammert hält, und auch wenn er sich bemüht, wegzuschauen, kann er seinen Blick schließlich doch nicht von dem sich windenden Körper losreißen, dessen Beine strampelnd über dem Abgrund hängen.

Der Biomüllcontainer wird direkt unter das offene Fenster geschoben. Sein offenes Maul ist bereit, die Frau aufzunehmen, doch ihre Peiniger und der Mob lassen sich Zeit und genießen das Schauspiel. Für einige Augenblicke wird es ruhig auf dem Platz. Die Leute holen ihre Mobiltelefone heraus und beginnen die Szene zu filmen. Heute noch – das weiß Paul genau – werden unzählige Videos davon im Netz auftauchen. Tausende, bald schon Zehntausende werden ihre bösen, schadenfrohen und hämischen Kommentare dazu abgeben, die Videos teilen und in die ganze Welt tragen. Auch er wäre geneigt, sein Mobiltelefon, wenn er könnte, aus der Tasche zu holen, die Szene und den Mob um ihn herum zu filmen, das Video abends mit einem bösen Kommentar versehen auf seine Facebook-Seite zu stellen, um auf die Reaktionen seiner »Freunde« zu warten und darauf zu antworten – und zu schreiben, schreiben, schreiben. Aber er kann nicht, er darf nicht, er wird nicht, und wenn er daran denkt, werden seine Entzugserscheinungen stärker. Warum nur, warum ist er nicht zu Hause geblieben?

Es scheint, als würden alle den Atem anhalten und gespannt darauf warten, was als Nächstes geschieht. So, ja, genau so muss es während der Französischen Revolution gewesen sein, in den Momenten, unmittelbar bevor das Fallbeil der Guillotine auf seine Opfer herunterfiel, denkt Paul. Atem anhalten. Eine seltsame, unerträgliche Stille. Zeitstillstand. Herzstillstand.

Die Frau hat aufgehört, sich zu wehren, lässt Arme, Beine und Kopf hängen. Der Wind wirbelt ihren Rock hoch, entblößt für einen Moment ihre Oberschenkel und ihre Unterwäsche, zerzaust ihr Haar, lässt ihren Körper hin und her schaukeln. Kein Jahr ist es her, dass Frau Muscat zu ihrem fünfzigsten Geburtstag vom Staatspräsidenten höchstpersönlich mit dem *Großen Goldenen Orden für außergewöhnliche Verdienste um die Republik* ausgezeichnet worden ist.

Die kräftigen Hände lassen los. Celine Muscat stürzt. Kein Ton dringt aus ihrem Mund. Man hört das dumpfe Geräusch, als sie im Inneren des Containers aufschlägt, sieht schmutzigen Staub, Stroh, Wespen und Fliegen aufsteigen. Schnell wird der Deckel zugeklappt, er schließt mit einem lauten, satten Knall.

Die Menge beginnt wieder zu johlen und zu schreien, und dann ertönt aus einigen und bald danach aus mehreren, aus vielen und schließlich aus fast allen Kehlen: »Muscat – Müll! Muscat ist Müll! Muscat – Müll! Menschlicher Müll!«

Die Menschen drängen zum Container, umringen ihn. Für eine kurze Zeit kann Paul wieder durchatmen, der Raum um ihn herum wird freier, er bahnt sich einen Weg an den Menschen vorbei Richtung Straße, beschleunigt seine Schritte. Während andere zum Müllcontainer drängen, triumphierend gegen den Metalldeckel hämmern und derbe Schimpfwörter skandieren, bewegt sich Paul in die entgegengesetzte Richtung, er wird zur Seite geschoben und schiebt selbst andere zur Seite. Schon ist es absehbar, dass er sich aus der Menschentraube befreien können wird, da gibt ihm jemand einen schmerzvollen Stoß unter die Rippen. »Kannst du nicht aufpassen, du Arschloch?!«

»Entschuldigung!«, murmelt Paul und will schnell weiter, als er plötzlich eine tiefe männliche Stimme hört: »Ist das nicht der Pisser? Der von dem Video?«

»Ja, genau!«, schreit noch jemand.

»Sie irren sich!«, protestiert Paul. »Ich bin nicht der von dem Video!«

»Doch, doch, doch! Das ist dieser kleine Wichser, der …«

Paul macht einen schnellen Schritt vorwärts, doch jemand hält ihn am Ärmel fest. »Was wollen Sie von mir?«, brüllt er. »Ich bin es nicht!«

»Hiergeblieben, Freundchen!«

»Ich bin nicht derjenige, für den Sie mich halten. Ich habe mit dem Pisser nichts zu tun, ich kenne ihn überhaupt nicht!«

Wieherndes Gelächter.

»Lassen Sie mich los, lassen Sie mich gehen!«

Doch es ist zu spät. In Sekundenschnelle spricht sich herum, dass »der Pisser« gesichtet worden sei, und bald schon ertönt eine weibliche Stimme vom anderen Ende des Platzes, und zwar so laut und durchdringend, dass es alle hören können: »Schmeißt ihn doch auch in den Müll!«

»Super Idee!«

»In den Container!«

»Hierher, hierher!«, tönt es aus der unmittelbaren Umgebung des Müllcontainers.

»Die beiden passen zusammen.«

»Die alte Fotze und der kleine Wichser!«

»Müll zieht Müll an.«

»Und macht neuen Müll.«

»Müll zu Müll, Kadaver zu Kadaver, Abschaum zu Abschaum!«

»Pisser in den Müll! Pisser ist Müll! Pisser – Müll!«

Paul schlägt um sich, sieht einen behaarten Unterarm direkt vor seinem Gesicht und beißt zu. Der Gebissene kreischt und schlägt mit der Faust der anderen Hand gegen Pauls Kopf, doch dieser lässt nicht aus, sondern verbeißt sich noch fester in den Arm seines Peinigers, bis seine Zähne schmerzen und er etwas Warmes und Salziges in seinem Mund spürt. »Erschlagen werde ich dich!«, brüllt der Gebissene. »Ich erschlage dich, du tollwütiger Sohn einer dreckigen Hündin!« Die Schläge dröhnen in Pauls Kopf, das linke Trommelfell droht zu platzen, im rechten Ohr läuten Kirchenglocken, dann hört er auf einmal nichts mehr, seine Beine werden ganz leicht, er lässt den Arm los, spürt, wie ihm Flügel wachsen, und fliegt davon, der Sonne entgegen, bis ihm ein weiß gekleideter Engel mit Schwert in der Hand zornig den Weg zurück zur Erde weist, und als er wieder zu sich kommt, halten ihn mehrere Arme und Hände über den Biomüllcontainer, dessen Deckel mit einem ohrenbetäubenden Lärm zurückgeschoben wird. Für ein paar Sekunden sieht er den entsetzten Blick der Regisseurin, die auf schmutzigem Stroh, Gemüse- und Obstabfällen, Exkrementen und Essensresten kauert und mit weit aufgerissenen Augen zu ihm hinaufstarrt, die blutigen Knie angezogen, Gesicht und Arme zerschunden, das Kleid zerrissen. Dann wird er durch die Öffnung hineingeworfen, und der Deckel fliegt über seinem Kopf zu, verschlingt das Licht, und die Dunkelheit legt sich wie ein Würgegriff auf seine Seele. Als Paul aufschlägt, spürt er, wie sich die Knie der Frau schmerzvoll in seinen Bauch und Unterleib rammen, stöhnt, keucht, schnappt nach Luft, windet sich, rollt auf die Seite, kann im Zwielicht, das durch die Ritzen dringt, vage Celine Muscats Gesichtszüge ausmachen, ist überwältigt und geschockt vom Schmerz, dem Gestank, von seiner noch nicht gänzlich überwundenen kurzen Ohnmacht, von Angst und einer immer stärker werdenden Wut, die kein Ventil findet.

»Leben Sie noch?«, hört er die Stimme der Regisseurin.

Mit Mühe presst er ein »Ja« heraus.

»Das ist immerhin ein Fortschritt!«, sagt sie. »In früheren Zeiten hätten sie uns geteert und gefedert oder gleich am nächsten Baum aufgehängt.«

»Sie machen sicher ein Theaterstück daraus«, stöhnt er.

»Worauf Sie wetten können!«, meint sie. »Was für ein Stoff!«

In diesem Moment beginnt jemand von außen gegen den Container zu hämmern. Dem ersten Trommler machen es gut hörbar einige weitere nach, und es werden immer mehr. Der Lärm ist kaum zu ertragen und verhindert jedes weitere Gespräch.

Wahrscheinlich sind die Löcher absichtlich in den Container geschlagen worden, um die Insassen mit Sauerstoff zu versorgen. Doch Paul leidet an Klaustrophobie. Während das Trommeln immer unregelmäßiger und lauter wird, kämpft er gegen seine Beklemmungen, fühlt sich einem hysterischen Anfall nahe, reißt sich aber zusammen, zwingt sich, tief durchzuatmen, und bekommt mit einiger Mühe schließlich doch wieder Luft.

Eine halbe Minute vergeht, dann hört das Hämmern auf. Gegröle und Gelächter sind zwar weiterhin deutlich zu hören, aber nicht mehr so laut und bedrohlich wie vorhin.

Paul ist froh, dass er wieder atmen kann, dass der Gestank ihm nicht das Bewusstsein raubt, dass seine Kopfschmerzen erträglich sind, dass er, wie er den Eindruck hat, im Wesentlichen unverletzt geblieben ist. Eine Wespe hat ihn in den Oberschenkel, eine andere in die Seite gestochen, doch der Schmerz, den er an diesen Stellen empfindet, scheint ihm nach allem, was er erleben musste, nicht der Rede wert zu sein. Er ignoriert ihn. Glücklicherweise ist er auf Wespen- und Bienenstiche nicht allergisch.

»Sie werden uns nicht töten«, sagt Frau Muscat. Ihrem Tonfall nach bleibt es unklar, ob es sich um eine Feststellung oder eine Frage handelt.

»Nein, sie werden uns nicht töten«, meint Paul. »In ein paar Minuten lassen sie uns wieder raus. Soweit ich weiß, ist bei den Entsorgungen noch nie jemand gestorben. Sie wollen uns demütigen, nicht ermorden.«

»Bis jetzt noch nicht«, meint Celine Muscat.

»Bis jetzt nicht«, erwidert Paul.

»Bis jetzt«, wiederholt die Regisseurin. Paul spürt ihren Atem. Er riecht wie eine Kloake.

»Ihre König-Lear-Inszenierung habe ich übrigens großartig gefunden«, bemerkt Paul. »Fred Pal Junior in der Rolle des Lear – unübertroffen.«

»Danke.«

»Ich hoffe, es wird irgendwann einmal wieder aufgeführt.«

»Wenn es in diesem Leben irgendwann noch ein Irgendwann gibt«, bemerkt sie.

Was labere ich denn für einen Unsinn daher, denkt Paul. Ich sollte die Klappe halten. Aber er spricht weiter und sagt: »Dieses futuristische Bühnenbild hat mich überwältigt. Sie haben die Neunzehnzwanzigerjahre auferstehen lassen, in einen zeitgenössischen Kontext gestellt und mit so viel Leidenschaft und politischer Bedeutung versehen ...«

Die Regisseurin fällt ihm ins Wort: »Ich frage mich, ob das Menschen- oder Hundescheiße ist, auf der wir hier herumsitzen müssen.«

»Riecht nach menschlichen Ausscheidungen, gnädige Frau ...«

»Sehr gut! Es ekelt mich vor Hunden und Katzen und erst recht vor deren Kot. Ich kann Haustiere nicht ausstehen.«

»Fred Pal Junior, dieser großartige Schauspieler ...«

»Freddy ist gerade in Riga. Er hat sich rechtzeitig abgesetzt.«

»Warum sind Sie eigentlich noch hier?«

»Ich bin in meinem Leben noch nie davongelaufen. Solange ich lebe, bleibe ich in meiner Stadt. Hier bin ich zu Hause. Lebend bringt mich niemand von hier weg.«

»Bewundernswert«, sagt Paul. Vielleicht aber auch ein bisschen blöd, denkt er, behält den Gedanken aber für sich und wiederholt stattdessen noch einmal, wenn auch mit schwacher Stimme: »Bewundernswert.«

»Und Sie sind wer?«, fragt die Regisseurin.

»Paul Sarianidis.«

»Angenehm. Sollte ich Sie kennen?«

»Ich bin der Pisser.«

»Wie bitte?«

»Ich bin der Mann auf dem Video, der von Lupowitsch bedroht und gedemütigt wurde und vor Angst in die Hose gemacht hat. Vor laufender Kamera.«

»Welches Video? Wer ist Lupowitsch? Was für eine Demütigung?«

»Sie wissen nicht, wer Lupowitsch ist?«, fragt Paul erstaunt. »Das Video ist überall auf *YouTube* und in allen sozialen Netzwerken zu sehen. Im Fernsehen …«

»Ich schaue seit Jahren nicht mehr fern«, unterbricht ihn Celine Muscat, »die Glotze macht mich depressiv. Ich hasse YouTube, es ist das Klo des Internets, und soziale Netzwerke sind mir zutiefst zuwider, seit es sie gibt. Das ist doch nichts für Menschen mit Charakter und Stil. Deshalb bekomme ich oft weniger mit als andere, was mir nicht unrecht ist. Die Wahrheit erschließt sich mir auf anderen Wegen. Ich bin Künstlerin.«

»Sie wissen aber, dass die Rebellen unsere Stadt erobert haben.«

»Das schon! Wenn man in einen Mistkübel geworfen wird, bekommt man ja doch einiges mit.«

»Ich verstehe.«

»Ach, was verstehen Sie denn schon!?«

»Immerhin sitze ich hier neben Ihnen.«

Zwei Minuten später dürfen Celine Muscat und Paul den Biomüllcontainer verlassen. Ein kräftiger Mann mit schwarzem Vollbart hilft ihnen hinaus und weist ihnen den Weg. Der Mob macht den beiden Platz und lässt sie gehen.

Erhobenen Hauptes schreitet die Regisseurin voran, schweigend und ohne jemanden zu beachten. Wenige Schritte hinter ihr folgt Paul mit gesenktem Kopf. Er spürt, dass er sich jeden Augenblick übergeben könnte, und nur mit Mühe gelingt es ihm, den Würgereflex zu unterdrücken. Der Mob filmt, schimpft, lacht und johlt, hält sich aber zurück. Die Menschen weichen aus, sie halten Abstand, und Paul bekommt sogar den Eindruck, als zolle man Frau Muscat und ihm ein wenig Respekt. An einen Besuch bei seinem Freund Mark ist nicht mehr zu denken.

Er wird nach Hause gehen, er wird sich ausziehen, waschen und keine Fragen beantworten. Er wird schweigen, so lange schweigen, bis das Leben grau wird, grau wie das tröstliche, blasse Licht im November.

»Ich gebe Ihnen nicht die Hand«, sagt Frau Muscat, als sie am unteren, der Stadt zugewandten Ende der *Judennase* angelangt und endlich allein sind. »Noch nie in meinem Leben waren meine Hände so schmutzig wie jetzt.«

Paul nickt und schaut sie schweigend an.

»Es wäre mir lieber gewesen, wenn wir uns unter anderen Umständen begegnet wären«, sagt sie und lächelt. »Allerdings werde ich Sie nie vergessen, das können Sie mir glauben.«

»Sie haben mich gar nicht gefragt, warum man mich in den Dreck geworfen hat«, sagt er.

»Spielt das eine Rolle?«, fragt sie und lächelt. »Zeigen Sie mir einen Menschen, der es nicht verdient hätte, irgendwann einmal in den Dreck geworfen zu werden.«

»Passen Sie auf sich auf!«, sagt Paul, macht eine kurze Verbeugung und geht.

14

Lass es zu, genieße den Atem in deinen Lungen, den Geruch in deiner Nase, den Geschmack auf deiner Zunge, die Sehnsucht in deinem Herzen. Wenn du eine Seele hast, lass dich in ihre Abgründe fallen. Wenn nicht … Wenn du sie nicht mehr findest, geh aufs Glatteis. Dem Glatteis deines Lebens wirst du niemals ausweichen können, auch dann nicht, wenn du deine Seele verloren hast. Lass dich fallen und lass dich brechen. Spürst du nicht, wie du mit jeder Pore deines Körpers das Leben aufsaugst, einsaugst, in dich aufnimmst, eins wirst mit der Zeit, eins mit dem unendlich kurzen Augenblick, den wir Gegenwart nennen? Folge dem Gefühl, lass dich vom Schmerz verführen und gib dich deiner Angst hin. Sie macht dein Leben wertvoller, als es ist.

»Woran denkst du?«, fragt Flora.

»An meine Angst«, sagt Paul.

»Auch ich habe Angst«, sagt sie.

»Ich habe keine Angst«, sagt Paul. »Die Angst hat mich.«

Darauf sagt sie nichts.

»Fünf Minuten noch«, sagt Lena.

»Vier«, sagt Eva.

»Nein, fünf«, insistiert Lena und greift nach Pauls Hand. Es ist das erste Mal seit jenem Samstagvormittag, dass sie ihn wieder berührt. Er hält ihre Hand und spürt, wie sein Herz rast, wie es immer schneller wird vor Aufregung und Glück, genießt die Wärme dieser zarten, kleinen Hand, lässt sie auch dann nicht los, als Lena sanft versucht, sich aus seiner Umklammerung zu befreien. Das gelingt ihr nicht. Sie gibt auf und legt den Kopf auf seine Schulter.

»Dreieinhalb Minuten noch.«

»Drei Minuten fünfzehn.«

Soll doch jede Sekunde ewig währen!

»Wer weiß, ob sie pünktlich sind?«

»Es könnte jederzeit losgehen, doch nichts passiert.«

»Damit kann ich leben.«

»Ja, fragt sich nur, wie lange noch.«

»Hört auf!«, flüstert das Kind.

»Moment mal, Leute«, sagt plötzlich Eva. »Endet der Waffenstillstand eigentlich nach der wieder eingeführten Sommerzeit oder noch nach der alten Zeit?«

»Wie bitte?«

»Ja, bei uns ist es drei Minuten vor zwölf, aber drüben im Hafen und hinter den Bergen ist es ja offiziell weiterhin eine Stunde früher. Oder vielleicht eine Stunde später?«

»Ähm?!«

»Um 23 Uhr 59 endet der Waffenstillstand, hat man uns gesagt, aber seit gestern Nacht haben wir Sommerzeit.«

»Das heißt?«

»Das heißt: Es ist schon ein Uhr nachts«, meint Eva.

»Unsinn! Das heißt, dass es drüben erst elf ist!«, korrigiert sie Flora.

»Ach, ich komme bei diesen Umstellungen immer völlig durcheinander«, erklärt Eva. »Ich merke mir nie, wann man die Uhren vor- und wann man sie zurückstellen muss, und wie spät es dann wirklich ist.«

»Was heißt denn wirklich? Wirklich wie vorher oder wirklich wie nachher? Wirklich wie hier oder wie drüben?«

»Hört auf!«, schreit das Kind. »Wie blöd seid ihr eigentlich?! Habt ihr überhaupt die Uhren in der Wohnung umgestellt?«

»Flora, hast du die Uhren umgestellt?«, fragt Eva.

»Wieso ich? Ich hatte doch Nachtschicht.«

»Na und?«

»Als ich heimkam, war ich todmüde und bin sofort ins Bett gefallen. Und was ist mit dir?«

»Ich habe geschlafen. Wer stellt denn Uhren jemals mitten in der Nacht um? Paul, hast du die Uhren umgestellt?«

»Ja. Warte: Nein! Ich glaube nicht. Oder doch? Warte. Ja! Schon … Nein, ich kann mich nicht erinnern.«

»Wie kann man so etwas vergessen?«

»Es ist schon zwölf«, verkündet Lena.

»Oder erst elf«, meint ihre Mutter.

Plötzlich geht das Licht in der Wohnung aus. Alle verstummen, warten wie erstarrt darauf, was als Nächstes geschieht, und als sich Pauls Augen an die Dunkelheit gewöhnt haben, geht er zum Fenster, schaut durch den Spalt zwischen den Vorhängen hinaus und stellt fest, dass es auch draußen auf der Straße, ja in der ganzen Stadt und im Hafen völlig dunkel geworden ist. Die Wolkendecke, die schon am Nachmittag das strahlend schöne Wetter der letzten Tage verdrängt hat, macht die allgemeine Verdunkelung noch düsterer als in den Nächten zuvor. Außerdem ist es gespenstisch still. Diese

Stille ist es, die kaum zu ertragen ist: Man hört weder das Zwitschern der Vögel noch bellende Hunde noch irgendein anderes Tier, weder menschliche Stimmen noch Schritte, weder Motorengeräusche noch Schüsse. Sogar der Wind scheint die Stadt verlassen zu haben. Paul öffnet den Mund, doch bringt er keinen Laut hervor, während sein Puls gegen die Schläfen pocht.

Diese Nacht hätte Paul gerne im Keller zugebracht, doch sowohl Flora und Lena als auch seine Mutter hatten es kategorisch abgelehnt, die Wohnung zu verlassen. Lieber in der eigenen Wohnung umkommen, als in diesem Drecksloch unter der Erde ersticken oder im Geschwätz der Nachbarn ertrinken, hatten sie gemeint. Bis jetzt sei der Krieg noch nie so weit den Hügel hinaufgekommen. Warum solle es diesmal anders sein? Der Hafen sei weit weg und die Rebellenarmee hinter den Bergen angeblich auf dem Vormarsch.

Überraschenderweise war der Hügel nicht befestigt worden. Sogar die Panzereinheit, die Paul am Vortag gesehen hatte, war wieder abgezogen. Die berüchtigten *WS-1B* hatten die neuen Machthaber freundlicherweise nicht hier, sondern auf dem *Kamelhöcker* genannten Hügel auf der anderen Seite der Innenstadt aufgestellt.

Den ganzen Montag hatten sowohl Flora als auch Eva und Lena gelassener gewirkt als Paul, hatten sich von der lähmenden Spannung dieses Tages nicht anstecken lassen, fanden aufmunternde Worte füreinander. Seit den Morgenstunden hatte Paul kein böses Wort von ihnen gehört.

Die meisten anderen Menschen machten hingegen den Eindruck, als nähmen sie Beruhigungsmittel, als seien sie betrunken oder hätten gerade eine schwere

Krankheit überstanden. Sie lebten nicht, sie funktionierten. Viele schauten nicht einmal mehr auf ihre Handys, sondern beobachteten, was um sie vor sich ging – ein schlechtes Zeichen. Sonst jedoch war alles so, wie es sein sollte. Große und kleine Läden, Einkaufszentren, Restaurants und Kaffeehäuser, Spielhallen und sogar Bordelle waren geöffnet. Straßenbahnen und Oberleitungsbusse hielten ihre Fahrpläne ein, im Fernsehen wurden Sitcoms, alte Filme und Musikshows gesendet. Der Schulunterricht war für drei Tage ausgesetzt worden. Lena hatte nichts dagegen, ihren Mitschülerinnen nicht begegnen zu müssen.

In Krankenhäusern, Leichenhallen und Bestattungsunternehmen bereitete man sich auf eine arbeitsreiche Zeit vor. Man putzte Skalpelle, Knochensägen, Bahren und Särge und fragte sich, ob man ein paar Stunden später nicht vielleicht selbst darin liegen würde. Flora war in dieser Nacht allerdings nicht eingeteilt, weil mit der Rebellenarmee einige Ärzte in die Stadt gekommen waren, von denen sieben ihren Dienst im Krankenhaus angetreten hatten. Nach Wochen, in denen sie bis zur Erschöpfung gearbeitet hatte, war Flora froh, endlich länger zu Hause sein zu können.

Aus dem Internet wussten alle, dass sich die sogenannte »internationale Staatengemeinschaft«, allen voran der UN-Generalsekretär, fieberhaft bemühte, die Konfliktparteien an den Verhandlungstisch zurückzuholen, den Waffenstillstand zu verlängern, den Krieg zu beenden, eine politische Lösung zu finden, und alle wussten, dass diese Bemühungen nichts als Augenauswischerei waren, dass die wirklich wichtigen Entscheidungen nicht an den Verhandlungstischen in Genf oder

Wien und schon gar nicht im Land selbst, sondern in den großen Machtzentren der Welt hinter den Kulissen gefällt wurden.

»Auch die Leuchttürme sind ausgeschaltet«, sagt Flora.

»Und was jetzt?«, fragt Eva.

»Die Möwen schweigen.«

»Ja! Dir ist das also auch aufgefallen! Es ist so unerträglich still. Nicht einmal die Grillen zirpen!«

»Grauenvoll! Ich werde die ganze Nacht kein Auge zutun.«

»Auf wessen Seite stehen sie eigentlich in diesem Konflikt?«

»Wer?«

»Die Möwen.«

»Ihr seid alle so blöd«, zischt Lena.

»Ja, Schatz.«

Paul schaut auf die Uhr und sagt: »Wenn ich der Admiral des Flottengeschwaders da draußen wäre, würde ich den Feuerbefehl geben. Und zwar …« Er stockt.

»Und zwar?«, fragt Flora hörbar belustigt. Sie steht am Fenster und hat, was strengstens verboten ist, die Vorhänge zur Seite geschoben, doch Paul kann in der Dunkelheit nur ihre Silhouette ausmachen.

»Und zwar genau – jetzt!«, erklärt Paul.

Es vergehen zwei, drei, vier endlos lange Sekunden.

»Unser großer Stratege!«, höhnt Flora.

»Immerhin war er beim Militär«, erklärt seine Mutter und kichert.

»Ja, in der Wasch- und Bügelkompanie. Unser Wischlappenkorporal.«

»Heute Nacht wird ganz sicher nichts passieren«, meint Flora, und genau in diesem Moment durchbricht ein schriller Lärm die Stille, gefolgt von den Entsetzensschreien des Kindes und den Ausrufen der beiden Frauen. Instinktiv lässt sich Paul auf den Boden fallen, zieht Lena mit sich hinunter, wirft sich auf sie, versucht, sich breitzumachen, um den Körper des Kindes mit seinem zu bedecken, atmet den Geruch von Staub und Angstschweiß ein und flüstert leise, sodass Lena es nicht hören kann: »*Was hält uns auf dieser Erde, was hält uns hier noch fest, wer schließt dir deine Augen, wenn keiner mit dir geht?*«

Er schließt die Augen.

Er wartet.

Lärm. Lärm, Leere, sein Herzschlag im Hals und der warme, feuchte Atem des Kindes in der Beuge zwischen seiner Schulter und seiner Kehle. Die Zeit bewegt sich nicht.

Er reißt die Augen auf.

Die Tochter stößt ihn weg, ist rasch wieder auf den Beinen, läuft zum Sofa, schreit »Trottel!« und beginnt zu weinen.

Die Frauen lachen.

Das durchdringende Geräusch hält an. Es dauert einige weitere Augenblicke, bis Paul begreift, woher der Lärm kommt, und was er bedeutet: Es ist das Läuten des Telefons im Vorraum.

Eva hatte darauf bestanden, den alten Apparat zu behalten, der immer noch so laut und unangenehm schrillt, wie Telefone aus der Mitte des vorigen Jahrhunderts es eben tun, statt ihn durch ein neueres Modell zu ersetzen oder den Festnetzanschluss ganz abzumelden.

Ein Geräusch, das Tote aufwecken könnte.

Paul hastet in Richtung Vorraum, stolpert über den Teppich, der zwischen Esstisch und Tür Wellen schlägt, flucht, macht einen schnellen Satz, greift nach dem Hörer, möchte für den Bruchteil einer Sekunde, einer plötzlichen, für ihn selbst nicht erklärbaren Eingebung folgend, wieder auflegen, unterdrückt aber diesen Wunsch sofort und presst den Hörer an sein Ohr.

»Ja??!«

»Herr Sarianidis?« Eine tiefe weibliche Stimme mit einem leichten Akzent, der nach ein paar Worten gänzlich verschwindet.

»Ja!!?«

»Störe ich?«

»Ja.«

»Gut. Mein Name ist Wiebke Schlager. Ich bin Journalistin und Filmemacherin aus Darmstadt, Deutschland. Sie wissen Bescheid, nicht wahr? Abdul und Abdullah haben Sie informiert?!«

»Ja.«

»Ausgezeichnet! Ich bin vor einer Stunde hier angekommen und rufe Sie aus meinem Hotel an. Leider konnte ich Sie am Handy nicht erreichen, ich fürchte, das Netz ist zusammengebrochen, Krieg ist eine wirklich lästige Sache …«

»Jetzt?«, unterbricht sie Paul. »Jetzt, um diese Zeit rufen Sie an?«

»Wer ist das?«, tönt Evas Stimme aus dem Wohnzimmer. »Paul, wer ist das?«

»Haben Ihnen denn Abdul und Abdullah nicht mitgeteilt, dass ich sofort anrufen werde, wenn ich ankomme? Zeit ist ein wertvolles Gut. Was glauben Sie, was es mich und meinen Assistenten Nerven, Geld und Charme gekostet hat, bis hierher vorzudringen? Das war schwieriger als im Kongo.«

»Kongo?«, fragt Paul entgeistert.

»Dort war ich letztes Jahr. In der Demokratischen Republik Kongo.«

»Aha.«

»Heute, sechs Uhr dreißig? Ich bin pünktlich bei Ihnen, es sei denn, die Schlacht tobt mitten in der Stadt, was ich nicht glaube, oder alles versinkt im Chaos, was ich nicht hoffe, oder ich komme nicht aus dem Hotel heraus oder durch die Straßensperren. Wenn das der Fall ist, rufe ich Sie noch einmal an. In Ordnung?«

»Okay. Heute Abend also.«

»Nein. Heute in der Früh.«

»Aber …«

»Tut mir leid, wir haben sehr viel Arbeit vor uns. Aber glauben Sie mir: Wenn alles fertig ist, bin ich Ihr größter Fan!«

»Papa, wer ist das?«, hört Paul Lenas Stimme.

»Gefrühstückt haben wir dann schon, also keine Umstände«, erklärt die Journalistin.

»Die Umstände sind ohnehin so, dass ich mir keine Umstände zu machen brauche.«

»Genau! Dann bis bald, freu mich schon, Sie persönlich kennenzulernen, ciao«, sagt Wiebke Schlager und legt auf.

»Ja, nun red doch schon, wer war das?«, fragt Flora, als Paul wieder ins Wohnzimmer kommt.

»Wiebke Schlager aus Darmstadt.«

»Wer?«

»Kannst du den Wecker bitte auf sechs stellen?«

»Wozu das denn? Ich habe heute keine Frühschicht. Wer ist also diese … wie heißt sie?«

Paul kommt nicht dazu, ihr zu antworten. Ein furchtbarer Knall und ein Blitz beenden die Stille. Dem ersten Knall folgt sogleich der nächste, der dritte, der vierte … Die Explosionen folgen dicht hintereinander und sind aus allen Richtungen zu hören. Sechs, sieben, acht, neun, zehn, elf zählt Paul. »Sehr nah, aber gottlob nicht zu nahe«, flüstert er. Ein dumpfes Summen setzt ein, das schnell lauter wird.

»Flugzeuge!«, schreit Lena.

Irgendwo auf dem Hügel explodiert ein Geschoss. »Fassbomben?«, fragt Flora. »Päckchenbomben«, korrigiert sie Lena. »Man nennt sie auch *Priority Six*«, erklärt sie. Die Wände und der Boden vibrieren. Die Fensterscheiben klirren. Für einige Momente wird es hell im Zimmer, Paul kann die Gesichter seiner Tochter, seiner Mutter und seiner Frau sehen: Sie sind weiß, verschlossen, die Augen matt, ausdruckslos, die Angst nach innen gekehrt. Schnell zieht Flora die Vorhänge wieder zu, fasst Paul an der Hand, zerrt ihn hinaus in den Vorraum und schlägt die Tür hinter sich zu. Eva und Lena folgen ihnen. Sie umarmen ihn, umarmen einander. Zwischen den Explosionen hört er ihren Atem, hört auch seinen Atem. Dann wird es ruhiger. Die Flugzeuge sind weg. Der Lärm entfernt sich.

Paul holt ein Feuerzeug aus seiner Hosentasche und schaut im Licht der Flamme auf seine Uhr.

»Wie spät ist es denn?«, fragt Eva.

»Kurz nach eins.«

»Sag ich doch! Sommerzeit!«

Und plötzlich beginnen alle vier zu lachen, so herzlich und ausgelassen wie schon lange nicht mehr.

TEIL 2

1

»Papa, da draußen ist ein Zebra!«

»Was? Blödsinn. Ein Maulesel wahrscheinlich.«

»Ein Maulesel mit Streifen?«

Paul seufzt und steht vom Sofa auf. Seine Tochter lehnt sich aus dem Fenster, zeigt mit dem Finger auf die Straße und ruft: »Da!« Er schaut hinaus und sieht – ein Zebra. Es steht auf der anderen Straßenseite, am Abhang, genau am oberen Ende der Treppe, die an den geköpften Statuen vorbei in die Innenstadt hinunterführt, und rührt sich nicht vom Fleck.

»Teufel und Hölle!«, ruft Paul aus. »Es waren also doch noch Tiere im Zoo, als er gebombt wurde!« Was ihn allerdings weit mehr erstaunt als die Tatsache, dass mitten in der Stadt ein offenbar völlig zahmes Zebra herumsteht, ist die Reaktion der Passanten, besser gesagt – das Fehlen von Reaktionen. Die Menschen gehen mit einer Gleichgültigkeit an dem Tier vorbei, als handle es sich um eine Katze, einen Hund oder einen alltäglichen Gegenstand. Manch einer verlangsamt für den Bruchteil einer Sekunde den Schritt, ein anderer schüttelt kurz den Kopf, zuckt mit den Achseln, läuft weiter, ein Dritter zieht die Augenbrauen hoch und verzieht das Gesicht zu einem Grinsen. Das war's auch schon. Und was das Erstaunlichste ist: Niemand fotografiert das Tier mit dem Handy!

Es fällt Paul auf, dass die Menschen von Tag zu Tag verschlossener werden. Sie nehmen nur mehr sich selbst wahr und flüchten in ihre eigene, innere Welt, als seien sie mit der Zeit und der Welt um sie herum in eine Schockstarre verfallen, genauso wie das Zebra, das sich mitten auf dem Gehsteig minutenlang nicht vom Platz rührt.

Die Kampfhandlungen hatten in der Nacht von Montag auf Dienstag begonnen und bis fünf Uhr morgens gedauert. Nach mehreren Attacken und besonders blutigen Gefechten zwischen drei und vier war es den Truppen der »Befreiungsarmee« gelungen, die Frontlinie von der Mitte des Aristoteles-Boulevards bis an den Gehsteigrand zu verschieben und somit um ungefähr fünf bis sieben Meter Richtung Hafen vorzurücken. Beide Seiten behaupteten, der jeweils anderen schwere Verluste zugefügt zu haben. Die Zahl der zivilen Opfer war mit zweiunddreißig Toten und etwas mehr als hundert Verletzten glücklicherweise niedriger als befürchtet.

»Nu, was wollt ihr denn?«, meinte dazu am nächsten Morgen Kotik Katz, der Nachbar. »Wir führen einen privilegierten Krieg. Alles ist furchtbar und schlimm, aber nicht so schlimm, wie es sein könnte. Welches andere Kriegsgebiet kann das guten Gewissens von sich behaupten?«

Der größte Erfolg dieser Nacht war, dass es einer aus muslimischen Söldnern bestehenden Eliteeinheit der Rebellen gelungen war, das Wahrzeichen der Stadt unter ihre Kontrolle zu bringen: den berühmten Uhrturm am Eingang zum Hafen, weswegen die nächtlichen Gefechte im Hafenviertel auf Wikipedia schon am selben Tag als *Schlacht um den Uhrturm* bezeichnet wurden.

Vor dieser Schlacht war der Uhrturm ein Außenposten der Regierungstruppen gewesen; nun war er ein Außenposten der neuen Machthaber. Erstaunlicherweise hat der Turm, der in dieser Nacht drei Mal den Besitzer gewechselt hatte, sämtliche Kampfhandlungen, wenn auch nicht unbeschädigt, überstanden. Die Wände waren voller Einschusslöcher, der filigrane oberste Teil des Bauwerks und eine außen angebrachte Wendeltreppe existierten nicht mehr, und die sieben Zifferblätter, die einst die Uhrzeiten in den großen Metropolen der Welt angezeigt hatten, waren herabgefallen. An ihrer Stelle starrten nun sieben große schwarze Löcher wie tote Augen in alle Richtungen.

Die *Schlacht um den Flughafen: Episode 47* war für die Rebellen ebenfalls sehr erfolgreich verlaufen. Bei der siebenundvierzigsten Attacke seit Beginn der Kampfhandlungen in diesem Sektor war es ihren Truppen endlich gelungen, die vor zwei Wochen verloren gegangenen Reste der ehemaligen Abflughalle in der Ruine des Flughafengebäudes zurückzuerobern. Der Frontverlauf auf dem Rollfeld war hingegen weitgehend unverändert geblieben.

Als »Sieg« wurde auch der Vormarsch motorisierter Einheiten der Generäle Valerian Ka und Bartholomeus Pets am Stadtrand gewertet. Allerdings hatte sich die Front keineswegs »hinter den Bergen« befunden, wie die neuen Machthaber nach dem Einmarsch in die Stadt behauptet hatten, sondern war nicht einmal einen Kilometer vom Stadtrand entfernt gewesen. Von dort waren die Panzereinheiten der »Befreiungsarmee« um ganze achthundert Meter bis in die Mitte des Städtischen Tierparks vorgerückt, wo die Offensive nach heftigem Widerstand der Regierungstruppen zum Stillstand gekommen war. Angeblich waren die Tiere des Zoos in den ersten Tagen des Krieges evakuiert worden. Augenzeugen berichteten in den sozialen Netzwerken jedoch schon in den frühen Morgenstunden des Dienstags, sie hätten zahlreiche Wildtiere, angeblich sogar ein Nashorn, eine Hyäne und eine Giraffe, in den Außenbezirken der Stadt gesichtet. Auf beiden Seiten der Front wurde dies vehement dementiert. Die einzigen Tiere, die sich noch im Tierpark befänden, seien die Kaninchen, Zwergziegen und Lämmer im Streichelzoo, hieß es.

Am Mittwoch erfuhr man in den Morgennachrichten, dass dem »geschätzten General der Befreiungsarmee Doktor Boris Lupowitsch« vom Exekutivkomitee der Provisorischen Regierung für seine Verdienste im Kampf um die Freiheit und für seine Erfolge bei der Truppenführung während der »nächtlichen Dienstagsschlachten« der Ehrentitel »Generalissimus« verliehen werde.

Nach Ende der nächtlichen Kampfhandlungen herrscht nun eine Art *Drôle de guerre*. Offenbar warten beide Seiten, dass die jeweils andere die Initiative ergreift. Vielleicht aber warten sie auch auf Anweisungen der großen Mächte, die hinter ihnen stehen. Vielleicht, mutmaßt man, wird längst in Washington, Moskau, Berlin, Paris, Peking oder an einem nur den Mächtigen der Welt bekannten Ort entschieden, wie alles weitergehen und wie es ausgehen soll.

Seit Paul denken kann, war das Leben in der Stadt brutal und gefährlich, aber es war – allen Problemen zum Trotz – erträglich gewesen. Irgendwie lebte man sich durchs Leben. Während der Corona-Pandemie hatte es zwar massive Einschränkungen, wirtschaftliche Not und viele Tote gegeben, aber keine deutliche Krise des Gesundheitssystems, weil dieses ohnehin so desaströs gewesen war, dass man die Folgen der Seuche nur als geringfügige Verschlechterung der ohnehin seit Jahrzehnten andauernden, immerwährenden Katastrophe empfand. Intensivbetten in Krankenhäusern können nicht knapp werden, wenn es solche Betten für normale Sterbliche, die keine private Krankenversicherung haben, gar nicht gibt, und alte Menschen mit Vorerkrankungen können nicht an oder mit Covid-19 sterben, wenn sie sowieso schon längst gestorben sind. Während die verwöhnten Europäer litten, reagierte man hier, an der Peripherie Europas, gelassen. Mit Pandemien und anderen Katastrophen kannte man sich aus und stellte sich rasch darauf ein. Man hatte schon schlimmere Zeiten überlebt. Gewiss: Arbeitslosigkeit, Armut und Kriminalität nahmen explosionsartig zu. Klebstoff schnüffelnde Straßenkinder und Menschen, die in Mülltonnen nach Nahrungsmitteln suchten, sah man noch öfter als früher, während gleichzeitig die Zahl der Luxuslimousinen, Luxuswohnungen, Luxusläden und exklusiven Clubs keineswegs abnahm. »Die permanente Verstörung«, verkündete ein stadtbekannter Journalist und Blogger, »ist zu unserem stetigen, oftmals sogar tröstlichen Begleiter geworden: eine Trunkenheit der Seele, der man sich leichten Herzens hingibt.«

Jetzt aber, in Zeiten des Bürgerkriegs, hat der Niedergang eine bislang noch unbekannte Dimension erreicht. Den ganzen Dienstag haben Paul, Flora, Eva und Lena auf die deutsche Journalistin Wiebke Schlager gewartet. Vergeblich. Es schien, als sei sie vom Erdboden verschluckt. In ihrem Hotel hatten die Deutsche und ihr junger Assistent zwar am Montag ein Zimmer bezogen, am Dienstagmorgen jedoch waren beide spurlos verschwunden. Niemand wusste, was geschehen war, niemand hatte sie aus dem Gebäude hinausgehen sehen. Ihre Koffer und persönlichen Gegenstände befanden sich noch in den Zimmern, sie selbst jedoch waren unauffindbar. In Zeiten wie diesen wunderte oder irritierte dies allerdings niemanden. Man hatte andere Sorgen und Probleme. Die Rezeptionistin des Hotels, mit der Paul telefonierte, gab bereitwillig und freundlich Auskunft, machte ein paar leere Versprechungen und legte auf.

Seit zwei Tagen schon versucht Paul, mit Abdul und Abdullah Kontakt aufzunehmen, doch auch die beiden Gauner sind unauffindbar und weder auf ihren Mobiltelefonen noch über Festnetz oder Internet zu erreichen. Das Tor zu dem Haus, in dem sich Paul mit ihnen getroffen hatte, ist mit einer dicken Kette und einem Vorhängeschloss gesichert. Alle Rollläden sind heruntergelassen. Keiner der Nachbarn weiß, wann »die beiden Araber und ihre ganze Mischpoche« verschwunden und wohin sie verzogen sind. Paul solle sich in *La-alot* umhören, früher oder später erfahre man im Viertel alles, wird ihm erklärt. Er brauche sich nur ein wenig zu gedulden.

»Schaut so aus, als hätte man uns wieder einmal ganz ordentlich beschissen und runtergespült«, meint Eva und schüttelt den Kopf. »Ich werde mich bei den guten Leuten, die mir diese beiden Flaschen empfohlen hatten, beschweren. Früher war das Wort der guten Leute Gesetz. Heute kann man sich offenbar nicht einmal mehr auf die Schwerverbrecher verlassen! Was ist das nur für eine Welt!? Wem kann man denn noch trauen?«

Draußen blitzt etwas auf und erlischt wieder. Paul und seine Mutter rasen zum Fenster. Unten in der Altstadt – irgendwo zwischen der Kathedrale und dem alten, längst verschlammten und nicht mehr befahrbaren Kanal, der vom Hafen in den ältesten Teil der Stadt führt – steigt schmutzigbrauner Rauch auf. Je höher er steigt, desto heller wird er, bis er schließlich zu einem Pilzkopf, der die Farbe wässrigen Durchfalls hat, mutiert und zerfällt.

»Ihr hättet von hier verschwinden sollen, als es noch möglich war«, sagt Eva.

»Und die Wohnung? Und Floras Arbeit?«

»Was nützen dir Wohnung und Arbeit, wenn deinem Kind Bomben auf den Kopf fallen!?«

»Lass mich bitte in Ruhe«, sagt Paul, geht ins Schlafzimmer, macht die Tür hinter sich zu und schaltet den Laptop ein. Wenn niemand zuschaut, quält er sich durch Internetseiten, auf denen er erwähnt wird, liest Kommentare in sozialen Netzwerken oder die zahlreichen Bemerkungen unter den Videos auf YouTube, auf denen er zu sehen ist.

»*Nach diesem elenden kleinen Pisser muss man leider den Stuhl wegwerfen. Der stinkt sicher entsetzlich und ist nicht mehr zu gebrauchen. -:)))*«

»*Nicht viel reden mit jemandem wie diesem Sarianidis! Am besten Strick um den Hals, Laternenpfahl, hochziehen, fertig!*«

»*Respekt dem Herrn Lupowitsch, Respekt! Das war nur eine Warnung. Das nächste Mal landen solche Trolle im Müllcontainer.*«

»Schon passiert, du Arschloch!«, murmelt Paul.

»*He, Paul, du kleiner Pisser, warst du schon beim Urologen?*«

»Herr Doktor Lupowitsch, ich verneige mich vor dir! Du bist ein echter Kerl! Was du getan hast, ist richtig. Das ist echt männlich. Da ist Kraft, Anstand und Schönheit! Du hättest den Troll mit deiner Pistole in den Arsch ficken können, aber du hast ihn geschont. Du bist ein wahrer Generalissimus!«

»Paul, du solltest viel Vaseline kaufen, die Hose runterlassen, dich vorbeugen und dich ab sofort Paula nennen.«

Paul spürt, wie die Wut in ihm hochsteigt, wie sie in seinen Schläfen pocht, seine Hände zu Fäusten verkrampfen lässt, wie sein Blut kocht. Am liebsten würde er sofort auf die Beleidigungen antworten, den Abschaum in seine Schranken weisen, zurückschimpfen, schlagende Argumente bringen. Wenn Worte töten könnten! Er wird ihnen sagen …

Nichts wird er ihnen sagen. Oft denkt er, dass er all diese demütigenden Kommentare nur deshalb liest, um sich selbst zu beweisen, dass er stark genug ist, nicht darauf zu antworten. Außerdem würde er sich durch eine Antwort nur noch lächerlicher machen. Wie peinlich ist es doch, auf beleidigende Kommentare beleidigt zu reagieren. Welch ein Triumph für den Abschaum, wenn er merkt, dass er mit seinem Gift ins Ziel getroffen hat. Jedes Mal, wenn er den Laptop zuklappt, fühlt er sich entsetzlich und ist doch stolz darauf, auf keinen der Kommentare eine Replik verfasst zu haben.

Die Tür geht auf und Lena kommt herein, langsam, auf Zehenspitzen, leise, als könnte sie jemanden aufschrecken und vertreiben. Paul möchte aufstehen und ihr entgegengehen, doch etwas hält ihn zurück. Seine Tochter beugt sich zu ihm herunter, umarmt ihn, legt den Kopf auf seine Schulter.

»Papa«, flüstert sie.

»Ja?«

»Das Zebra steht immer noch an derselben Stelle draußen vor unserem Haus. Es bewegt sich nicht.«

»Ich weiß«, sagt Paul.

»Es schaut so traurig, als wäre es ein Mensch.«

»Tiere können traurig sein; so wie Menschen.«

»Glaubst du, es kann hier in der Stadt überleben?«

Paul schweigt eine Zeitlang, überlegt und fragt: »Weißt du, mit welchem Streifen ein Zebra beginnt? Mit einem schwarzen oder einem weißen?«

Sie hebt den Kopf, schaut ihn an und beginnt zu lächeln.

2

Dienstag. Mittwoch. Donnerstag. In einem Podcast diskutieren die Rebellen über die für Juni geplanten Regionalwahlen, über die Einführung eines neuen Nationalfeiertags und die Umwandlung der Republik in einen Bundesstaat. Die Universität kündigt ein vorzeitiges Ende des Frühlingssemesters an. In der Nähe der Oper wurde, wie in allen Medien berichtet wird, ein Spion erschossen. Auf Ebay werden Kleidung und Wertgegenstände von Menschen versteigert, die bei den Kämpfen und nach dem Einmarsch der Rebellen in die Stadt getötet worden sind. In drei Stadtteilen, hört man, ist das Leitungswasser mit Fäkalien verseucht, das gesamte Abwassersystem steht kurz vor dem Zusammenbruch; und das Fernsehen berichtet, dass die Nationalgarde seit Dienstagabend gezielt Jagd auf illegale Einwanderer und Flüchtlinge mache. »Bei den meisten Individuen, die aufgegriffen wurden, handelt es sich um Migranten, die auf dem Weg nach Europa waren, aber nur bis zu uns gekommen sind«, heißt es. »Nun sollen sie in ihre Ursprungsländer zurückgeschickt werden, was auch deshalb schwierig ist, weil kein einziges Land der Welt unsere Provisorische Regierung anerkennt oder mit ihr über die Frage der Rückführungen verhandeln möchte. Angeblich wurden einige Migranten über die Frontlinie gebracht, dort jedoch sofort aufgegriffen und prompt wieder zurückgeschickt. Dieses Spiel soll sich einige Male wiederholt haben. Tatsache ist, dass diese Säuberungsaktion von einer großen Mehrheit der Bevölkerung sehr positiv aufgenommen wurde.«

Währenddessen haben Scharfschützen ihre gut getarnten Stellungen bezogen, sie verstecken sich wie Räuber und Diebe in ihren Nischen und Verschlägen und schießen hin und wieder auf Ziele hinter der Frontlinie. Meist trifft es Soldaten, manchmal aber auch Zivilisten, die zum falschen Zeitpunkt am falschen Ort sind. Ein etwa fünfhundert Meter breiter Streifen entlang der Frontlinie ist zur Sperrzone erklärt worden. Das ändert nichts daran, dass alle paar Stunden ein paar Geschosse oder eine Rakete irgendwo in der Stadt einschlagen. Täglich gibt es Tote und Verletzte – nicht viele, aber genug, um die Bewohner in Panik zu versetzen. In den Medien erfährt man, dass jeden Tag mehr Menschen durch Gewaltverbrechen, Krankheiten oder bei Verkehrsunfällen als durch feindlichen Beschuss ihr Leben verlieren; auch während der Corona-Pandemie waren jeden Tag mehr Menschen gestorben als jetzt, doch gibt es niemanden, den diese Hinweise in irgendeiner Weise beruhigen. Wer es sich leisten kann, flüchtet. Frontlinie auf der einen, Polizeisperre auf der anderen Seite, das Meer im Rücken, die Berge als Schranke, Raketenstellungen, Maschinengewehrnester, Minenfelder: Gewöhnliche Menschen sind in der Stadt gefangen, doch für eine angemessene Summe lässt sich ein Ausweg finden, besser gesagt, kaufen. Wenn der Preis stimmt, dann gerne auch auf direktem Wege nach New York, Paris, Wien oder Berlin. Schleuser, Urkundenfälscher, Hehler, Dealer, korrupte Beamte, Politiker und sonstige Berufsverbrecher verdienen sich goldene Nasen. Sehr beliebt ist die kostengünstige *Run-Rabbit-Run*-App für Mobiltelefone, auf der Schleichwege durch die Minenfelder verzeichnet sind. Die Erfolgsgarantie liegt immerhin bei 85 Prozent.

Andere müssen stundenlang Schlange stehen, um ihre Lebensmittelkarten einzulösen. Sogar die Soldaten werden schlecht versorgt. Die Panzertruppen an der Tiergartenfront haben den gesamten Streichelzoo aufgegessen. In den Krankenhäusern werden die Medikamente knapp. Flora achtet streng darauf, dass Ärzte, Schwestern oder Pfleger die wertvolle Mangelware nicht unter der Hand an Meistbietende verscherbeln. Doch kann sie den »Giftschrank« nicht rund um die Uhr bewachen. Der Bestand schwindet schneller, als er sollte. Längst werden einfachere Operationen ohne Narkose durchgeführt oder ganz abgesagt.

Menschen verkaufen ihre Wertsachen, um sich auf dem Schwarzmarkt mit dem Nötigsten zu versorgen. Die streunenden Hunde sind aggressiv wie noch nie, und seit Mittwoch fahren Straßenbahnen und Oberleitungsbusse nur mehr sporadisch. Am schlimmsten ergeht es in diesen Tagen den zahlreichen Bettlern und Obdachlosen – ihre Zahl wächst, kaum jemand kümmert sich noch um sie, und so sterben viele leise und in den meisten Fällen unbemerkt.

Ich muss von hier weg, denkt Paul. Seine Familie muss weg. Längst weiß er, dass sie die Stadt verlassen müssen. Er wünscht sich ein anderes Leben für sein Kind. Hier, das weiß er, wird es verdorren, qualvoll vergehen oder zertreten werden. Sein Kind müsste zäh sein, zäh wie die Anwältin eines mächtigen Drogenhändlers, hart wie eine Top-Entertainerin im Showbusiness, cool und stachelig wie eine Hackerin, die die Konzerne aufmischt. Manchmal macht Lena den Eindruck, stark, unbekümmert, unverwundbar zu sein, aber er kennt sie besser. Er weiß, wie verletzbar sie ist. Wenn sie so wäre wie ihre Mutter, würde ihn das glücklicher machen.

Er muss Lena von hier wegbringen. Aber wohin? In die Hauptstadt, wo alle einem kitschigen Selbstzerstörungstrieb verfallen sind, den sie für Patriotismus halten? In die USA, wo sie vielleicht den Rest ihres Lebens um genau dieses armselige Leben strampeln müsste? Nach Deutschland, dem Land der derben Arroganz und Taktlosigkeit, wo Fremde längst nicht mehr so willkommen sind wie in früheren Jahren? Letztlich wird sie das Schicksal bekommen, das er sich leisten, die Zukunft, die er ihr kaufen kann.

Er selbst wollte nie weg von hier und will es eigentlich auch jetzt nicht. Er ist nur ein einziges Mal in der Hauptstadt und noch nie im Ausland gewesen. Auf seinem heimatlichen Hügel, auf der noblen Seite, aber auch drüben, in *La-alot*, kennt er hingegen jede Straße, jedes Haus, jedes Tor, und wenn ihn jemand bitten würde, könnte er zu jeder verlorenen Treppe, die ins Nichts führt, zu jedem Schlagloch und jeder längst erloschenen Gaslampe eine Geschichte erzählen. Allein, es gibt heute niemanden mehr, der diese Geschichten hören will.

Den zweiten Tag schon schlendert Paul in *La-alot* umher, auch wenn ihn Flora und Eva inständig gebeten haben, zu Hause zu bleiben, wenn schon nicht aus Gründen der eigenen Sicherheit, dann wenigstens ihnen und Lena zuliebe. Wenn er schon Risiken eingehe, solle er sich dabei wenigstens um eine neue Arbeit bemühen. Doch Paul hat keinerlei Aussicht, in der belagerten Stadt

Arbeit zu finden. Aber auch zu Hause hält er es nicht mehr aus. Eine verirrte Rakete könnte sein Leben sowohl in der Wohnung als auch auf der Straße beenden, meint er, und vor Banditen, Dieben oder bewaffneten Marodeuren habe er keine Angst mehr.

Seltsamerweise lässt man Paul seit Ende des Waffenstillstandes in Ruhe. Der Rummel um seine Person hat sich genauso schnell verflüchtigt, wie er begonnen hatte. Nur im Internet ist er weiterhin berühmt. Im realen Leben hingegen scheint alles so zu sein, als wäre nichts gewesen. Die in- und ausländischen Redakteure und Schaulustigen haben das Interesse an ihm verloren und aufgehört, sein Haus zu belagern. Man spricht ihn nicht mehr auf das peinliche Erlebnis an, ja, die Leute aus den Nachbarhäusern, den Quer- und Parallelstraßen, denen er seit Jahren immer wieder begegnet, ignorieren ihn jetzt noch mehr, als sie es zuvor schon getan hatten. Sogar der feiste österreichische Journalist, der am längsten von allen ausgeharrt hatte, kommt nicht mehr, um vor dem Haustor auf ihn zu warten.

Abdul und Abdullah bleiben verschwunden. Auf den Straßen in *La-alot* erfährt man allerdings mehr, als das Internet preiszugeben vermag. »Die Straße« weiß alles. Kein Hightech, keine Elektronik oder Künstliche Intelligenz vermögen es, das Wissen der Straße zu toppen. Die deutsche Journalistin sei wahrscheinlich verhaftet worden, erfährt Paul von kundigen Leuten. Die beiden Araber hingegen, erzählt man, befänden sich seit einigen Tagen in der Hauptstadt. Mit dem gestohlenen Geld ihrer Kunden seien sie gerade dabei, sich neue Identitäten und Schengen-Visa zu kaufen. »Vielleicht«, sinniert Tante Fanja, eine knapp achtzig Jahre alte Russin, die jeder im Viertel kennt, weil bei ihr alle Informationen der Stadt, des Landes und der Welt zusammenlaufen, »gehen sie nach London oder Birmingham. Großbritannien! Ein Land im Niedergang ist genau das Richtige für die beiden, um das große Geld zu machen.«

»Und was ist mit meinem Geld?«, zischt Paul mit unterdrückter Wut. »Was die beiden kassiert haben, gehört nicht nur mir allein. Das sauer verdiente Geld meiner Frau und die Rücklagen meiner Mutter sind ebenfalls dabei.«

Fanja, die es sich – wie immer Pfeife rauchend – in einem Schaukelstuhl vor dem Eingang ihres Hauses bequem gemacht hat, räuspert sich, richtet mit einiger Mühe und keuchend ihren massigen Körper auf, spuckt aus, lässt sich in den Stuhl zurückfallen, stopft Tabak in ihre Pfeife, grinst hämisch und sagt: »Es gibt ein russisches Sprichwort, das lautet: *Влёпамшисъ, надо сидетъ.*«

»Aha.«

»Wissen Sie, was das bedeutet?«

»Nein«, sagt Paul. »Aber ich kann es mir denken.«

3

Die Stromzufuhr für die Stiegenhausbeleuchtung wird von Anfang April bis Mitte Oktober von sechs Uhr morgens bis neun Uhr abends abgestellt. Diese Regel gilt aus Energiespargründen in der ganzen Region und hat drei Regimewechsel überdauert. An trüben Tagen, wenn Wolken und Gewitter aufziehen oder der Nebel den Hügel in ein feuchtes Zwielicht hüllt, müssen sich die Bewohner im Dunkeln vorwärtstasten. »Wir sind keine Katzen, unsere Augen leuchten nicht«, schimpft Flora jedes Mal. Gut ein Dutzend Briefe und Mails hat sie an die Stadtverwaltung in dieser Angelegenheit geschickt, aber immer nur ausweichende, unverbindliche Antworten erhalten, in denen es hieß, man werde *sich kümmern* und *die Sache prüfen*. Natürlich prüft und kümmert sich niemand, und alles bleibt beim Alten.

Der berüchtigte *Anita-Nebel*, der die Stadt zwar selten, aber unerbittlich heimsucht, kommt diesmal an einem Freitagmorgen, zieht wie aus dem Nichts auf, hüllt beide Stadtberge ein, lässt die Temperatur in kurzer Zeit um mehr als zehn Grad absinken. Die Kleidung klebt klatschnass am Körper. Der Verkehr kommt zum Stillstand, die Oberleitungsbusse warten in den Haltestellen auf den rettenden Passatwind. Die Fahrer steigen aus. Feuerzeuge klicken, doch die Zigaretten wollen nicht brennen, necken nur Gaumen und Lungen und verglimmen zu feuchtem Dampf. Langsam bewegen sich die Menschen hügelan und hügelab, hüllen sich fröstelnd in Jacken und Regenmäntel, plustern sich auf wie Sperlinge im Herbst, während es unten am Meer und im Hafen weiterhin brütend heiß und strahlend schön ist. *Anita* – Herrscherin des Siechtums, wie es im Volksmund heißt, Kaiserin der Schwindsucht, schwarze Fürstin aller Seuchen.

Anita nimmt den Hügel in Beschlag, als Paul auf dem Weg vom Supermarkt nach Hause ist. Das Güterangebot schrumpft von Tag zu Tag. Frisches Obst und Gemüse sind seit der »Befreiung« Mangelware, Milch, Brot und Nudeln werden streng rationiert, für Konserven gibt es eine eigene Lebensmittel-App, die man nur herunterladen kann, wenn man auf andere Güter verzichtet. Wer ein altes Handy hat, auf dem die Apps nicht laufen, muss sich stundenlang um Lebensmittelkarten anstellen, auf den Schwarzmarkt ausweichen oder hungern. Pauls Handy funktioniert, doch die Ausbeute seiner Einkäufe ist mager: billige Fisch- und Gemüsekonserven, Suppenwürfel, Margarine, die nach Schmieröl riecht, Hirse, Linsen sowie Knäckebrot als Notration für noch schlimmere Zeiten. Statt Zucker gibt es seit gestern nur mehr Saccharin.

Wenigstens, stellt er zum wiederholten Mal mit einer Mischung aus Befriedigung und einem höchst seltsam anmutenden Gefühl der Enttäuschung fest, ist der Hauseingang frei: keine Journalisten mehr, die Paul auflauern, keine Schaulustigen, kein hämischer Mob, der ihn prügeln, filmen oder in Müllcontainer werfen möchte.

Langsam setzt er einen Fuß vor den anderen. Die Fingerspitzen seiner linken Hand streichen zur Orientierung am rauen Stuck der Hauswand entlang. Die

Straße ist wie in Watte gehüllt. Er hört die Schritte der entgegenkommenden Passanten, sieht sie erst, wenn sie unmittelbar vor ihm aus dem Nebel auftauchen, hat nur wenige Augenblicke Zeit, um auszuweichen. Die Menschen senken die Blicke, werden noch langsamer oder bleiben stehen: *Anita* zwingt alle zu Geduld und Rücksichtnahme. Man schweigt und wartet auf den rettenden Wind, der den Nebel vertreibt.

Wenige Meter vor dem Eingang zu seinem Haus lässt Paul ein immer lauter werdender Hufschlag aufhorchen. Ein Schatten rast direkt auf ihn zu, kommt bedrohlich nahe, materialisiert sich und taucht plötzlich in voller Größe auf, als wäre er aus dem Nichts gekommen oder aus dem Boden gewachsen: für den Bruchteil einer Sekunde sieht Paul Nüstern und ein Maul mit weißen Zähnen, tellergroße Augen voller Panik, eine lange Schnauze, schwarze und weiße Streifen bis zu den Ohrenspitzen hinauf. Mit einem Satz rettet sich Paul ins Innere seines Hauses, während der Hufschlag im Nebel verhallt. Jemand hatte das Tor genau im richtigen Augenblick von innen geöffnet.

Das Tier hat ihn an der Schulter gestreift, jedoch nicht verletzt. Nun stößt er im Eingangsbereich des Hauses mit jemandem zusammen, der einen spitzen Schrei von sich gibt und zurückweicht. Er spürt einen feuchten, modrigen Atem an Kinn und Hals und hört gleich danach ein sattes, dumpfes Geräusch wie das eines Mehlsacks, der von einem hohen Regal auf den Boden fällt. »Aahh«, stöhnt jemand zu seinen Füßen. »Ooch!« Und auf Russisch: »Tschort!« Er beugt sich zu der alten Frau hinunter, lässt die Einkaufstasche fallen und hält ihr beide Hände entgegen.

»Warum, mein Lieber, wollen Sie eine alte Frau umbringen, die ohnehin schon halb tot ist?«, stöhnt Myschka, die Nachbarin, und greift nach seinen Händen. »Verschwenden Sie doch nicht Ihre wertvolle Zeit und Energie.«

»Es tut mir unendlich leid, liebe Frau Katz! Bitte verzeihen Sie mir: Ein Zebra hat mich gestoßen.«

»Ein Zebra?«, fragt sie belustigt, und ihre Stimme klingt plötzlich fester und jünger. »Sind Sie meschugge?«

»Ja. Das heißt, nein! Aber: doch, doch, es war ein Zebra.«

Sie versucht sich aufzurichten, lässt sich von Paul hochziehen und auf die Beine stellen, kann sich aber nicht aufrechthalten, ohne gestützt zu werden. »Was immer Sie rauchen, junger Mann«, stöhnt sie, »hören Sie schleunigst auf damit. Es vernebelt Ihren Geist. Ein Zebra! Dass ich nicht lache. In Zeiten wie diesen? Hätten Sie gesagt, ein Bandit hätte Sie durch den Nebel gejagt und mit einem Sturmgewehr auf Sie geschossen, hätte ich Ihnen geglaubt.« Sie schüttelt den Kopf. »Tsss ... Zebra!«, murmelt sie verächtlich.

Paul hilft Myschka die Treppe hinauf. Das ist so mühsam, dass er sich fragt, wie die alte Dame ihren massigen Körper bis jetzt ohne fremde Hilfe und ohne Lift täglich hinunter- und vor allem wieder hinaufgeschleppt hat.

Seit Jahren machen Myschka und Kotik Katz von drei bis viertel vor vier ihren täglichen Nachmittagsspaziergang. Vor dem Krieg konnte man die Uhr danach stellen. Nach Beginn der Kampfhandlungen gingen sie nur mehr selten aus dem Haus, jedoch auch dann immer gemeinsam.

»Sie wundern sich bestimmt, warum ich allein hinuntergegangen bin und wohin ich unterwegs war?«, fragt die alte Frau, als hätte sie Pauls Gedanken gelesen.

»Aber nein, das geht mich doch gar nichts an, gnädige Frau«, versichert Paul, während Myschka mühsam jeweils zuerst den rechten Fuß eine Stufe hinaufhebt und dann krächzend und keuchend den linken nachzieht. Paul stützt sie am Ellbogen ihres linken Armes. Auf jeder Stufe ruht sie sich einige Augenblicke aus und widmet sich danach der Bewältigung der nächsten Stufe.

»Ich finde es sehr liebenswert von Ihnen, dass Sie mir helfen, Herr Sarianidis«, sagt die alte Frau, während sie mit zitternder Hand in ihrer Hosentasche nach dem Wohnungsschlüssel kramt. In der Dunkelheit des Korridors kann Paul nur ihre Silhouette ausmachen – die pausbackigen Rundungen der Wangen, die gebogene, spitze Nase, die vier Bauchringe, von denen drei größer sind als der Busen, der Rundrücken, der allein beim Hinschauen Schmerzen verursacht, die aufgedunsenen, mit Wasser gefüllten Beine. Myschka? Wie lange ist es her, dass der Kosename »Mäuschen« zu ihr gepasst haben mag?, fragt sich Paul. Das Alter ist eine Strafe Gottes, denkt er. Aber was haben wir getan, dass ER uns Derartiges auferlegen muss? Vielleicht haben ja Kriege die Funktion, uns das Elend und die Peinlichkeit der Vergreisung zu ersparen …

»Achtunddreißig neun, das war seine Temperatur heute Morgen«, erzählt Myschka. »Seit drei Tagen liegt er im Bett.«

»Grippe?«

»Möglich«, sagt Myschka, während sie endlich die Tür aufsperrt. »Seit gestern in der Früh habe ich versucht, unseren Hausarzt zu erreichen. Heute, endlich, bin ich durchgekommen. Er hat gesagt, er komme jetzt vorbei: dreizehn Uhr; inzwischen ist es halb drei. Deshalb war ich unten, um sicherzugehen, dass er im Nebel nicht am Haus vorbeiläuft, ich wollte sehen, wo er so lange bleibt.«

»So etwas ist meist zwecklos«, meint Paul.

»Ja, ich weiß. Es ist nur eine Ausrede. Welchen Sinn soll es denn haben, vor dem Haus auf und ab zu gehen. Ist er deshalb früher da? Nein. Ich bin schlichtweg nervös und habe es in der Wohnung nicht mehr ausgehalten.«

»Ich kann mit Flora reden«, wirft Paul ein. »Sie ist Ärztin …«

»Nicht nötig«, unterbricht ihn Myschka. »Wozu überweisen wir sonst dem Doktor Nichtsnutz seit Jahren zehn Prozent unserer Pensionen? Als das Coronavirus meinen Kotik niedergestreckt hatte, meinte unser Doktorchen, mein Mann solle rasch seine irdischen Angelegenheiten regeln, denn sein Ende sei absehbar. Er habe nicht nur alle gefährlichen Vorerkrankungen, er sei selbst eine einzige große Vorerkrankung in Menschengestalt. Und im Krankenhaus gäbe es sowieso keine freien Betten für jemanden wie ihn, ohne passende Krankenversicherung. Da habe ich ihm gesagt: *Bevor mein Kotik stirbt, werden Sie selbst dreimal abgekratzt sein, Herr Doktor!*«

Paul folgt Myschka durch den kleinen, düsteren Vorraum ins Wohnzimmer, wo er seine Einkaufstasche abstellt, die schmerzenden Gliedmaßen streckt und den Schweiß von der Stirn wischt. Draußen ist der Nebel so dicht, dass man glauben könnte, die Fensterscheiben seien aus Milchglas.

»Sie müssen das nicht tun, wenn Sie Angst haben, sich anzustecken«, meint Myschka.

»Ich habe keine Angst«, lügt Paul. Er hat Angst, aber auch wenn er das geschwätzige Ehepaar Katz nicht mag, fände er es ungehörig, die Wohnung zu verlassen, ohne dem Kranken zumindest gute Besserung zu wünschen. »Sie wissen doch«, sagt er. »Wenn der *Anita*-Nebel aufzieht, muss man besonders freundlich und hilfsbereit zueinander sein, sonst holt einen die Herrscherin des Siechtums in ihr Reich der ewigen Finsternis. Sagt man.«

»Dummer Aberglaube«, knurrt Myschka und schwankt Richtung Schlafzimmer. »Nebel ist Nebel – Wasserdampf, sonst nichts. Solange er uns nicht krank macht oder umbringt, ist er harmlos.«

Kotik wirkt genauso mitgenommen wie das gesamte Schlafzimmer der Katz. So wie dieses mit uralten, traurigen Nippes vollgeräumt ist, die größtenteils noch aus der ehemaligen Sowjetunion stammen, wirkt Kotiks Gesicht abgelebt und von Krankheit gezeichnet, sodass Paul denkt, er sollte etwas Tröstliches und Kluges sagen, als er ihn erblickt. Allein, angesichts dieses Kranken mit den eingefallenen Wangen, der furchigen Stirn und dem gequälten Blick fällt ihm nichts ein. Immerhin ringt er sich ein Lächeln ab, wünscht gute Besserung und möchte schon gehen, als der alte Mann ihn bittet, ihm noch einen Augenblick Gesellschaft zu leisten. »Meine Mutter und meine Tochter warten«, murmelt Paul, doch Kotik ergreift seine Hand. »Nur zehn Minuten Ihrer kostbaren Zeit, zehn Minuten: Ich hätte eine große Bitte an Sie; etwas, das kein großer Aufwand für Sie ist, Myschka und mir aber unendlich viel bedeutet.«

»Gut«, gibt sich Paul geschlagen. »Zehn Minuten. Dann muss ich aber wirklich gehen! Allerdings kann ich mir nicht vorstellen, wie ich Ihnen in irgendeiner Weise helfen könnte.«

»Sie müssen etwas überbringen. Übermitteln. Wenn die Zeit gekommen ist. Wahrscheinlich schon bald.«

»Was denn?«

»Myschka, mein Schatz, holst du bitte die Zauberschachtel.«

»Bist du sicher?«, fragt Myschka.

»Wir haben doch darüber geredet.«

»Ich dachte nicht, dass du das wirklich ernst meinst.«

»*Dawáj, nesí náschu walschébnuju karóbotschku!*«, sagt er ungeduldig auf Russisch.

Die Schachtel ist in Wirklichkeit eine große, glänzende, würfelförmige Blechdose mit abgerundeten Ecken, die Myschka aus dem Regal des Schlafzimmerschranks holt und auf Kotiks Bett legt.

»Machen Sie auf«, bittet Kotik.

Der Deckel ist sperrig. Paul braucht einige Zeit, um mit den Fingernägeln unter den Rand zu fahren, den Deckel zu lösen und anzuheben. Es scheint, als wäre die Dose seit langem nicht mehr geöffnet worden und wehre sich nun dagegen, ihren Inhalt preiszugeben. Dieser allerdings ist auf den ersten Blick enttäuschend, handelt es sich doch um nichts weiter als einen Stapel alter Fotografien, ein Büchlein mit hartem, rotem Einband, offensichtlich ein alter Ausweis, eine Haarlocke, eingewickelt in eine durchsichtige Folie, ein kleines Schmuckdöschen, in dem zwei Milchzähne eines Kindes aufbewahrt werden, Briefe in russischer Sprache und alte Zeugnisse. Unter alledem kommen allerdings grüne

Banknoten zum Vorschein – US-Dollar, ein, wie Paul bald merkt, erklecklicher Betrag, der zwar nicht astronomisch hoch ist, aber ausreichend, um dem Ehepaar Katz das Überleben für gut ein halbes Jahr, vielleicht sogar noch länger zu sichern, wenn die Renten der beiden ausfallen würden.

»Sie sollten vorsichtiger sein«, sagt Paul. »In Zeiten wie diesen ist es mehr als unvernünftig, so viel Geld zu Hause zu haben. Es wurden Menschen schon für sehr viel weniger umgebracht.«

»Ich weiß«, murmelt Kotik. »Um uns wär's ja nicht schade, zwei alte Juden weniger, aber das Geld …«

»Das Geld gehört unserer Tochter«, fällt ihm Myschka ins Wort. »Sie lebt schon seit vielen Jahren in Milwaukee.«

»Mil… ?«

»USA. Mittlerer Westen. Intellektuelle Einöde. Und ein Klima wie in Nowosibirsk.«

»Wir haben unsere Tochter seit drei Jahren nicht gesehen«, erzählt Kotik. »Als sie uns das letzte Mal besucht hat, wollte sie uns dieses Geld regelrecht aufdrängen. Natürlich haben wir abgelehnt. Wir nehmen kein Geld von unserer Tochter, sie braucht es nötiger als wir.«

»Nachdem sie abgereist war, fanden wir es in einem Kuvert neben der Kaffeemaschine auf dem Küchentisch«, sagt Myschka und seufzt.

»Was für eine dumme Pute!«, ereifert sich Kotik. »Stur wie ihre Mutter. Dabei hat sie Familie. Die beiden Kinder sind reizend, aber dem Ehemann, diesem Trottel, trau ich wenig zu, am wenigsten, dass er ihr ein gesichertes Leben garantieren kann. Und da schenkt sie uns dreitausend Dollar?!«

»Zac ist keine geistige Leuchte, aber er kommt aus einer guten jüdischen Familie.«

»Na und? Dass er gut erzogen ist, das *Schema Israel* beten kann und keine Vorhaut hat, macht ihn zu keinem besseren Menschen.«

»Aber er hat eine nette Stimme«, meint Myschka.

»Die man gerne hört, solange er eine Sprache spricht, die man nicht versteht«, knurrt Kotik und hustet.

»Ich verstehe ihn nicht«, bemerkt Myschka. »Egal, welche Sprache er spricht, es klingt immer wie Milwaukee.«

»Ich verstehe«, mischt sich Paul ein. »Und was ist nun meine Rolle in dieser ganzen Angelegenheit?«

Kotik schiebt ihm mit seiner leicht zitternden Hand die Dose und den auf der Bettdecke ausgebreiteten Inhalt zu und sagt: »Nehmen Sie! Sie müssen das alles verwahren und unserer Tochter zukommen lassen, wenn man uns ...« Er stockt.

»Wenn man uns abholt«, erklärt Myschka.

»Wenn wir nicht mehr sind, weil man uns ...«, meint Kotik und macht mit dem Zeigefinger eine Bewegung vom linken Ohr über den Hals zum rechten Ohr.

»Wenn man uns abgeholt hat und wir nicht wiederkommen«, meint Myschka.

»Nie mehr wiederkommen, was dann sehr wahrscheinlich sein wird«, bemerkt Kotik.

»Die alten Fotos, Dokumente und Briefe haben ebenfalls einen Wert.«

»Einen ideellen Wert.«

»Aber nur für unsere Tochter.«

»Wir wollen nicht, dass das alles auf dem Müll landet.«

»Und dass das Geld unserer Tochter von irgendwelchen Banditen, Mördern und Antisemiten für Waffen, Koks und Nutten verschwendet wird.«

»Warum ich?«, fragt Paul entgeistert. Von einem Moment auf den anderen fühlt er sich unbehaglich, ist aber insgeheim stolz darauf, dass sich die Katz in dieser Sache ausgerechnet an ihn und an keinen anderen wenden.

»Wir vertrauen Ihnen, Sie sind ein anständiger Mensch«, meint Myschka.

»Dreihundert Dollar gehören Ihnen«, erklärt Kotik. »Eine Aufwandsentschädigung.«

»Wir kennen sonst niemanden, dem wir vertrauen könnten«, sagt Myschka leise. »Hier sind Name, Adresse, E-Mail-Adresse, Telefonnummer unserer Tochter – alles, was Sie brauchen.« Sie reicht ihm ein kleines, offensichtlich aus einem Notizheft herausgerissenes, liniertes Blatt Papier, auf dem mit Füllfeder und blauer Tinte in gestochen scharfer, altmodischer Schrift die genannten Angaben zu lesen sind.

»Sie können gerne auch etwas mehr als dreihundert Dollar haben«, meint Kotik.

»Sie und Ihre Familie sind die einzigen anständigen Menschen weit und breit«, verkündet Myschka. »Ganz unter uns: Haben Sie nicht vielleicht jüdische Wurzeln? Wenn ich Sie anschaue, könnte ich schwören …«

»Wieso glauben Sie, dass Sie abgeholt werden?«, unterbricht sie Paul.

»Mein Neffe ist von dieser Drecksbande erschossen worden«, sagt Kotik mit leiser Stimme. »Myschka und ich sind geschockt und fassungslos! Wie gut, dass seine Eltern das nicht mehr erleben müssen. Dabei war er eine Seele von einem Menschen, einfühlsam, zuvorkommend, und ein so leidenschaftlicher Anhänger dieser Banditen. Ein Rebell der ersten Stunde. In seiner Studienzeit hat er mit Lupowitsch in derselben Volleyballmannschaft gespielt. Das hat er nun davon.«

»Die Revolution frisst ihre Kinder«, erklärt Myschka. »Aber die jüdischen Kinder immer zuerst und die anderen erst später.«

»Wir Juden sind von Natur aus sehr leidenschaftlich«, meint Kotik. »Leidenschaftlich dafür, leidenschaftlich dagegen und natürlich lehnen wir auch leidenschaftlich jegliches kategorische Dafür und Dagegen ab. Und wenn dann alles scheitert, und mit der Zeit scheitert nun einmal alles, was Menschen allzu leidenschaftlich betreiben, heißt es, dafür zu sein, sei typisch jüdisch, dagegen zu sein, sei auch typisch jüdisch, und in der Mitte zu stehen, sowieso, weil die Juden sich als vaterlandslose Gesellen ohnehin nie mit Leidenschaft dafür oder dagegen entscheiden können.«

»Ich bin kein Jude!«, erklärt Paul.

»Was für ein Glück im Unglück!«, ruft Kotik aus. »Man lässt Sie in Ruhe, nachdem man Sie gedemütigt hat. Das ist übrigens einer der Gründe, warum wir gerade Ihnen unser Geld und alles andere anvertrauen. Unser junger Nachbar mit dem simplen Geist hat bis vor kurzem sogar den Hauseingang bewacht, weil man um Ihre Sicherheit besorgt war. Solche Privilegien haben wir Juden nicht. Wenn man uns demütigt und dann ein schlechtes Gewissen hat, wirft man uns das auch noch vor.« Er lacht bitter, doch sein Lachen geht sogleich in ein Husten über. »Wo ist denn unser Doktor Nichtsnutz?«, stöhnt er. »Auf das altersschwache Kerlchen ist kein Verlass mehr.«

»Hat sich wohl im Nebel verlaufen«, murmelt Myschka.

Paul legt das Geld, die Papiere und die alten Fotografien wieder zurück in die Blechdose. Dabei fällt sein Blick auf ein Bild von Myschka und Kotik, das noch älter aussieht, als es wahrscheinlich ist: es ist grobkörnig, die dunklen Farben haben eine Brauntönung, und die eingeschossigen Holzhäuser, die Kirche mit Zwiebeltürmen und der Fluss wirken wie eine gemalte Kulisse in einem Fotostudio. Paul erinnert sich, dass beide Katz in der Nähe von Rostow am Don aufgewachsen sind, weiß aber nicht mehr, wie der Ort heißt, aus dem sie stammen.

Auf dem Foto sind Kotik und Myschka Anfang, höchstens Mitte zwanzig: sie – schlank, bildschön, verwegen, mit buschigen Augenbrauen, ausdrucksstarken, braunen Augen, in denen man sich verlieren könnte, und einem dicken Zopf, der ihr bis zur Hüfte reicht; er – voller Energie, mit spöttischem Blick und gestrecktem Hals: eine angeberische Pose, die ihn aber nicht unsympathisch macht, sondern eher liebenswert und rührend wirkt. Das Foto hat etwas Tollkühnes und Betörendes zugleich, stimmt Paul aber auch traurig, wenn er Kotiks blassgelbes, faltiges Gesicht, seine matten Augen und zitternden Hände und Myschkas massigen Körper betrachtet. *Sic transit …*, denkt er.

»Sie können es haben«, sagt Kotik.

»Was?«

»Dieses Foto, das Ihnen offensichtlich so gut gefällt. Wir haben damals, 1970, kurz nach unserer Hochzeit, eine ganze Fotoserie gemacht – Stadtansichten. Unsere Tochter hat einige davon, unser Neffe hatte auch eines. Ach! Der Arme!«

»Ja, das wäre in der Tat ein nettes Souvenir für Sie«, ruft Myschka freudig aus. »Besser jedenfalls als nur eine

Erinnerung daran, wie wir heute sind. Heute ist unser Erscheinungsbild eine Zumutung.«

»Nein, keineswegs«, murmelt Paul und hat plötzlich ein schlechtes Gewissen, dass er das alte Ehepaar immer nur lästig und anstrengend fand und ihnen deshalb wenn möglich aus dem Weg ging. Der Gedanke daran macht ihn melancholisch. Er denkt an den armseligen Topf mit Brei, den er in der Kochnische der Katz gesehen hatte, als er Myschka vorhin ins Wohnzimmer gefolgt war, an den Geruch nach ranziger Butter und billigem Käse, und bereut, dass er den beiden weder in den letzten Tagen und Wochen noch während der Corona-Krise oder in einer anderen schwierigen Zeit jemals seine Hilfe angeboten hatte. Er hätte für sie zumindest einkaufen gehen oder sich hin und wieder erkundigen können, wie es ihnen geht, wenn er sie zufällig im Stiegenhaus traf. Ihrer Tochter, die schon seit zwanzig Jahren in den USA lebt, war er zwar vor ihrer Emigration und danach, wenn sie ihre Eltern besuchte, immer wieder begegnet, hatte aber inzwischen trotzdem völlig vergessen, dass es sie gibt.

»Wir waren dreiundzwanzig Jahre alt, als wir geheiratet haben«, erzählt Myschka und streichelt Kotiks Kopf. »Wir sind im selben Monat und fast am selben Tag geboren. Aber nicht nur das: wir heißen beide Katz. Mein Mädchenname war nämlich ebenfalls Katz, obwohl wir weder verwandt noch verschwägert waren.« Ihre Finger gleiten zärtlich über Kotiks Wange und Hals. Sie schaut ihn an, und ihr Blick drückt Liebe, Sorge und Hingabe aus. Paul wünscht sich, Flora würde ihn wenigstens ab und zu, nur einmal im Jahr oder auch nur einmal in zehn Jahren, so anschauen.

»Nehmen Sie!«, wiederholt Kotik.

»Danke«, murmelt Paul und schiebt die Fotografie in die Innentasche seines Sakkos.

»Und bitte auch die Schachtel! Tun Sie uns den kleinen Gefallen. Wir wüssten nicht, wer uns sonst noch helfen könnte!«

Paul weiß, dass es, wenn den Katz tatsächlich etwas zustößt, schwierig sein wird, ihrer Tochter in Amerika das Geld und den Inhalt der Dose zukommen zu lassen. Auf die Post ist kein Verlass. Bei einer offiziellen Überweisung ins Ausland wären hohe Gebühren zu entrichten, ein ungünstiger Wechselkurs in Kauf zu nehmen und außerdem hohe Bestechungsgelder zu zahlen, damit das überwiesene Geld tatsächlich dort ankommt, wo es ankommen soll. Optimalerweise müsste Paul mit jemandem Kontakt aufnehmen, der ins Ausland reist, bereit wäre, Geld und Gegenstände mitzunehmen, und sicher sein könnte, an der Grenze nicht gefilzt zu werden. Aber wer? Mitten im Krieg? Auf wen ist Verlass, wem kann man in Zeiten wie diesen überhaupt noch trauen?

»Ich gehe davon aus, dass Sie nicht verhaftet werden«, sagt Paul und klemmt die Dose unter den linken Arm. »Kann ich Ihnen sonst irgendwie helfen? Ich könnte zum Beispiel das nächste Mal, wenn ich im Supermarkt einkaufe, Ihre Lebensmittelkarten einlösen und …«

»Wir brauchen nichts!«, unterbricht ihn Myschka schnell.

»Wir kommen zurecht«, meint Kotik. »Der Alltag ist für uns kein Problem. Es geht nicht um uns.«

»Wenn Sie die Schachtel unserer Tochter zukommen lassen, werden wir Ihnen ewig dankbar sein«, erklärt Myschka.

»Ewig!«, wiederholt Kotik und dehnt die Vokale. »Ewig! Drüben, also im Jenseits, werde ich bei allen Teufeln und Engeln ein gutes Wort für Sie und Ihre Familie einlegen.« Er lacht. »Nu, was schauen Sie mich so an? Glauben Sie etwa, dort oben oder auch unten, wo man als Sünder am Spieß gebraten wird, braucht man keine Fürsprecher und keine guten Beziehungen?« Nun lachen beide, und zwar so gelöst und entwaffnend herzlich, dass auch Paul schmunzeln muss.

»Wenn sich die Lage beruhigt, bringe ich Ihnen alles zurück«, murmelt Paul. »Ich gehe ja eigentlich davon aus, dass sich Ihre Tochter freuen wird, wenn Sie das Geld behalten und für sich selbst ausgeben.«

Darauf erwidert Kotik nichts, sondern streckt die Arme nach Paul aus, ergreift mit beiden Händen dessen rechte Hand, drückt und schüttelt sie und sagt mit zitternder, hoher Stimme: »Passen Sie auf sich auf, junger Mann! Sie sind ein feiner Mensch. Egal, welchen Blödsinn Sie irgendwann einmal im Internet geschrieben haben, wer tut das denn nicht heutzutage, egal, was die anderen sagen, oder was die sogenannte Welt meint, wer oder was Sie sind. Reißen Sie sich zusammen, tragen Sie Ihr Innerstes nach außen, tun Sie das Richtige, und werden Sie der Mensch, der Sie wirklich sind.« Paul seufzt und steigt ungeduldig von einem Fuß auf den anderen. »Warten Sie und vertrauen Sie der Zeit«, meint Kotik. »Die Zeit ist unsere Freundin. Mit der Zeit bringt sie uns zwar alle um, doch sie stellt auch alles an seinen richtigen Platz. Mit der Zeit, und das können Sie mir glauben, kommt die Wahrheit auch dann ans Licht, wenn sie sich hinter einer Lüge versteckt.«

Paul glaubt das alles nicht und erinnert sich, dass

Flora einmal gemeint hatte, das Ehepaar Katz sei ganz und gar aus der Zeit gefallen. Doch darauf lässt er sich in diesem Moment gedanklich nicht ein, sondern schaut auf die Uhr, wünscht Kotik ein weiteres Mal gute Besserung, verneigt sich und begibt sich wieder ins Wohnzimmer, wo seine Einkaufstasche steht.

Der Nebel ist noch nicht weg, vielmehr scheinen auch noch dichte Wolken aufgezogen zu sein, sodass es sowohl draußen als auch im Inneren der Wohnung noch düsterer geworden ist. Myschka schaltet das Licht ein, begleitet Paul zur Wohnungstür und macht plötzlich vor einer Kommode im Vorzimmer halt.

Auf der Kommode steht eine etwa zwanzig Zentimeter große stilisierte Katzenfigur aus Porzellan. Die Katze lächelt, sie hat große, grüne Augen, schwarze Pejes und trägt eine blaue Kippa mit weißem Davidstern sowie einen Tallis, den traditionellen jüdischen Gebetsschal. Myschka nimmt die Figur und reicht sie Paul. »Nehmen Sie auch das mit«, bittet sie. Dieser schaut sie fragend an. »Das hat uns die Tochter vor vielen Jahren aus Israel mitgebracht. *Das passende Geschenk für Juden mit dem Namen Katz*, hatte sie gemeint. Was haben wir damals alle gelacht!«

»Und was soll nun ich damit?«, fragt Paul. »Ich bin kein Jude, ja nicht einmal eine Katze.«

»Ich schenke es Ihnen. Bei Ihnen ist es besser aufgehoben. Schenken Sie es weiter, wenn Sie wollen. Wenn man uns abholt, ist diese Figur sicher das Erste, was sie zerschlagen. Erst danach ohrfeigen sie uns, wühlen in unseren Sachen, werfen das Fernsehgerät und den Computer um, brüllen herum und drohen, uns zu erschießen, bevor sie uns abführen.«

Paul schaut sie entsetzt an und schüttelt den Kopf.

»Am liebsten«, meint Myschka, »würde ich Ihnen auch Kotiks Geige mitgeben. Aber er ist Musiker, die Geige begleitet ihn seit seiner Jugend, er spielt fast jeden Tag darauf und wird sich niemals von ihr trennen. Einem Musiker ist sein Instrument genauso lieb und teuer wie die Ehefrau. Klingt wie ein Klischee, ist aber wirklich so! Seine Geige werden die Unmenschen, die uns festnehmen, natürlich ebenfalls zertrümmern – gegen die Wand schlagen oder aus dem Fenster werfen.«

»Sie scheinen ja genau zu wissen, wie alles ablaufen wird«, bemerkt Paul, während er die Porzellankatze und die Blechdose neben die Lebensmittel in seine Einkaufstasche legt.

»Ich habe meine Erfahrungen im Leben gemacht und weiß, mit wem ich es zu tun habe.«

Paul macht einen Schritt Richtung Ausgang und greift schon nach der Türklinke der Wohnungstür, als Myschka ihn am Ärmel zurückhält. »Es war am 4. März 1953, ich war erst fünfeinhalb Jahre alt.« Sie redet schnell, undeutlich, gehetzt. »Sie haben damals in unserer Stadt alle Juden verhaftet, die im medizinischen Bereich tätig waren. Meine Mutter war Ärztin, mein Vater war schon seit 1948 im Lager und ist dort umgekommen. An diesem Abend kamen sie in unsere Wohnung, stellten alles auf den Kopf, brüllten, schimpften, machten alles kaputt, beschimpften Mutter als *Dreckszionistin*, nannten sie *Verräterin* und *Feindin des Volkes* und nahmen sie mit. Mich und meine Schwester brachten sie in ein Kinderheim. Wir hatten Glück, dass Stalin am nächsten Tag gestorben ist. Ein paar Wochen später wurde meine Mutter rehabilitiert und ich war wieder zu Hause, aber meine Schwester hat in diesem furchtbaren Kinderheim leider …«

»Tut mir sehr leid, ich muss weiter«, unterbricht sie Paul.

»Ja, natürlich. Bitte entschuldigen Sie … Ich bin eine geschwätzige Alte. Verzeihen Sie! Und: danke!«

»Wofür denn?«, fragt Paul, verspürt wieder diese seltsame Mischung aus Melancholie und schlechtem Gewissen, die ihn begleitet, seit er die Wohnung der Katz betreten hat. Er öffnet die Wohnungstür und stößt, kaum dass er zwei Schritte gemacht hat, beinahe mit einem korpulenten, älteren Herrn mit Hamsterbacken, roter Knollennase, blauen, wässrigen Augen, Schlapphut, beigefarbenem Trenchcoat und einer schwarzen, ausgebeulten Ledertasche zusammen.

»Oh! Endlich! Kommen Sie bitte herein, Herr Doktor!«, hört er Myschka hinter seinem Rücken rufen. »Ich hatte schon befürchtet, Ihnen sei eine Rakete auf den Kopf gefallen!«

»Küss die Hand, gnädige Frau«, keucht der Arzt mit heiserer Stimme. Er ist hörbar außer Atem. Paul grüßt er beiläufig, indem er den Hut lüftet und eine kurze, eigentlich nur angedeutete Bewegung des Kopfes in seine Richtung macht. »Bitte entschuldigen Sie die Verspätung, gnädige Frau«, sagt er. »Ich hatte eben erst in Ihrer Straße einen seltsamen Unfall, der glücklicherweise glimpflich verlaufen ist. Sie werden es nicht glauben, aber ein galoppierendes Zebra ist ganz knapp an mir vorbei und hat mich dabei niedergestoßen.«

»In diesem Sinne: einen schönen Tag noch«, flüstert Paul und hastet davon.

4

In einem Punkt sind sich Loyalisten und Rebellen, Linke und Rechte, Islamisten und Faschisten einig: Das Land geht vor die Hunde. Nicht nur in dieser Stadt, sondern überall im Land herrscht seit ewigen Zeiten eine schlimme Hundeplage. An der Kreuzung der Siegesstraße mit dem altehrwürdigen Katharinen-Boulevard, zu der sich Paul an einem der folgenden Tage begibt, um in einem Hinterhof Schmuck und Silberlöffel gegen zusätzliche Lebensmittelkarten zu tauschen, lungern hässliche, räudige Promenadenmischungen mit Schlappohren und schütter behaarten Schwänzen herum. Einige liegen auf dem einst als Flaniermeile beliebten, inzwischen aber längst versifften grünen Mittelstreifen des Boulevards in der Sonne herum oder jagen einander kreuz und quer durch das Areal. Daran hat auch der Krieg nichts geändert. Wenn das Elend noch größer wird und eine echte Hungersnot ausbricht, werden die Straßenhunde wieder von den Bewohnern der Stadt aufgegessen, denkt Paul, so wie das auch im letzten großen Krieg der Fall gewesen war. Nach dem Krieg hatten sich die Tiere allerdings noch rascher vermehrt als zuvor, und in Zeiten des Friedens schafft es niemand, ihrer Herr zu werden.

»Scheißköter!«, schimpft die Frau, die vor Paul in der Warteschlange steht, als hätte sie seine Gedanken gelesen. »Die Biester gehen Ihnen genauso auf die Nerven, nicht wahr?«

Paul nickt.

Die Frau trägt ein durchsichtiges Kopftuch aus Nylon und ein braunes Kleid, sie hat einen blauen Fleck unter dem rechten Auge, eine geschwollene linke Wange und eine Warze auf der Nase. Wenn sie den Mund aufmacht, sieht man, dass ihr die Schneidezähne fehlen.

»Sie sollten endlich tun, was sie versprochen haben!«, erklärt die Frau mit gewichtiger Stimme.

»Wer?«, fragt Paul.

»Na wer schon? Ist mir doch egal, ob sie ein Generalissimus oder ein Oberfeldwebel, ein Präsident, ein Großer Vorsitzender, König oder Kaiser anführt. Er soll endlich liefern! Den Krieg beenden, dafür sorgen, dass es uns allen besser geht. Vor allem aber die verdammten Köter vergasen. Damit sollte er anfangen. Drecksviecher! Ich bin dieses Jahr schon zum dritten Mal gebissen worden. Da, schauen Sie.« Sie zieht ihren Rock hoch und zeigt die kaum verheilte Bisswunde am linken Oberschenkel. »Stattdessen machen die neuen Machthaber Jagd auf Illegale in *La-alot* und führen Regionalwahlen durch. Ich habe zwar wenig übrig für Menschen, die keine Papiere haben, aber – ehrlich gesagt – stören mich die Hunde mehr. Und Wahlen brauche ich keine. Es kommen doch sowieso immer nur dieselben Banditen an die lukrativen Posten und Aufträge.«

»Sie glauben also, mit dem neuen Regime wird sich nichts ändern?«, fragt Paul.

»Ich glaube gar nichts mehr. Noch nie in meinem Leben habe ich so viele Soldaten gesehen wie dieser Tage. Und was machen sie? Sie bringen sich gegenseitig um, statt gemeinsam Jagd auf diese Bestien zu machen.«

Und genau in diesem Moment hört man plötzlich

Hundegebell im Hintergrund und gleich darauf das laute, wütende Schimpfen eines Mannes.

»Scheißköter!«, knurrt die Frau. »Vergasen! Vergasen, sage ich. Sonst gehen wir alle früher oder später vor die Hunde.«

Andere Leute in der Warteschlange mischen sich nun ins Gespräch ein. Das Hundeproblem habe er für sich gelöst, erzählt ein alter Mann. Er trage immer einen Revolver bei sich und habe in den letzten Jahren mindestens zwei Dutzend Köter damit erschossen. Die vielen Illegalen und Fremden, die Diebe, Mörder, Psychopathen, Bandenmitglieder, libanesische Familienclans und sonstige Muslime in der Stadt würden ihm allerdings große Sorgen bereiten. Leider dürfe er diese nicht so einfach erschießen wie die Hunde.

Paul dreht sich angewidert weg, während weitere Stimmen aus der Warteschlange zu ihm dringen.

Männliche Stimme: »Ich habe nichts gegen Migranten, aber wir haben Krieg und müssen in erster Linie an uns selbst denken.«

Weibliche Stimme: »Das sind doch sowieso alles Schmarotzer und Gauner … Weg mit ihnen! … Wohin? Ist mir doch egal. Und die Hunde gehören ebenfalls weg. Am besten zusammen mit den Migranten entsorgen!«

Noch eine männliche Stimme: »Sie wollten nach Deutschland, weil es dort ein tolles Sozialsystem gibt, doch stattdessen haben wir diese Leute nun hier bei uns. Warum eigentlich? Warum wir? Immer wir! Für Europa sind wir das Klo, für den Rest der Welt das Arschloch Europas, in das jeder hineinkriechen darf, um auf diesem Weg ins Innere des Kontinents zu gelangen. Wann haben Europa und die Welt jemals etwas für uns getan?«

Die weibliche Stimme von vorhin: »Ich habe seit Jahren gewartet, dass das endlich passiert. Meine Tochter hatte eine Beziehung zu einem Somali, und nun ist er weg. Bin ich froh! Im Prinzip habe ich ja nichts gegen Neger, aber … Nun ja, Sie verstehen schon!«

Eine weitere weibliche Stimme: »Wir sollten sie alle weiter nach Europa schleusen. Das wäre eine lukrative Einnahmequelle für die Stadt, wenn wir das selbst organisieren. Warum sollen wir dieses Geschäft der Mafia überlassen, wenn wir doch alle davon profitieren könnten?«

Vor dem Eingang zum Keller verkündet plötzlich einer der beiden Türsteher, »die Ware« sei leider ausverkauft. Man möge morgen um vierzehn Uhr wiederkommen. Dem daraufhin folgenden Tumult kann Paul nur mit Mühe entkommen. Als er endlich den staubigen Hinterhof verlassen hat, brennen seine Augen, hat er einen bitteren Geschmack auf der Zunge, und während er zum dritten Mal hintereinander niesen muss, fällt sein Blick auf ein Plakat, das überlebensgroß die Wand des Eckhauses auf der anderen Straßenseite dominiert. Darauf ist eine junge Frau mit strengem Gesicht, Brille, großen braunen Augen und nach hinten gekämmtem schwarzen Haar abgebildet. Sie schlägt mit der Faust auf einen Tisch, wobei ihre Faust so weit im Vordergrund ist, dass sie genauso groß erscheint wie ihr etwas im Hintergrund bleibendes Gesicht. Unter dem Bild steht in großen Lettern: *Feline Kiska – eine Frau mit Eiern*.

Jeder in der Stadt kennt sie inzwischen: Bauingenieurin Feline Kiska – Spitzenkandidatin der *Sozialpatriotischen Union*, aussichtsreichste Kandidatin für den Posten des *Ersten Dieners des Volkes*, der bis vor kurzem noch *Gouverneur* genannt wurde.

»Frau mit Eiern«, murmelt Paul entgeistert, lehnt sich erschöpft und frustriert an die Hausmauer und zündet sich eine Zigarette an. »Wahlen!«, flüstert er bitter und schüttelt den Kopf. »Als ob wir keine anderen Probleme hätten.« Allen ist klar: Der starke Mann wird Boris Lupowitsch bleiben. Egal, was die gewählten Politiker beschließen – ohne die Unterschrift des Generalissimus darf in dieser Stadt nicht einmal eine öffentliche Toilette errichtet werden.

Ein unerträglich lautes Kreischen lässt Paul zusammenzucken. »Mistkerl! Verbrecher! Halsabschneider! Hundesohn!« Neben ihm steht die Frau, die vorhin die Vergasung aller Straßenhunde gefordert hatte, stampft mit den Füßen und brüllt: »Ich bringe ihn um! Diesem Sohn eines geilen Rüden und einer läufigen Hündin werde ich eigenhändig den Hals umdrehen!«

»Wem?«, fragt Paul. »Warum?«

»Diesem alten Flachwichser, der neben mir in der Warteschlange gestanden ist. Der Scheißkerl hat mir die Geldbörse geklaut.« Sie beginnt zu schluchzen.

»Sie meinen doch nicht etwa den Mann mit der karierten Schirmmütze, der war doch steinalt!«, ruft Paul ungläubig und beginnt sofort an seinen eigenen Worten zu zweifeln. Warum sollte jemand, der sein eigenes Land als »Arschloch Europas« bezeichnet, nicht auch ein Dieb sein können?

»Er hat so widerlich gestunken!«, schreit die Frau. »Ich wusste es sofort. Ich ahnte es. Er roch wie ein, wie ein …«

»Hund?«, mutmaßt Paul.

»Scheißköter!«, murmelt die Frau niedergeschlagen und lässt den Kopf hängen. »Was soll ich denn jetzt machen?«, schluchzt sie, wischt sich mit dem Ärmel die Tränen aus dem Gesicht, atmet schwer.

Paul zuckt mit den Schultern, schaut sich um und sieht plötzlich auf der Grünfläche des Boulevards den alten Mann mit der karierten Schirmmütze, der sich schnellen Schrittes vom Ort des Geschehens entfernt. Ein schmutziges, früher einmal weißes Hemd klebt an seinem verschwitzten Oberkörper.

»Schauen Sie! Da ist er doch«, schreit Paul und zeigt mit dem Finger auf den Mann. Dieser bleibt stehen, blickt kurz in seine Richtung, dreht sich rasch wieder um, beschleunigt den Schritt, beginnt schließlich zu laufen. »Haltet den Dieb!«, brüllt die Frau und läuft ihm schreiend hinterher. Paul und die anderen Passanten schauen ihr nach, beobachten die Szene, ohne einzugreifen oder etwas zu unternehmen. Sogar die zahlreichen Hunde reagieren phlegmatisch und rühren sich nicht. Paul staunt, dass die Dame trotz ihrer Korpulenz und ihres Alters noch so flink unterwegs ist. Bald jedoch verschwinden der Alte und seine gleichfalls betagte Verfolgerin aus seinem Blickfeld. Ihr Schreien wird leiser, um schließlich ganz vom Verkehrslärm verschluckt zu werden.

Ein Hupkonzert lässt Paul in Richtung Kreuzung schauen, und da sieht er es wieder – das Zebra. Es steht mitten auf der Straße, blockiert den Verkehr und rührt sich trotz des insistierenden Bimmelns einer Straßenbahn, des wütenden Bellens der Hunde und der unzähligen Flüche nicht vom Fleck. Seltsamerweise schreien alle das Zebra zwar an, hupen oder klatschen in die

Hände, doch niemand, nicht einmal ein Hund, kommt ihm nahe, als wäre dieses Tier unantastbar.

In einer schwarz-weißen Welt wird ein Zebra zum Fetisch, denkt Paul, beobachtet die Szene und wartet. Eine endlos lange Minute vergeht. Dann noch eine. Endlich gibt das Zebra die Straße frei, trottet gemächlich von der Fahrbahn zum Gehsteig, bleibt stehen und schaut mit großen, fast wie in Zeitlupe blinzelnden Augen gleichmütig dem fließenden Verkehr zu.

5

Paul hält das Papier an die Nase. Schon als Kind mochte er den Geruch frisch gedruckter Zeitungen. Endlich, das erste Mal nach dem Regimewechsel, ist *Der Scharfblick* wieder erschienen, die wichtigste Tageszeitung der Region. Paul saugt mit sichtlichem Genuss den Geruch billiger Druckerschwärze ein. Das Blatt heißt jetzt *Der befreite Scharfblick*, hat sein Schriftbild geändert und ist von Groß- auf Kleinformat gewechselt. Das Papier ist dünn und brüchig, die Buchstaben verwischt, die Bilder verschwommen. Nur mehr acht Seiten hat die Zeitung. Kein Wunder: Längst informiert sich jeder über das Fernsehen, vor allem aber über das Internet.

Die Überschrift auf der ersten Seite hat ein schiefes Schriftbild und ist etwas zu groß geraten. Sie lautet: *Tragödie im Stadtpark – Österreichischer Fernsehkorrespondent von Krokodil gefressen.*

»O Gott! Wie irre ist das denn?«, fragt Eva entsetzt. »Was macht er denn im Stadtpark?«

»Der Journalist oder das Krokodil?«, fragt Paul.

»Mahlzeit«, sagt Flora.

»Lena!«, schreit Paul besorgt. »Du gehst doch hoffentlich nicht im Stadtpark spazieren.«

»Spazieren!?«, tönt verächtlich Lenas Stimme. »Ich geh doch nicht im Stadtpark spazieren. Was soll ich dort? Spazierengehen ist sowieso nur doof.«

»Der aus Wien stammende angesehene österreichische Korrespondent Werner Schulz (59) war in Begleitung von zwei Frauen – Olga N. (33) und Olga M. (36) – am großen Mittelteich im Stadtpark unterwegs«, liest Paul vor. »Laut Angaben der schwedischen Journalistin Astrid Sörensen, die sich zur selben Zeit ebenfalls im Stadtpark aufhielt, wurde die Aufmerksamkeit des Österreichers und seiner beiden Begleiterinnen durch etwas geweckt, das sich im Teich bewegte. Alle drei waren dicht an das Wasser herangetreten, hatten sich über den Rand gebeugt und die Wasseroberfläche beobachtet, als, so Frau Sörensen, eine riesige grüne Echse aus dem Wasser emporschoss, das Maul weit aufriss, den Journalisten, der zwischen den beiden Frauen gestanden war, sich aber noch weiter als diese vorgebeugt hatte, erfasste und sofort unter die Wasseroberfläche zog.«

»Ich war gestern im Stadtpark«, bemerkt Eva. »Jetzt verstehe ich, warum keine Enten mehr im Teich sind.«

»Der österreichische Reporter hatte die beiden Frauen zu Recherchezwecken getroffen …«

»Zu Recherchezwecken nennt man das heute also«, meint Flora und kichert.

»Beide stehen unter Schock.«

»Und das Krokodil?«

»Bleibt sicher mehrere Tage lang satt«, sagt Paul. »Der Österreicher war wohlgenährt. Vornehm ausgedrückt. Vor einer Woche ist er hier vor unserem Haus herumgelungert und wollte mich interviewen. Er ist mir nachgelaufen, kam aber schon nach wenigen Schritten außer Atem … Ja, den muss man erst verdauen.«

»Krokodile sind nun einmal intelligente Lebewesen. Sie wissen, wen sie fressen sollen.«

»Du meinst: Unser Krokodil ist ein Patriot. Den

Österreicher hat er gefressen, aber die einheimischen Frauen verschont?«

Gelächter.

»Für unsere Leute ist das Leben in Zeiten wie diesen schwer genug.«

»Ich muss euch enttäuschen«, bemerkt Paul. »Das Krokodil ist in Wirklichkeit ein Alligator, der im Mississippi-Delta heimisch ist. Er ist – das steht jedenfalls hier im Artikel – vor einigen Jahren ein Geschenk unserer Partnerstadt Baton Rouge, Louisiana, an unseren Zoo gewesen. Ein Alligator, der sich auf abenteuerlichen Umwegen aus der Frontzone im Tiergarten bis in den Stadtpark durchgekämpft hat.«

»Ein Amerikaner also.«

»Ja. Deshalb hat er den Namen Donald bekommen. Nach Donald Trump, der damals Präsident war.«

»Dass Donald einen Journalisten frisst, ist doch eigentlich sehr stimmig. Nicht wahr?«

Wieder Gelächter.

»Wir müssen hier weg!«

»Wie bitte?«

»Wir müssen hier weg«, wiederholt Flora, »und das so schnell wie möglich. Das ist mir jetzt so richtig bewusst geworden. Kein leeres Gerede mehr. Keine Ausreden. Ich meine es ernst. Weg! Weg von diesem Albtraum! Raus aus diesem Wahnsinn!«

Darauf Paul: »Fassbomben. Raketen. Geschosse. Razzien. Terror. Das alles steckst du locker weg, aber …«

»Aber Krokodile geben mir den Rest«, erklärt Flora ernst. »Als ich ein kleines Mädchen war, drohte meine Großmutter, ein Krokodil werde mich fressen, wenn ich nicht brav bin.«

»Hast du nicht erzählt, das wäre der böse Wolf?«, fragt Eva.

»Wenn man gefressen wird, macht das keinen großen Unterschied«, meint Flora. »Großmutter hat immer gesagt, kleine Mädchen schmecken wie Karamellbonbons. Deswegen habe ich nie Karamellbonbons gegessen. Bis heute nicht.«

»Habt ihr gewusst, dass Alligatoren hundert Jahre alt werden? Archaische Tiere …«

»In einer archaischen Welt«, fällt ihm Flora ins Wort.

»Genau. Deshalb müssen wir hier weg, und das so rasch wie möglich! Ich will ein anderes Leben. Ein anderes Leben für mich und meine Familie.«

»Nun ja, das Leben ist beschissen, und am Ende stirbt man.«

»Danke. Das sind die Sätze, die mir Kraft geben!«

»Das ist ein klassisches Zitat.«

»Von wem? Adolf Hitler?«

»Nein, von unserem Präsidenten.«

»Seit wann ist an unserem Präsidenten irgendetwas klassisch?«

Einige Stunden später hängt die Zeitung – in handliche Vierecke geschnitten – auf einem Haken an der Wand der Toilette. Seltsamerweise gehört Klopapier zu den wenigen Waren des täglichen Gebrauchs, die nicht rationiert werden, und so ist es innerhalb kürzester Zeit aus den Geschäften verschwunden. Draußen ist es dunkel geworden. Die Ausgangssperre ist verlängert worden und dauert nun von achtzehn Uhr bis sieben Uhr morgens. Das Personal von Krankenhäusern ist davon ausgenommen, doch Flora hat eine lange Schicht hinter sich und an diesem Abend frei.

Lena sitzt neben Paul auf dem Sofa. Flora hat das Fernsehgerät eingeschaltet, Eva das Bügelbrett im Wohnzimmer aufgestellt, damit sie fernsehen kann, wenn sie bügelt.

Im Fernsehen wird eine Gerichtsverhandlung übertragen. Drei Kinderschänder sind schuldig gesprochen worden. Einer davon ist der »Kinderficker«-Nachbar, den Lena einst beschimpft hatte. Nun sitzt er heulend auf der Anklagebank und bettelt um Gnade. Das Fernsehen zeigt sein Gesicht im Großformat. »Hängt ihn!«, brüllt das Publikum im Saal. »Erschießt ihn wie einen tollwütigen Hund!«

Der Richter verkündet, die Zuseherinnen und Zuseher zu Hause könnten ab sofort über das Strafmaß abstimmen: Nummer 0600-60-60-1 für die Todesstrafe, 0600-60-60-2 für lebenslange Haft, 0600-60-60-3 für zehn Jahre Haft bei gleichzeitiger chemischer Kastration. Anruf, WhatsApp, Signal, SMS …

»Da rufe ich jetzt an!«, sagt Eva.

»Aber Mama!«, schreit Paul empört auf.

»Wieso? Er bekommt, was er verdient.«

»Und das alles vor dem Kind!« Doch das Kind lacht und lässt sich nicht aus dem Zimmer schicken.

»Welche Nummer möchtest du denn wählen?«, fragt Flora.

»Drei. Nach der Kastration grinst er bestimmt nie mehr so blöd.«

»Geil!«, meint Lena. »Ich würde ebenfalls die Drei wählen.«

Paul greift sich an den Kopf, hastet zum Fernseher und schaltet ihn aus. »Ihr seid alle wahnsinnig geworden!«, murmelt er.

In der Wohnung der Familie Dimansch nebenan gibt es wieder einmal heftigen Streit. Man hört das tiefe, markerschütternde Gebrüll von Herrn Dimansch, das Wände durchdringende Kreischen von Frau Dimansch und das herzzerreißende Weinen des kleinen Samuel Dimansch. Alle im Haus vermuten, dass Herr Dimansch seine Frau schlägt. Allerdings macht er dies so geschickt, dass man niemals Verletzungen oder blaue Flecken sieht. Wenn Frau Dimansch Nachbarn begegnet, lächelt sie, sagt nie ein Wort und geht schnell weiter.

Seit Beginn des Krieges hatte es in der Wohnung Dimansch keinen Streit mehr gegeben. Der Lärm dieses Abends erinnert sehr daran, wie es früher einmal war, und zeigt, dass sich wieder eine Art Normalität einzustellen beginnt. Man könnte sich der Illusion hingeben, es sei Frieden, und die Ereignisse der letzten Wochen seien nichts weiter als ein besonders schlimmer Albtraum gewesen.

Flora schaltet das Radio ein. Dort wird für neunzehn Uhr eine Sondersendung angekündigt. »Schon wieder«, brummt Eva. »Jeden Tag irgendeine Neuigkeit, von der es heißt, sie sei besonders mitteilenswert. Hat das Krokodil wieder jemanden aufgefressen?«

»Ich hoffe, es frisst bald unsere Lehrerin«, meint Lena.

»Was ist denn mit ihr?«, fragt Flora. »Ich dachte, du magst sie.«

»Das dachte ich auch«, sagt Lena. »Aber sie ist eine Lügnerin.«

»Wieso denn das?«, fragt Eva.

»Weil sie jetzt behauptet, alles, was sie bis vor zehn Tagen über unseren Präsidenten und die Regierung gesagt hat, sei eine Lüge gewesen. In Wirklichkeit habe sie von Anfang an die Aufständischen unterstützt und den Präsidenten nur gelobt, um sich selbst zu schützen.«

»Und wenn die Regierungstruppen wieder einmarschieren, wird sie sagen, dass alles eine Lüge war, was sie heute sagt, und sie habe nur gelogen, um sich selbst zu schützen«, bemerkt Paul.

»Wenn sie dann überhaupt noch etwas sagen kann …«, meint Eva.

»Wir mussten aus unserem Geschichtsbuch die Seiten 12, 38, 101 und das ganze Kapitel über die Unabhängigkeitserklärung auf den Seiten 116 bis 121 herausschneiden und dafür andere Seiten einkleben«, erzählt Lena.

»Hoffentlich müsst ihr das nicht auch in Mathematik oder Geographie machen«, meint ihre Großmutter.

»Unsere Lehrerin ist eine Lügnerin, und die anderen Kinder machen mich fertig«, sagt Lena mit weinerlicher Stimme. »Außer Tanja redet kein einziges Mädchen mehr mit mir.«

»Das tut mir so leid!«, sagt Paul und seufzt.

»Macht nichts«, flüstert Lena und senkt den Kopf. »Ich mag dich, Papa, aber ich wäre auch so gerne stolz auf dich.« Sie macht eine kurze Pause, wartet, doch alle anderen schweigen. »So wie Mimi – ihr Papa ist Chef der Feuerwehr im Bezirk. Vorgestern hat er fünf Kinder aus einem brennenden Haus gerettet. Er ist ein Held.«

»Deine Mutter ist Ärztin und rettet jeden Tag Menschenleben: Auf sie kannst du mehr als nur stolz sein«, meint Paul. »Wenn sie keine Heldin ist, wer dann?«

»Vater und Mutter sind nicht dasselbe«, flüstert Lena. »Mimis Vater ist ein richtiger Mann!« Sie wird rot und läuft aus dem Zimmer.

Paul schaut verstohlen in die Gesichter seiner Frau und seiner Mutter, erkennt den Spott in ihren Blicken und dreht sich schnell weg. Von weit her, aus den Bergen, kommt das Geräusch von Einschlägen, ein eintöniges, dumpfes, aus der Distanz beinahe sanft anmutendes Bam, Bam, Bam, dem der ohrenbetäubende Lärm eines Abfangjägers folgt. Kurz darauf ein lauter Knall – das Durchstoßen der Schallmauer – und dann plötzlich Totenstille, als würde die Welt den Atem anhalten.

6

Auf dem beigefarbenen Nachttisch neben dem Ehebett steht eine etwa zehn Zentimeter große Figur aus Marmor. Seit Generationen befindet sie sich im Besitz von Floras Familie. Niemand weiß, woher und aus welcher Epoche sie stammt, ob sie wertvoll ist und wie sie in den Besitz von Floras Urururururgroßmutter gelangt war. Flora behauptet, dass es einst eine Familienlegende dazu gegeben hat, doch schon ihre Großmutter kannte diese nicht mehr. Jede Mutter reicht die Figur an ihre älteste Tochter weiter, wenn diese heiratet; und keine von ihnen ist bis jetzt auf die Idee gekommen, sie zu verkaufen oder wegzugeben.

Es handelt es sich um die Statuette einer jungen Frau mit langen Zöpfen und einem engen Kleid, das ihr vom Hals bis zu den Knöcheln reicht. Der Gesichtsausdruck ist geheimnisvoll, die Gesichtszüge starr, künstlich. Ihr Lächeln erinnert an den maskenhaften Ausdruck griechischer Statuen aus archaischer Zeit. An den Sandalen kann man bei genauem Hinsehen noch Reste von Farbe erkennen. Einst dürfte die Statuette bunt bemalt gewesen sein. Jetzt ist sie weiß und starrt mit blinden Augen in die Welt.

Als Lena jünger war, kroch sie oft abends in das Bett ihrer Eltern, nahm die Figur in die Hand, umklammerte sie mit ihren kleinen Fingern und bat die Eltern, ihr eine

Geschichte zu erzählen, in der diese Figur die Hauptrolle spielte. Es war ein Spiel, das alle mochten, und so war die Figur das eine Mal Aschenputtel, das andere Mal eine gute Fee, ein Mädchen von einem anderen Planeten, Pippi Langstrumpf, Alice im Wunderland, eine berühmte Sängerin oder die Herrscherin des Königreichs *Schmalzovia*, eines Landes, in dem alle Menschen Schmalzlocken hatten und einander ständig rührselige Komplimente machten.

Inzwischen ist Lena zu einem großen Mädchen herangewachsen, doch in dieser Nacht kommt sie wieder in das elterliche Schlafzimmer, greift – wie in früheren Zeiten – nach der Figur, kriecht in den engen, warmen Spalt, der sich zwischen den Körpern ihrer Eltern gebildet hat, und flüstert leise, als würde sie um etwas Magisches und dabei ganz und gar Verbotenes bitten: »Erzählt ihr mir wieder eine Geschichte von der Figur und ihren Abenteuern?«

»Wie alt bist du?«, fragt Flora und lacht.

»Ich weiß«, murmelt das Kind und dreht schuldbewusst den Kopf weg.

Man hört dumpfe Einschläge in der Ferne, die langsam näherkommen. Es klingt anders als sonst. Seit die Stadt erobert wurde, gleicht keine Nacht der anderen.

Paul streichelt den Kopf seiner Tochter und sagt: »Ich verstehe dich, auch ich habe Angst.« Er tastet nach Lenas Hand, findet sie unter der Bettdecke irgendwo in der Nähe seines Bauchnabels, berührt sanft die warmen, leicht zitternden Finger des Kindes, streicht über das Gesicht der Statuette und beginnt zu erzählen: »Vor langer, langer, sehr langer Zeit lebte in der wunderschönen, legendenumrankten und allseits gepriesenen Stadt

Sodom ein Mann namens Lot. Er war ein fleißiger Handwerker, ein angesehener Hufschmied, der im Schweiße seines Angesichts und mit seiner Hände Arbeit für sich und seine Familie schuftete, anstatt wie die meisten seiner Mitbürger zu schachern und zu betrügen und nur an Geld und Profit zu denken. So führte er ein bescheidenes und tugendhaftes Leben und sorgte für seine Frau und seine sieben Kinder. Sein Wort hatte Gewicht. Was er versprach, hielt er, was er sagte, war ungeschriebenes Gesetz, und niemand konnte sich erinnern, dass er in seinem Leben jemals gelogen hätte. So war er angesehen, aber nicht beliebt. Seine Frau aber …«

»War Lots Weib«, fällt ihm Lena ins Wort. »Diese Geschichte kenne ich schon. Wir haben sie im Religionsunterricht durchgenommen. Lots Weib ist zur Salzsäule erstarrt, weil sie viel zu neugierig war. *So wie Frauen nun einmal sind*, sagt unser Religionslehrer. Und die Städte Sodom und Gomorrha wurden vernichtet.«

»In biblischen Zeiten gab es noch keine Hufeisen«, bemerkt Flora, »und folglich auch keine Hufschmiede.«

»In Sodom schon«, widerspricht Paul. »Sodom war anders, Sodom hatte nicht nur einen König, einen Bürgermeister und einen Finanzstadtrat, sondern auch eine Straßenbahn … Aber wenn ihr die Geschichte nicht hören wollt, werde ich schweigen …«

»Nein, bitte erzähl weiter«, bittet Lena. »Ich möchte sie hören!«

»Sodom – das war die Stadt der großen, nie endenden Party, des ewigen Karnevals, die Stadt der Freudenhäuser, Casinos, der Spielhöllen jeder Art, der Besäufnisse und Drogenexzesse. Alles war erlaubt, und alles war cool! Tag und Nacht zog dichter Zigarren- und Cannabisrauch von den Straßen und Plätzen der Stadt hinaus in die Wüste. Zugvögel machten einen Bogen um diesen Ort. In Sodom wurde Geld verdient und ausgegeben. Sodom war das Zentrum des prähistorischen Fleischhandels. Wer kein Geld hatte, konnte eine Ziege, ein Schaf, seine Tochter, seinen Sohn oder zur Not auch sich selbst als Hypothek hinterlegen. Die Sodomiten waren auf der ganzen Welt berühmt für ihre Extravaganzen, ihren vulgären Witz und ihre schmutzige Fantasie.«

»Paul, was erzählst du da alles dem Kind!«, zischt Flora.

»Ich bin kein Kind mehr«, protestiert das Kind. »Glaubt ihr, ich habe keine schmutzigen Fantasien?«

»Das wollen wir lieber nicht wissen«, sagt die Mutter.

»Und während sich die Sodomiten vergnügten, ließen sie Gastarbeiter für sich schuften. Diese aber stammten allesamt aus der Nachbarstadt Gomorrha, die das genaue Gegenteil von Sodom war. Hässlich, schmutzig und düster war Gomorrha, die Stadt der Seuchen, des Unrats und des Verbrechens, der Angst und des Elends. Verbrecherclans bekämpften einander und raubten die Bewohner aus, hungrige Straßenköter zerrten in der Nacht Kleinkinder aus ihren Betten, und die Aasgeier kreisten satt und zufrieden um den Hauptplatz der Stadt. Wer noch jung und kräftig war, flüchtete und ging nach Sodom. Es gab keinen Gomorrhiden, der nicht Verwandte in Sodom hatte, und keinen Sodomiten, dessen Familie nicht irgendwelche Wurzeln in Gomorrha hatte.«

Lena gähnt, während Flora den Kopf schüttelt.

»Es begab sich aber an einem wunderschönen Frühlingstag«, erzählt Paul weiter, »dass Lot auf dem Weg nach Hause in einer einsamen Gasse einem Mann begegnete, der ihm den Weg versperrte, und als Lot in sein Gesicht blickte, erschrak er, denn der Mann war sein Ebenbild. Er hatte sein Gesicht, seinen Bart, seine Frisur und trug sogar exakt dieselbe Kleidung wie er selbst. Seine Augen jedoch leuchteten wie Laternen, und seine Haut war weiß wie ein Leichentuch.«

»Der Teufel?«, fragt Flora.

»*Wer bist du?*, fragte Lot entsetzt, und der Mann antwortete mit einer Stimme, die Lot so vertraut war, dass sein Atem stockte: *Ich bin Gott! Gott, der Allmächtige, Alpha und Omega und natürlich auch alle Buchstaben und Sonderzeichen dazwischen!* Lot lachte. *Ist das ein Scherz?*, fragte er. Doch der Mann meinte ernst und bitter, er gedenke nicht zu scherzen. Bei der Jungfräulichkeit seiner Mutter schwöre er, dass er wirklich Gott sei! *Ich verstehe*, sagte Lot, holte aus und versetzte Gott einen Faustschlag mitten ins Gesicht. *Da hast DU!*, brüllte er. *DU elender Hund, warum hast DU uns erschaffen, DU Sadist? Warum tust DU nichts dagegen, dass die Reichen immer reicher und die Armen immer ärmer werden? Warum müssen Frauen und Kinder leiden, während die Verbrecher und Ausbeuter ein Leben in Saus und Braus führen? Warum verhungern wir oder bringen uns massenweise um? Wieso hast DU Hass und Wut wie Gift in unsere Seele gepflanzt? Und überhaupt: Warum müssen wir sterben, und warum wissen wir, dass wir sterben müssen, und fürchten uns davor?* Während er sprach, drosch Lot auf Gott ein, so lange, bis er ganz außer Atem war und Gott sich stöhnend auf dem Boden krümmte. *Warum?*, keuchte er, während er Gott an seinem langen, weißen Bart durch die Straße zerrte. *Warum werden*

Menschen gefoltert, gedemütigt, beraubt, erschlagen? Warum schreien Achtzehnjährige auf Schlachtfeldern nach ihrer Mama? Warum …«

»Paul! Du machst ihr Angst!«, unterbricht Flora ihren Mann. »Bist du denn von allen guten Geistern verlassen? Hör sofort mit diesem Blödsinn auf. Sie ist ja noch ein Kind!«

»Aber ich fürchte mich doch gar nicht«, murmelt Lena mit schläfriger Stimme und gähnt wieder.

»*Hast du dich wieder beruhigt?*, fragte Gott, während er den Straßenstaub von seinen Kleidern klopfte. *Geht es dir jetzt besser?* Lot nickte. *Gut*, meinte Gott, *dann hör mir zu, ich muss dir etwas Wichtiges mitteilen: Ich werde Sodom und Gomorrha vernichten. In beiden Städten wohnen zutiefst verdorbene Menschen, ich habe genug von diesem Sündenpfuhl und deshalb alle zum Tode verurteilt. Das heißt: fast alle! Du bist der einzige Gerechte in dieser verwunschenen Gegend. Du und deine Familie seid deshalb von meinem göttlichen Zorn ausgenommen. Am nächsten Mittwoch um neun Uhr morgens geht es los mit dem Untergang. Spätestens dann solltest du mit deinen Lieben über alle Berge sein. Flieht, flieht, flieht, aber schaut ja nicht zurück, wenn ihr die Stadt einmal verlassen habt.*«

»Warum gerade neun Uhr?«, fragt Flora.

»Keine Ahnung«, antwortet Paul. »Frag Gott! Lot jedenfalls protestierte lauthals und meinte: *Das ist wieder einmal typisch! Seit DU uns Menschen erschaffen hast, denkst DU DIR eine Gemeinheit nach der anderen aus: zuerst die Sache mit der Schlange und dem Apfel, dann die mit dem eifersüchtigen Bruder, der den jüngeren erschlägt, dann die Sintflut, jetzt die Zerstörung ganzer Städte, und bald wirst DU uns irgendwelche Propheten schicken, allesamt humorlose Langweiler, die sich für unglaublich wichtig halten. Kannst DU DIR denn nicht einmal was Nettes einfallen lassen? DU denkst doch immer nur an DICH selbst, DU Egoist. Verschone unsere Stadt, und lass die Trottel Trottel sein. Immerhin hast DU uns nach DEINEM Ebenbild erschaffen. Ist Gott milde zu den Menschen, dann sind die Menschen auch milde zu Gott. Andernfalls kreisen die Psychopathen und Fanatiker um IHN, also um DICH, wie Fliegen um ein frisches Exkrement.*«

»Aber Paul!«, empört sich Flora.

»Gott dachte nach und gab Lot recht. Wenn Lot in Sodom und Gomorrha nur einen einzigen Gerechten und Rechtschaffenen außer sich selbst finden sollte, würde ER beide Städte verschonen und niemand müsste sterben. Er, Lot, habe bis Mittwoch Zeit für seine Recherchen …«

»Ich glaube, sie ist eingeschlafen«, flüstert Flora.

»Nein, bitte weitererzählen«, murmelt Lena mit kaum noch hörbarer Stimme. Ihre Augen sind längst geschlossen, ihr Atem wird immer ruhiger und gleichmäßiger.

»Lot kam nach Hause«, erzählt Paul weiter und wird dabei immer leiser und leiser, bis er nur mehr flüstert. »In Lots Haus aber regierte Lots Weib. Du hältst sie in der Hand, liebe Lena. Auch wenn sie schon Mutter von sieben Kindern war, war sie noch jung und attraktiv und hatte ein magisches Lächeln, das den Betrachter ihres Gesichts an eine Katze denken ließ, obwohl Katzen bekanntermaßen niemals lächeln.«

»Katzen … lächeln … nie«, sagt Lena im Halbschlaf, einige Augenblicke später aber gut hörbar: »Bitte weiter!«

»Mit resoluter Stimme kommandierte Lots Weib die Kinder herum. *Ruhe, ihr Ungeziefer!*, rief sie, während sie am Herd stand und das Mittagessen zubereitete. *Wer weiter herumschreit oder herumtollt, bekommt eins mit dem Kochlöffel über die Rübe!* Als sie Lot sah, schrie sie: *Wo warst du so lange? Mein Gott, Mann, wie siehst du denn aus?* Verärgert warf sie den Kochlöffel zurück in den Topf. *Ich habe mich geprügelt, Weib*, erklärte Lot kleinlaut. *Mit wem?*, fragte das Weib und machte einen Schritt auf ihn zu, während er zurückwich. *Mit Gott*, antwortete er. *O Gott!*, rief sie. *Habe ich dir nicht Tausende Male gesagt, du sollst dich mit so einem Pack nicht anlegen? Wir leben schließlich in Sodom.* Lot musste ihr recht geben, aber Gott war Gott. Doch bevor er ihr erzählen konnte, was ihm tatsächlich widerfahren war, und vor allem, was er erfahren hatte, fragte sie ihn: *Hast du sie mitgebracht?* Er fragte: *Was?* und wusste sofort, dass er sie vergessen hatte – die Staubsaugerbeutel, für deren Besorgung ihn sein Weib in den Laden am anderen Ende der Straße geschickt hatte.«

»Jetzt ist sie eingeschlafen«, sagt Flora leise, doch Paul spricht weiter: »*Es tut mir leid*, stammelte Lot. Er wusste, dass sein Weib sehr schnell böse und wütend werden konnte, und wenn das der Fall war, dann war auch seine eigene Rübe vor dem Kochlöffel nicht sicher. Dennoch nahm er all seinen Mut zusammen und widersprach: *Brauchst du denn unbedingt einen Staubsauger?*, fragte er. *Immerhin leben wir noch in biblischen Zeiten.* Nun wurde Lots Weib tatsächlich wütend: *Und weil wir in biblischen Zeiten leben, soll ich mit dem Wischlappen in der Hand auf den Knien herumrutschen? Du kannst dich gerne biblisch mit Gott herumschlagen. Ich aber brauche frische Beutel für meinen Staubsauger und bald einen neuen Gasherd!«*

»Jetzt übertreibst du!«, flüstert Flora. »Aber gönn bitte Gott, Lot, seinem Weib und Sodom eine Pause.«

Paul schaut seine Tochter an, kann aber in der Dunkelheit nur ihre Silhouette erkennen.

»Pscht, sie schläft«, flüstert ihm Flora ins Ohr. Er spürt ihren Atem auf seiner Wange und fühlt sich plötzlich in einer Weise und Intensität zu ihr hingezogen wie schon lange nicht mehr. Vorsichtig beugt er sich zu ihr, bis er den Flaum an ihren Wangen und dann die Rundungen und Einbuchtungen ihres linken Ohres an seinen Lippen spürt. Lena macht die Augen auf.

»Papa?!«

»Ja?«

»Wie geht die Geschichte weiter? Erzählst du sie mir?«

»Später, mein Schatz, ich bin müde und muss schlafen.«

»Was ist mit Lots Weib?«, fragt Lena.

Paul seufzt. *»Ich blicke zurück auf die Gassen, das Haus«*, zitiert er nach einer kurzen Pause ein Gedicht. *»Die Wände, die sorglich mein Leben geschützt, an denen es haftet; und was ich verließ, das war eine Puppe mit meinem Gesicht.«*

Lena streckt ihren rechten Arm aus. Ihre Hand umklammert immer noch die Statuette, die sie nun vorsichtig wieder auf das Nachtkästchen stellt.

»Es ist uns verboten, uns umzudrehen. Ich wandte mich um.«

»Morgen erzählst du mir den Rest der Geschichte. Ja?« Plötzlich klingt Lenas Stimme jünger – hoch, zart und zaghaft, so als wäre sie wieder die kleine Sieben-

oder Achtjährige, die jede zweite Nacht einen Albtraum hat und danach schluchzend in das Bett ihrer Eltern kriecht.

»*Ich blickte zurück auf die brennende Stadt, da löste die Puppe in Tränen sich auf, da sind meine salzigen Tränen erstarrt, da ward ich zur Säule.*«

Lena schlingt die Arme um Pauls Hals und legt den Kopf auf seine Schulter.

»*Die Strafe ist gnädig, die Sühne ist leicht: Ich stehe als mahnendes Zeichen am Weg und muss ihn nicht gehen.*«

»Gute Nacht«, murmelt Lena.

»Gute Nacht, mein Schatz.«

7

Warten. Warten. Warten, dass die Angst vergeht. Sie vergeht nicht, aber man gewöhnt sich daran. Paul hat vergessen, welcher Wochentag heute ist. Um halb neun setzt die Dämmerung ein, aber es ist noch nicht dunkel. Er schaut aus dem Fenster, sieht die Docks, die rostigen Kräne im Hafen, die schäbigen Lagerhallen, Wellblechhütten und rußgeschwärzten Backsteingebäude mit eingestürzten Dächern. Plötzlich muss er daran denken, dass es drüben, jenseits der Front, erst halb acht ist.

Am Vortag hatten die Regierungstruppen in der sogenannten *Vierten Schlacht am großen Kreisverkehr* (so der Titel des entsprechenden Wikipedia-Artikels) zwei Straßen am Stadtrand in ihre Gewalt gebracht. Der Rebellengeneral Pets musste daraufhin im Stadtfernsehen öffentlich Selbstkritik üben und sich selbst zum Oberstleutnant degradieren, indem er sich eigenhändig die Generalssterne von den Schultern riss und diese auf den Boden warf.

Paul überlegt, dass es nicht nur ein Sieg über die Rebellen, sondern auch gegen die Zeit war. In den beiden eroberten Straßen wurde eine Stunde »zurückgewonnen«.

Es ist dunkel geworden. Laut Vorschrift sollten nun die Vorhänge in der ganzen Stadt zugezogen sein, doch Paul wartet noch ab. Draußen taucht die untergehende Sonne die Berge und Hügel, die Dächer der Stadt und den fernen Horizont, wo sich Meer und Himmel berühren, in eine blutrote Farbe. Das gilt als schlechtes Omen. Goldenes Sonnenlicht am Abend bedeutet Glück, rotes Sonnenlicht weist auf eine bevorstehende Katastrophe hin. Aus dem Schatten der engen Altstadtgassen dringt Motorengeräusch, breitet sich aus, kriecht den Hügel hinauf – wahrscheinlich ist eine Panzereinheit auf dem Weg zur Front.

Ein Knabe, keine zehn Jahre alt, läuft trotz Ausgangssperre mit einer grün-blau-roten Fahne, auf die der Kopf eines weißen Einhorns gestickt ist, durch die Straße und schreit: »Vier zu null, vier zu null, vier zu null, olé!« Zahlreiche Kinder und Jugendliche folgen ihm klatschend und johlend. Man hört Trillerpfeifen, Trommeln und ein grauenvoll gegröltes: »*We are the Champions!*«

Das erste Mal seit vielen Wochen wurde wieder Fußball gespielt. Trotz der »angespannten Sicherheitslage« ist das Stadion ausverkauft gewesen.

Auf einmal knallt es gewaltig: eine Explosion ganz in der Nähe. Die Fensterscheiben klirren. Paul hört, wie in der Küche etwas zu Boden fällt und zerbricht. »Scheiße!«, schimpft Eva. »Ich hol mir in diesem Krieg noch den Tod.«

Lena übernachtet bei ihrer besten Freundin Tanja. Der Ausdruck »beste Freundin« ist dabei nicht wirklich zutreffend, denn Tanja ist die einzige Freundin, die Lena geblieben ist.

»Ich kann es kaum ertragen, wenn sie in Zeiten wie diesen nicht zu Hause ist«, sagt Flora. »Bei jedem Bombeneinschlag sterbe ich tausend Tode.«

»Sei doch froh«, meint Eva. »So verteilt sich das Risiko. Wenn eine Rakete bei uns einschlägt und wir alle zu Hause sind, sterben wir auch alle zusammen. So überlebt zumindest Lena, wenn sie sich gerade woanders aufhält.«

»Oder sie kommt um und wir überleben, weil die Rakete dort, wo sie gerade ist, und nicht hier bei uns einschlägt«, meint Flora. »Das könnte ich nicht ertragen.«

»Ich auch nicht«, sagt Paul. »Aber hin und wieder muss sie hier raus, sonst dreht sie durch. Wenn ich Kind wäre, würde ich auch nicht gerne die ganze Zeit mit uns beiden und mit meiner Mama in einer Wohnung herumsitzen. Ein Horror!«

»Während des Corona-Lockdowns war das kein so großes Problem.«

»Da war sie noch um einiges jünger, und es war schlimm genug. Du vergisst schnell! Und jetzt ist sie ein Teenager.«

»Ihr hättet nun einmal rechtzeitig auswandern sollen«, meint Eva.

»Hätte, hätte, Fahrradkette«, murmelt Flora.

»Wir sitzen in einer Mausefalle, und keine Fahrradkette hilft uns heraus«, sagt Eva. »Aber ihr kennt doch den alten Spruch: *Finde dich mit dem ab, was du nicht ändern kannst, ändere das, was sich ändern lässt, und, was das Wichtigste ist: Sei weise genug, das eine vom anderen zu unterscheiden.* Jeder Mensch hat sein Schicksal – Lena genauso wie alle anderen.«

»Mama!«, zischt Paul.

»Ja?«

»Wenn du nicht sofort die Klappe hältst, vergesse ich mich!«

»Dann vergiss dich doch, es tut dir gut, wenn du dich wenigstens hin und wieder vergisst!« Sie geht im Kreis um den Tisch, dann in den Vorraum, zurück zum Fenster, in die Küche, zum Badezimmer, zur Tür des Schlafzimmers, zurück ins Wohnzimmer und wieder um den Tisch herum.

Flora folgt ihr mit Blicken. Ihr Gesicht, eben noch weiß, wird plötzlich rot, und dann brüllt sie Eva an: »Setz dich endlich hin und gib Ruhe! Dieses dämliche Herumlaufen ist zum Aus-der-Haut-Fahren!«

Eva lässt sich mit beleidigter Miene auf den großen Sessel im Wohnzimmer fallen. Paul setzt sich neben seine Frau auf die Couch, ergreift ihre Hand, umarmt sie. Sie lässt ihn gewähren, passiv, ohne in irgendeiner Weise auf seine Berührungen zu reagieren.

Um die entstandene Spannung ein wenig zu lösen, vor allem aber, weil ihm nichts Besseres einfällt, schaltet Paul den Fernseher ein. An manchen Tagen ist der Empfang unterbrochen, manchmal wird nichts gesendet, hin und wieder fällt der Strom aus. Doch an diesem Abend funktioniert alles einwandfrei. Im Studio des neuen städtischen Senders *Plus und Minus* findet gerade ein Gespräch der beiden Spitzenkandidatinnen für die im Juni angesetzten Regionalwahlen statt: Feline Kiska, Vorsitzende der *Sozialpatriotischen Union*, diskutiert mit Rosmarie Trussik, der Obfrau der *Nationalen Volkspartei*.

Feline Kiska wirkt im realen Leben bei weitem nicht so resolut wie auf den Plakaten, wo sie als die *Frau mit Eiern* an jeder Ecke der Stadt zu sehen ist. Sie ist eine zierliche, dezent gekleidete Person in den Dreißigern, die immer wieder auf ein Blatt Papier schaut, das sie nervös auseinanderfaltet und sogleich wieder zusammenlegt, wenn sie das rettende Stichwort gefunden hat.

Rosmarie Trussik scheint ein paar Jahre älter zu sein und ist auf den ersten Blick das genaue Gegenteil von Kiska – groß, kräftig, sehr agil, angriffig; eine blonde, blauäugige Walküre mit wallendem Haar, wallendem Kleid in grellem Pink, einem Burberry-Schal, den sie seltsamerweise trotz der Hitze trägt, und einer hohen, durchdringenden Stimme, die mit schmerzhafter Zerstörungswut in Pauls Gehörgänge eindringt, sodass es ihm kalt über den Rücken läuft. Beide Frauen sind durch einen runden Tisch und einen überforderten Moderator, einen kleinen Mann mit Glatze, getrennt.

»Was mir besonders am Herzen liegt«, verkündet Feline Kiska, »ist unsere nationale Ehre!« Aus ihrem Mund klingt das nicht pathetisch, sondern zaghaft, beinahe wie eine Entschuldigung. »Die Westeuropäer kennen uns nur als Klischee und als Schatten ihrer schäbigen Vorurteile, aber sie werden uns noch richtig kennenlernen!«

O Gott, denkt Paul, warum tust du mir das an!

»Was uns fehlt«, spricht Kiska, »ist der Respekt der anderen, noch mehr aber der Respekt vor uns selbst, weil …«

»Respekt vor uns selbst?!!«, unterbricht sie Rosmarie Trussik. »Du sprichst von Respekt und von nationaler Ehre? Ausgerechnet du, meine Liebe?! Eine Ex-Lesbe, die noch vor einigen Jahren für das Klima demonstriert und *MeToo*-Petitionen unterschrieben hat?« Sie lacht laut, wenn auch etwas aufgesetzt.

»Blödsinn!«, protestiert Feline Kiska heftig und macht eine beleidigte Miene. »Ich war schon Anti-Feministin, als du gerade dein Uni-Diplom und eine Assistentenstelle dank der Frauenquote bekommen hast.«

»Ich verbitte mir solche gemeinen Unterstellungen!«, schreit Rosmarie Trussik. »Als ich mein Studium abgeschlossen habe, war ich schon zum zweiten Mal schwanger. Trotzdem habe ich nicht nur fertig studiert, meine Dissertation geschrieben, mich um meine Kinder gekümmert, eine glückliche Ehe geführt, sondern auch als junge Unternehmerin Erfolg gehabt. Ich brauche keine Quote. Die Frauenquote entwertet tüchtige Frauen. Sie ist keine Hilfe, sondern eine Schande für uns, eine Demütigung! Eine Quotenfrau ist eine Quotenfrau ist eine Quotenfrau: Niemand nimmt sie erst, und solange es sie gibt, respektiert auch niemand Frauen, die ohne Quote Karriere machen oder gemacht hätten.«

»In meinem Leben hat die Quote nie eine Rolle gespielt!«, protestiert Kiska.

»Ja klar, du hast es dir als Flüchtling in Rotterdam, in den schwulen Niederlanden, gut gehen lassen. *Gayropa* hat dich mit offenen Armen aufgenommen, dich mit Sozialhilfe und linksgrünem Gedankengut versorgt, und nun willst du unsere schöne Heimat mit deiner Lesben-Aura besudeln! Kein vernünftiger Mensch glaubt übrigens noch, dass dies alles nur zufällig passiert, jeder weiß, dass hinter den schwulen Organisationen dieselben feindlichen Kräfte stehen, die unser Land immer schon in Stücke schneiden und an den Meistbietenden verkaufen wollten. Wofür sterben unsere jungen Männer eigentlich in diesem Krieg? Für die Regenbogenfahne? Oder gar für den Davidstern? Ich werde jedenfalls bis zum letzten Atemzug gegen die Verschwulung unseres Landes ankämpfen!«

»Meine Damen!«, versucht sich der Moderator einzumischen. »Meine Damen, bitte, vielleicht sollten wir wieder zum Thema Kommunalpolitik zurückkehren!« Doch die beiden Frauen ignorieren ihn völlig. »Seit wann bist du eigentlich geschieden, du Musterfrau?«, fragt Kiska ihre Gegnerin süffisant. »Wie ich gehört habe, hat sich dein neuer Lebensgefährte inzwischen ebenfalls aus dem Staub gemacht. Das tut mir sehr leid für dich, doch immerhin kannst du dich jetzt voll und ganz deinen Kindern widmen.«

»Paul, bist du noch bei Trost? Willst du dir das alles wirklich geben?«, fragt Flora entsetzt. »Warum schaltest du die Kiste nicht aus?«

»Ich weiß nicht«, flüstert Paul und spürt, wie Resignation und Niedergeschlagenheit von ihm Besitz ergreifen. Wenn er sich gehen ließe, würde er in Tränen ausbrechen oder sofort schlafen gehen.

»Also, ich finde den Zickenkrieg amüsant«, meint Eva. »Jedes Terrorregime hat seine lustigen Seiten. Das war immer so, und alle Propheten und Diktatoren hatten ihre Weiber. Von Moses und Jesus bis Mohammed, von den römischen Kaisern bis zu den herumhurenden Päpsten oder Psychopathen wie Napoleon, Hitler, Stalin, Mao, Erdoğan …«

»Mama!!!«, zischt Paul, während Flora zu lachen beginnt.

»Ich möchte eines klarstellen«, mischt sich Feline Kiska ein, wirkt aber auf einmal wie ausgewechselt, sie spricht leidenschaftlich und braucht keinen Stichwortzettel mehr. »Ich wurde vertrieben, weil ich gegen unseren Präsidenten gekämpft hatte, und das zu einer Zeit, als fast alle, die heute gegen ihn sind, ihm noch die Stiefel und sonst hinten wie vorne alles Mögliche geleckt haben. Das lesbische Jahr meines Lebens war eine kurze Experimentierphase. Mit der LGBTQ-Community hatte ich nie etwas am Hut. Dass ich irgendetwas für *MeToo* unterschrieben habe, ist eine glatte Lüge, und sogar in meiner kurzen lesbischen Beziehung habe ich in jeder Hinsicht immer die weibliche Rolle übernommen.«

»Also, so genau wollen wir das nicht wissen«, mischt sich der Moderator wieder schüchtern ein, wird aber auch diesmal ignoriert.

Trotz Ausgangssperre singt draußen jemand laut *O sole mio!*, und wenn man aus dem Fenster schaut, sieht man, dass in der Stadt der Verkehr immer noch dicht ist. Bald stellt sich so etwas wie eine neue Normalität ein, denkt Paul. Aber was wird denn anders sein, wenn die Kampfhandlungen einmal aufhören werden und eine der beiden Seiten den Sieg davongetragen hat? Politiker kommen und gehen, das Volk aber bleibt. Politiker ändern die Rahmenbedingungen und die Oberflächen. Unter den Oberflächen aber lebt das Volk weiter, wie es immer schon gelebt hat. Die ungeschriebenen Gesetze hat noch nie jemand ändern können. Noch nie hat irgendeine Generation bessere Menschen hervorgebracht als die vorangegangene. Mentalitäten und Vorstellungen ändern sich, Menschen nicht. Solange man nicht ermordet wird oder verhungert, bleibt das Leben annehmbar. Man richtet es her, richtet sich aus oder richtet, wenn man geschickt ist, andere hin. Bevor man in die tiefe Kloake der eigenen Seele hinabgleitet, macht man lieber schnell den Deckel zu und setzt eine Maske auf. Dennoch: Früher oder später holen sich unsere Dämonen das, was ihnen zusteht.

Die Mutter reißt Paul aus seinen Gedanken. »Hast du schon gehört, dass die Katz verhaftet worden sind?«, fragt sie.

»Was?«, ruft Paul entsetzt aus. »Wann? Wieso? Um Gottes willen!«

»Heute. In den frühen Morgenstunden.«

»Woher weißt du das? Von wem?«

»Was ist denn los?«, fragt Flora verwundert. »Mir tun die alten Leute ebenfalls leid, aber ich dachte, du magst sie nicht. Warum bist du auf einmal so schockiert?«

Paul gibt ihr keine Antwort. Er hatte zwar befürchtet, dass alles so kommen würde, aber nicht geglaubt, dass es so rasch passieren würde. Weder seiner Frau noch der Tochter und schon gar nicht seiner Mutter hat Paul von seinem Besuch bei dem alten Ehepaar erzählt. Die Blechdose und die jüdische Porzellankatze hat er in alte Lappen gewickelt und hinter Schachteln, Flaschen und Weihnachtsschmuck im Abstellraum versteckt. Nun wird er die Dose wohl genauso heimlich wieder aus ihrem Versteck holen müssen.

»Europa verachtet uns!«, kreischt es unterdessen aus dem Fernsehgerät. Rosmarie hält ihre Abschlussrede, und bald schon klingt ihre Stimme nach trockenem, knirschendem Schmerz. »Die Welt der Mächtigen, Reichen und Satten dieser Welt kreist materialistisch um sich selbst. Wir sind anders! Wir sind Seelenmenschen und vor allem Mitmenschen. Die anderen haben Berge von Gold, Waren aller Art, Medikamente, Impfstoffe, Müll und Smartphones, wir aber haben Tiefe, wir haben Weite, wir haben Größe.«

»Du, meine Liebe, hast vor allem Breite«, bemerkt Feline.

»Kira hat es mir erzählt«, berichtet Eva. »Kira? Die dumme Pute aus der Zwölferwohnung?«, fragt Flora. »Genau die«, sagt Eva. »Kira hat gesehen, wie die beiden von ein paar Schlägern der Nationalgarde abgeführt wurden. Schwere Jungs mit schweren Waffen. Schrankmenschen, die Kante zeigen. Angeblich haben sie die Wohnung der Katz auf den Kopf gestellt, die Hälfte zertrümmert, Kotiks Geige aus dem Fenster geworfen und die wenigen Wertsachen mitgenommen.«

»Die Geige war wertvoller als alles andere«, bemerkt Paul.

»Ja, aber das wissen Schrankmenschen nicht.«

»Warum hat man die beiden überhaupt verhaftet?«, fragt Flora.

»Warum? Wahrscheinlich, weil ihr Neffe, dieser Jakob oder Jascha, von den neuen Machthabern erschossen worden ist, meint Kira. Du weißt doch, wie das in unserem Land läuft: Bindet man einen Kerl an einen Mühlstein und stößt ihn ins Wasser, muss die ganze Familie mit ihm zusammen untergehen, weil alle am selben Seil hängen. Familie ist nun einmal alles – in guten wie in schlechten Zeiten.«

»Kira redet viel, wenn der Tag lang ist«, bemerkt Flora.

»Verdammt«, stöhnt Paul und lässt sich wieder auf das Sofa fallen, von dem er kurz zuvor aufgesprungen war.

Rosmaries aufgeregte Stimme aus dem Fernsehgerät übertönt nun wieder Evas und Floras Worte.

»Darf ich jetzt die Kiste endlich ausschalten?«, schreit Flora entnervt, doch Paul flüstert nur: »Sie haben es gewusst, sie haben es ganz genau gewusst. Sie sind nun einmal gebrannte Kinder! Sowjetische Juden.«

»Wer?«, fragt Flora.

»Die Katz'.«

»Was haben sie gewusst?«, fragt Eva.

»Ja, mach den Fernseher bitte aus!«, murmelt Paul. »Ich wähle sowieso weder die eine noch die andere Schnepfe.«

8

Eine Stunde nach Mitternacht läutet Pauls Handy. Flora stöhnt und dreht sich auf die andere Seite, Paul aber schläft ohnehin nicht, greift nach dem Gerät, sieht die Nummer von Tanjas Eltern auf dem Display und nimmt das Gespräch an.

»Papa?!«, hört er Lenas schwache Stimme und sein Herz schlägt schneller.

»Ja.«

»Ich kann nicht schlafen.«

»Ich auch nicht, mein Kind.« Er freut sich, dass Lena ihn anruft und nicht Flora, dass sie ihm vertraut, dass sie ihm offenbar die peinliche Demütigung verziehen hat, er verspürt eine Mischung aus Stolz, Euphorie und Erleichterung. Das erste Mal seit Stunden lässt seine innere Spannung ein wenig nach.

»Erzählst du mir die Geschichte weiter?«, bittet sie.

»Welche Geschichte?«

»Die von Lots Weib.«

»Was? Jetzt? Am Telefon? Mitten in der Nacht?«

»Ja.«

»Wieso?«

»Einfach so.«

»Wenn ich anfange, dir Geschichten zu erzählen, wecke ich alle auf, und du auch«, flüstert er.

»Ich liege ganz allein auf einer Matratze im Badezimmer und halte den Hörer in der Hand. Die haben hier so ein uraltes Schnurlostelefon. Das gehört längst ins Technische Museum. Echt öde, dass ich kein Handy habe, und Tanja rückt ihres nicht raus, dieses gemeine Biest.«

»Das kann ich verstehen.«

»Erzählst du mir jetzt die Geschichte weiter?«

»Ich hatte dir doch ein Gedicht vorgelesen. Weißt du nicht mehr?«

»Doch, aber das ist mir zu wenig. Ich will nicht nur wissen, wie die Geschichte ausgeht, sondern auch, was dazwischen war.«

Paul seufzt, kriecht langsam und vorsichtig, um Flora nicht zu wecken, aus dem Bett und schleicht sich auf Zehenspitzen durch den Vorraum in die Küche.

»Bist du noch dran?«, fragt Lena leise. Ihre Stimme klingt fern, doch auch geheimnisvoll, verschwörerisch. Paul hat den Eindruck, als würde sie Mund und Hörer gleichzeitig mit der Hand bedecken.

»Ich bin noch dran«, sagt Paul.

»Ich weiß, ich bin zu groß für solche Märchen, aber ich will heute ein ganz kleines Mädchen sein«, sagt Lena. »Ich bin nämlich schon in der Pubertät, weißt du«, erklärt sie ernst. »Da gehören solche Phasen dazu.«

»Aha«, sagt Paul und lacht.

»Lach nicht!«, ermahnt sie ihn. »Pubertät ist überhaupt nicht lustig!«

»Lots Weib also.«

»Ja!«

»Nachdem auf Lot kein Verlass war, schickte Lots Weib ihren ältesten Sohn los, damit er ihr aus dem Geschäft am Ende der Straße Staubsaugerbeutel mitbringe, und als er zurückkam, nahm sie einen Beutel, schob ihn an der dafür vorgesehenen Stelle in das Gerät und begann im Wohnzimmer Staub zu saugen.«

»Gab es denn schon Strom in Sodom?«

»Natürlich. Sodom und Gomorrha standen ständig unter Strom.«

»Ich verstehe«, sagt sie ernst. »Weiter.«

»Ihren Mann Lot und die Kinder hatte Lots Weib hinaus in den Hof geschickt, denn wenn sie die Wohnung putzte, wollte sie nicht gestört werden und war außerdem immer schlecht gelaunt und sehr reizbar.«

»Das verstehe ich auch.«

»Plötzlich aber verstummte der Staubsauger, die Sonne färbte sich feuerrot, der Mond erschien am Horizont, irgendwo in der Ferne krähte ein Hahn dreimal, ein Hund gab ein langes, herzzerreißendes und derart unheilverheißendes Jaulen von sich, dass das Blut in den Adern von Lots Frau gefror, und der Staubsauger ging in Flammen auf. Sie schrie entsetzt auf, warf eine Decke über das Gerät und gleich noch eine zweite, was nichts half; sie raste in die Küche, um einen Kübel mit Wasser zu holen, da ertönte hinter ihrem Rücken eine tiefe, männliche Stimme, die aus dem Feuer kam: *Hör mir zu, Weib!*, sprach die Stimme laut und feierlich. *Ich bin Gott, der Allmächtige, Erschaffer von Himmel und Erde, von Tier und Mensch, von Zeit, Unendlichkeit, Leben und Tod und all dem anderen Schnickschnack und Dingsbums! Ich spreche zu dir aus einem brennenden Staubsauger, um dir dein Schicksal zu verkünden!*«

»Warte einen Augenblick!«, unterbricht ihn Lena und hält, so scheint es Paul jedenfalls, den Hörer mit der Hand zu. Trotzdem kann er dumpf ihre Stimme sowie die einer erwachsenen Frau ausmachen. Die erwachsene

Stimme wirkt verärgert, insistierend, jene von Lena zuerst entschuldigend, dann schnippisch.

»Lena?«

»Papa, ich muss aufhören! Tanjas Mutter hat mich erwischt. Sie nimmt mir gleich das Telefon weg. Aber morgen, das heißt heute in der Früh, wenn ich wieder zu Hause bin, erzählst du mir die Geschichte zu Ende. Ja?«

»Einverstanden.«

»Gute Nacht, Papa.«

»Gute Nacht, Schatz, ich liebe dich!« Sie hat aufgelegt, bevor er den letzten Satz zu Ende gesprochen hat.

Paul geht auf Zehenspitzen wieder ins Wohnzimmer zurück, kriecht vorsichtig neben Flora ins Bett, umarmt sie von hinten, streichelt mit den Fingerspitzen ihren Hals, reibt sich an ihrem Rücken.

Sie streckt den Arm nach hinten aus und stößt ihn weg. »Lass mich«, murmelt sie. »Mir ist jetzt wirklich nicht nach …« Sie klingt verärgert, aber auch nervös und unsicher. »Du hast mich geweckt, und jetzt muss ich pissen«, sagt sie mit einem seltsam anmutenden, melancholischen Unterton. »Dabei hatte ich gerade einen so schönen Traum.«

»Ich kann mir vorstellen, von wem du geträumt hast«, sagt Paul leise. »Ich hoffe, der Kerl ist krepiert.«

»Sei nicht albern«, sagt sie traurig. »Ich träume schon lange nicht mehr von ihm. Du bist es, der diese alten Geschichten immer wieder aufwärmt. Ich habe ihn geliebt, er hat mich verlassen, und ich habe mich für dich entschieden. Punkt. Der Schnee von gestern ist längst geschmolzen und vergessen.«

»Und zu Nebel verdampft, der offenbar noch nicht ganz verzogen ist.« Paul versucht seiner Stimme einen Klang zu verleihen, als bemühe er sich, seine Wut zu unterdrücken. In Wirklichkeit würde er viel lieber weinen, würde gern Flora umarmen und dabei ihr Gesicht gegen seine Schulter drücken. Er streckt die Arme nach ihr aus. Genau in diesem Augenblick jedoch richtet sie sich auf und steigt aus dem Bett.

»Es war ein ganz harmloser, angenehmer Traum«, bemerkt sie. »Überhaupt nicht, was du denkst! Es ging um Tiere, die aus unserem Zoo ausgebrochen sind. Zebras. Und Löwen, glaube ich. Ja, Löwen mit großen und majestätischen Mähnen. Oder waren es Katzen? Das meiste habe ich gleich vergessen. Der Traum ist weg.«

»Geh pissen!«, sagt Paul.

Während Flora auf die Toilette geht, dreht sich Paul auf den Rücken und schließt die Augen, doch in keiner der vergangenen Nächte war er so munter wie jetzt. Er kneift die Augen zusammen, wälzt sich auf die rechte, dann auf die linke Seite, summt die Melodie eines alten Chansons, seufzt und beginnt leise zu singen: *Komm zu mir, dann wieg ich dich, wiege dich zur Ruh. Komm zu mir und weine nicht, mach die Augen zu. Meine Augen sollen dir blinkend Spielzeug sein. Meine Lippen schenk ich dir – trink dich in sie ein.*

Flora kommt zurück, legt sich neben Paul ins Bett, greift nach seiner Hand. »Verzeih«, flüstert sie. Es kommt ihm vor, als würden ihre Augen in der Dunkelheit leuchten. Er umarmt sie, küsst sie auf die Wange, die Stirn, dann auf den Mund. Sie lässt es zu, macht aber ihren Körper schlaff und träge, bis er wie ein Sack in seinen Armen liegt. Dann rückt sie ab von ihm und flüstert ein weiteres Mal: »Verzeih! Ich liebe dich und Lena mehr als sonst jemanden auf der Welt. Aber es geht nicht. Nicht heute Nacht. Später. Aber …« Sie stockt.

»Nicht jetzt«, vollendet er ihren Satz. Sie dreht ihm den Rücken zu.

Eine halbe Stunde später ist Paul immer noch wach. Ich muss einschlafen!, denkt er. Ich muss! Sonst wird er den ganzen Tag todmüde sein, mehr Zigaretten rauchen, als ihm guttut, und sich abends die Seele aus dem Leib husten.

Ein weiteres Lied kommt ihm in den Sinn: Es heißt *Die schwarze Katz'* und handelt von einem Kater, der im Dunkeln des Stiegenhauses wohnt und den Bewohnern des Hauses den Schlaf und die Seelen klaut. *Vor uns're Tür dringt lautes Katzenwimmern. Die große Stadt umrundet mein Quartier. Auf Straßen, die im Regen farbig schimmern, dort …*

Ja, was ist auf diesen Straßen? Er hat es vergessen. Die große Stadt. Die Straßen. Der Regen. Er muss an das Ehepaar Katz denken und erinnert sich, wie Kotik während des Corona-Lockdowns im Frühjahr 2020 jeden Abend um 18 Uhr das Wohnzimmerfenster öffnete und für seine Nachbarn und die wenigen Passanten unten auf der Straße Geige spielte – meist kurze Stücke von Rachmaninow, aber auch alte sowjetische Schnulzen, Beatles- und Abba-Melodien oder bekannte Chansons aus seiner Jugend. Die Leute applaudierten, und wenn er sich einmal verspätete und nicht um Punkt sechs Uhr zu spielen begann, erkundigte man sich besorgt, ob ihm nicht vielleicht etwas zugestoßen, ob er nicht – Gott behüte – ernsthaft erkrankt sei. Eine kurze Zeit waren fremde Menschen und sogar Nachbarn freundlich zueinander. Das sollte sich bald wieder ändern.

Seitdem sind nur wenige Jahre vergangen, es ist erneut Frühling und die Zeiten sind schwer, doch das Schicksal von Kotik und seiner Frau scheint niemanden außer Paul wirklich zu interessieren. Wahrscheinlich weiß die Tochter in den USA nicht einmal von der Verhaftung ihrer Eltern. Paul fragt sich, ob er ihr eine Mail schicken oder sie anrufen soll, verwirft diesen Gedanken aber rasch. Was kann sie schon von Milwaukee aus tun, außer krank vor Sorge und schlechtem Gewissen zu werden? Warum nur hat sie ihre Eltern nicht zu sich geholt? Wollte sie nicht? Oder wollten sie nicht weg von hier?

Alkohol ist Mangelware. Beruhigungsmittel, Schlafmittel sind Mangelware, und diese verdammte Musik in seinem Kopf hält ihn wach. Ein Lied nach dem anderen kommt ihm in den Sinn: *Ein Krokodil floh aus dem Zoo, hinab zum trüben Limpopo, po-po, po-po. Die Flucht nach Afrika gelang, lang-lang, lang-lang, wo viele Neger er verschlang, schlang-schlang, schlang-schlang!*

Vielleicht haben die neuen Machthaber die Wohnung verwanzt und hören alles mit, können seine Angst orten, riechen und bewerten, lesen seine Gedanken, messen seinen Puls und die Temperatur seines Atems. Er ist doch Ingenieur, ein Mann der Logik. *Ein Krokodil floh aus dem Zoo!* Von manchen Leuten weiß man, dass sie verhaftet wurden oder dass sie durch Bomben und Raketen starben. Andere gehen aus dem Haus und kommen nie wieder zurück: Es gibt niemanden, der sagen kann, was mit ihnen geschehen ist, und niemanden kümmert es, denn jeder ist in erster Linie mit sich selbst beschäftigt. Das könnte auch ihm passieren, wenn er sich einmischt und wirklich tut, was ihm den ganzen Abend durch den Kopf gegangen ist. Wenn er, Paul, verschwindet, wird das kein großer Verlust für die Welt sein. *Das ist das Schwerste: sich verschenken und wissen, dass man überflüssig ist. Sich ganz zu geben und zu denken, dass man wie Rauch ins Nichts verfließt.* Macht nichts.

Wenn du nachts erwachst, schmeckst du die Säure der Angst …

Einmal, an einem warmen, schönen Frühlingsabend im April 2020, lehnte sich einer der Nachbarn aus dem Fenster und rief Kotik zu, er solle doch endlich etwas anderes spielen als »dieses langweilige klassische Zeug« oder »verstaubte Lieder aus Großmutters Zeiten«. Was er denn stattdessen spielen solle?, fragte der alte Musiker. Der Nachbar dachte kurz nach und verlangte in süffisantem Tonfall nach der Melodie des Liedes *Girl on Fire* von Alicia Keys. Er war überzeugt, dass Kotik das Lied nicht kannte.

Krampfhaft versucht Paul die Bilder zu verdrängen, die ihm durch den Kopf gehen, sehr unterschiedliche Bilder – seltsame, scheinbar gar nicht miteinander verknüpfte Fantasien und Erinnerungen, die sich überlappen.

Seit Beginn des Krieges haben Flora und er keinen Sex mehr gehabt. Weder hatten sie gestritten noch war das körperliche Bedürfnis verschwunden. Nein, es wäre ihnen angesichts der dramatischen Ereignisse um sie herum schlichtweg ungehörig erschienen. Warum eigentlich? Es hatte noch nie einen Krieg ohne Alltag gegeben, denkt Paul, keinen einzigen Krieg, in dem Menschen sich nicht verliebten oder keine Kinder auf die

Welt gekommen wären: in belagerten Städten, in Luftschutzbunkern, auf der Flucht, in Zeiten von Seuchen und Massenmorden, in Gefängnissen, in Baracken und Elendsquartieren, in Wäldern, auf Feldern oder auf verschneiten Hügeln. Auch in Straf- und Konzentrationslagern wurden Kinder geboren. Manche von ihnen haben sogar überlebt.

Flora und Paul hatten ein zweites Kind geplant. Flora hätte gerne einen Sohn, Paul eine zweite Tochter. Dann kam der Krieg.

Kotik kannte *Girl on Fire* von Alicia Keys tatsächlich nicht. »Singen Sie es mir doch vor«, bat er den Nachbarn. »Aber es genügt schon, wenn Sie es ein bisschen summen, Herr Sabbia.« Der Nachbar tat weder das eine noch das andere, sondern spielte Kotik Ausschnitte des Liedes auf seinem Handy vor, indem er das Lied auf *YouTube* lud und seinen Arm mit dem Handy aus dem Fenster streckte. Die anderen Nachbarn pfiffen ihn aus, verstummten jedoch sogleich, als Kotik wieder die Geige in die Hand nahm.

Bis zu jenem Abend im April 2020 hatte Paul *Girl on Fire* für ein banales Lied mit einer banalen Melodie gehalten. Was aber Kotik zu dieser Melodie auf seiner Geige zu improvisieren verstand, begeisterte nicht nur ihn und alle im Haus, sondern auch die Menschen in den Nachbarhäusern. Die Ovationen waren so laut und anhaltend, dass schließlich die Polizei mit drei Wagen anrückte, um zu prüfen, was hier los sei.

In den nächsten Tagen veredelte Kotik die Melodien von Beyoncés *Halo*, Adeles *Set Fire to the Rain*, Lady Gagas und Bradley Coopers *Shallow*, Sias *Chandelier* und *Tears of Gold* von Faouzia in einer Art und Weise, die das ganze Viertel verblüffte und begeisterte. Nachbarn und Passanten filmten Kotiks Auftritte mit ihren Mobiltelefonen, schickten die Videos weiter oder stellten sie ins Netz. Konnte es wirklich sein, fragt sich Paul, dass Kotiks Schicksal und das seiner Frau heute allen egal ist? Andererseits: Hatte er selbst so wie alle anderen den alten Musiker nicht schon bald nach Ende der Lockdowns als genauso lästig, aufdringlich und armselig empfunden wie zuvor? Für kurze Zeit hatten die Mitschnitte von Kotiks Geigenspiel zwar eine grenzüberschreitende Begeisterung im Netz ausgelöst, waren aber sehr bald vergessen, genauso wie die Ende März 2020 so populären täglichen 18-Uhr-Konzerte, die Solidarität und Durchhaltevermögen symbolisieren sollten, spätestens Mitte Mai wieder ganz aus der Mode gekommen waren und in den folgenden Lockdowns nicht mehr wiederholt wurden. Kotik selbst schien jedenfalls von seiner kurzzeitigen Berühmtheit gar nichts mitbekommen zu haben.

Plötzlich stellt Paul mit Bestürzung fest, dass er sich mit Begeisterung an Kotiks Geigenspiel erinnert, aber völlig vergessen hat, was Myschka einst von Beruf gewesen war. Das Einzige, was er noch weiß, ist, dass sie zwei Jahre länger als Kotik gearbeitet und immer früh am Morgen aus dem Haus gegangen war. Wenn er Frühschicht hatte, begegneten sie sich im Stiegenhaus und wünschten einander höflich einen guten Tag. Aber wohin war sie unterwegs, und was hat sie gemacht? Wie konnte er das nur vergessen!

9

Das Boot, in dem er sitzt, dreht sich im Kreis. Seine Tochter klammert sich an ihn. Er versucht, sie festzuhalten. Das Boot bricht auseinander. Die Tochter entgleitet ihm. Mit letzter Kraft, aber vergeblich bemüht er sich, sie über Wasser zu halten. Sie versinkt. »Wach auf!«, schreit jemand aus der Tiefe des Meeres. »Wach auf, wach auf!«, brüllt das stürmische Meer.

»Wach auf!« Flora zerrt an Pauls Hand.

»Aaaah!«, stöhnt er. »Himmel, Hölle, fetter Pfaffe und tausend zottelige Teufelinnen! Wir ertrinken!«

»Was hast du denn geträumt?«, fragt Flora entsetzt.

»Nichts Besonderes«, murmelt er und beginnt zu grinsen. »Nur von Tieren. Von Zebras und Löwinnen. Vielleicht waren es auch Katzen.«

»Ja, schon gut«, sagt sie verärgert.

»Was hast du denn selbst geträumt?«, fragt Paul und gähnt. »Du hast im Schlaf gestöhnt und geschrien. Das war entsetzlich!«

»Ich träumte von meiner Schwester.«

»Von Clara? Siehst du: DAS ist ein Albtraum.«

»Du sagst es«, murmelt sie. »Was glaubst du, wie oft ich als Kind geträumt hatte, dass sie mich mit einem Kissen erstickt oder in den Backofen schiebt.«

»Schwestern eben.« Er gähnt ein weiteres Mal und macht die Augen zu.

»Steh auf!«, sagt Flora. »Stell dir vor: Wir haben kein Wasser!«

»Was heißt das?« Paul reißt die Augen auf.

»Das heißt, die neuen Trottel, die über uns herrschen, sind noch dämlicher als die alten Trottel, die uns vorher beherrscht haben«, hört Paul die Stimme seiner Mutter. Er steigt aus dem Bett und zieht sich an, während Eva neben ihm steht und in einem fort vor sich hin schimpft. Dass die Wasserversorgung in der Stadt zusammengebrochen sei und niemand wisse, warum, erzählt sie. Dass in den Geschäften kein Mineralwasser mehr zu kaufen sei, dass in der ganzen Region kaum Wasserreserven vorhanden seien. Dass auf dem Schwarzmarkt schon mit schmutzigem Abflusswasser gehandelt werde. Manche Leute würden sogar das brackige Wasser aus dem Teich im Stadtpark holen, in Flaschen abfüllen und verkaufen. »Aber deine Mutter ist klug, mein Paulchen«, verkündet Eva stolz. »Seit Beginn der Kämpfe habe ich immer drei Eineinhalbliterflaschen mit Wasser im Kühlschrank.«

»Und wir haben noch einen Liter Milch«, sagt Flora.

»Die ist sauer«, bemerkt Eva.

»Seit einer halben Stunde haben wir außerdem kein Internet«, sagt Eva.

»Mist! Was machen wir jetzt?«

»Kein Wasser ist schlimm. Sehr schlimm! Aber kein Internet?! Wie sollen wir das überleben?«, sinniert Paul.

»Das Festnetz funktioniert noch«, meint Flora. »Oder etwa auch nicht mehr?«

Paul geht in den Vorraum, hebt den Hörer ab, hört das Freizeichen. »Ja. Das geht!«

»Schade, dass man heutzutage keine Brieftauben losschicken kann«, meint Eva. »Hätten wir noch Brieftauben statt Internet und Brunnen statt der Wasserleitung, hätten wir viel weniger Probleme.«

»Wo ist Lena?«, fragt Paul.

»Ist schon in die Schule gegangen.«

»Ohne Frühstück?«, fragt Paul erstaunt.

»Sie hatte keinen Hunger, es geht ihr nicht gut, und außerdem haben wir sowieso kaum mehr etwas für ein richtiges Frühstück zu Hause. Unsere Lebensmittelrationen für diese Woche sind verbraucht, und du hast es nicht geschafft, zusätzliche Lebensmittelkarten zu besorgen.«

»Was ist los mit ihr?«, erkundigt sich Paul.

»Die Hormone«, sagt Flora und seufzt. »Sie ist zwölf und wird vom Kind zum Teenager. Der Körper stellt sich komplett um, der Geist macht Kapriolen, und die Psyche ist im Keller.«

»Ich verstehe«, murmelt Paul.

»Nein, tust du nicht«, bemerkt Eva trocken. »Das wirst du dir niemals vorstellen können.«

»Außerdem«, meint Flora, »wem geht es heute schon gut? Kaum hat sich Lena von den schlimmen Covid-Lockdowns und den ganzen Ängsten und Depressionen einigermaßen erholt, kam der Krieg. Und jetzt leidet sie unter dem Mobbing in der Schule. Einsam. Einsam. Und wieder einsam. Niemand außer Tanja redet mit ihr, seit …«

»Ich weiß«, unterbricht Paul. »Mein Leben lang werde ich mir Vorwürfe machen, und sie wird ihr Leben lang darunter leiden. Du solltest in die Schule gehen und mit ihren Lehrerinnen reden. Wenn ich dort auftauche, bespritzen mich die Kids zum Gaudium aller sicher mit Urin, und die Lehrerinnen applaudieren dazu.«

»Ich gehe dort nicht hin«, erklärt Flora, »es hat doch längst keinen Sinn mehr, sich zu beschweren.«

»Außerdem muss Lena lernen, sich durchzusetzen«, meint Eva. »Die harte Schule des Lebens!«

»Herrgott, Mama, sie ist erst zwölf!«, empört sich Paul.

»Na und? Mit elf habe ich einem Typen, der zudringlich geworden war, die Nase gebrochen.«

»Ja, zweifellos nachahmenswert«, murmelt Paul.

»Wie soll sie sich denn gegen diese Weiber durchsetzen?«, fragt Flora. »Die Lehrerinnen sind größtenteils emotional verkümmert und die Mädchen dämliche, verwöhnte Gören, die an Lena ihre Aggressionen auslassen. Zu Hause werden sie zu engelsgleichen Wesen erzogen, die den Erwachsenen etwas vorsäuseln. In Wirklichkeit aber sind sie Monster. Ausgeburten der Hölle!«

»Hexen in einer Kleinmädchenwelt«, bemerkt Paul.

»Wir hätten Lena in eine gemischte Schule schicken sollen«, sinniert Flora.

»Knaben? O nein, bloß nicht!«, ruft Paul empört aus. »Die sind doch viel schlimmer! Kleine Schläger und Sadisten. Und wenn sie erst dreizehn sind!!!«

»Wartet einfach ab, was passiert«, meint Eva. »Glaubt mir: Irgendwann kommt auch für diese Quälgeister das böse Erwachen. Vielleicht sollte ICH in der Schule vorbeischauen und mit diesen schamlosen sogenannten Pädagoginnen und den kleinen Gören ein ernstes Wort reden. Und wenn ich rede, dann bin ich offen und direkt, ich rede Tacheles ...«

»Bloß nicht!«, schreit Paul entsetzt, während er seinen Strohhut aufsetzt, einen Schluck Wasser und einen Bissen Brot zu sich nimmt und zur Tür eilt.

»Wo gehst du hin?«, fragt Flora.

»Ich habe etwas zu erledigen.«

»Jetzt? Was denn?«

»Ich bin bald zurück«, sagt Paul und hastet aus der Wohnung.

Eineinhalb Stunden und fünf überwundene Straßensperren später nähert sich Paul dem ehemaligen Gouverneurspalast, einem Amtsgebäude, das der Stadt- und Provinzverwaltung als Sitz dient. Vorgestern hatte er an die Sicherheitsabteilung der Provinzverwaltung eine E-Mail geschickt, in der er sich über die *grausame und in keiner Weise gerechtfertigte Verhaftung des älteren Ehepaars Katz* beschwerte. Das Ehepaar möge sofort wieder freigelassen werden, verlangte er, anderenfalls er seinen im Internet und darüber hinaus weiterhin steigenden Bekanntheitsgrad als »Pisser« (diesmal hatte es ihm großes Vergnügen bereitet, den Begriff niederzuschreiben) nützen werde, um *auf die skandalöse Verfolgung jüdischer Menschen durch die neuen Machthaber der Stadt hinzuweisen.* Die *höchst geschätzten Revolutionäre (und -innen)* würden es bestimmt nicht wollen, *von der Internet-Community, also der ganzen Welt, als Antisemiten und Judenverfolger* angesehen zu werden. Er, der »Pisser«, habe sich mit seinem Schicksal abgefunden und sinne keineswegs auf Rache. Er bitte lediglich um die Freilassung zweier alter Menschen, die in ihrem Leben niemandem etwas zuleide getan hätten. Für ein persönliches Gespräch mit einem Vertreter oder einer Vertreterin der Sicherheitsbehörden oder der Revolutionsregierung, sei dies nun Generalissimus Doktor Boris Lupowitsch persönlich oder jemand anderer, stehe er jederzeit zur Verfügung.

Bevor Paul die Straße überqueren kann, versperrt ihm eine ganze Kompanie von Ulanen hoch zu Ross in Kostümen aus der Zeit der Napoleonischen Kriege den Weg. Es dauert einige Zeit, bis alle vorbeigeritten sind.

»Schon wieder so ein dämliches historisches *Reenactment*«, schimpft ein Passant. »Als wären sie den alten Kinderbüchern entstiegen.«

»Oder dem Schmierentheater einer Klinik für psychisch Kranke entflohen«, pflichtet ihm eine Frau bei, die gleichfalls vergeblich versucht, die Straße zu überqueren. »Gestern sah ich eine Gruppe von Tempelrittern mit Schwertern, Lanzen und rostigen Kettenhemden – aber mit Maschinenpistolen. Woher sie nur das Geld dafür nehmen?!«

»Wundert Sie das? Sämtliche Verrückte dieser Welt sind heute bei uns willkommen. Alle versammeln sich hier, um ihren ganz persönlichen Kampf auszutragen. Wenn du Menschen umbringen und dir dabei vorstellen willst, Kreuzfahrer, Dschihadist, Kosake oder Landsknecht zu sein: komm zu uns! *Gebt mir eure Wahnsinnigen, eure Perversen, eure durchgeknallten Massen, die frei zu atmen hier begehren!*«

Ein Mann mit Saxofon in einer blauen Fantasieuniform, die entfernt an einen Gehrock aus dem 18. Jahrhundert erinnert, mit schwarzem Dreispitz und einer weißen, gepuderten, bezopften Perücke auf dem Kopf ist auf das Dach eines Autos gestiegen, hat eine theatralische Pose eingenommen und spielt mit großer Leidenschaft eine improvisierte Jazz-Version der Nationalhymne. Seine Ohren und sein Gesicht sind feuerrot, die Augen geschlossen; er scheint ganz und gar in seiner Rolle aufgegangen zu sein.

»Quod erat demonstrandum!«, knurrt der Mann.
»Tut mir leid, ich kann kein Spanisch«, sagt die Frau.

Zu seinem eigenen Erstaunen erhielt Paul am nächsten Tag eine Antwort auf seine Mail. Damit hatte er nicht gerechnet, schon gar nicht so schnell.

Sehr geehrter Herr Sarianidis!
Wir danken Ihnen für Ihre Nachricht und Ihre Anfrage und hoffen sehr, das von Ihnen geschilderte Problem ehestmöglich zu Ihrer und unserer Zufriedenheit lösen zu können. Ihrem Wunsch nach einer persönlichen Unterredung kommen wir gerne nach. Bitte finden Sie sich morgen zwischen 9 und 11 Uhr vormittags am Empfang in der Lobby des ehemaligen Gouverneurspalastes ein.
Hochachtungsvoll,
Oberamtsleiter und Revolutionshauptkommissar
Gabriel R. Aslan, OARK8, Abt. XI/6/d
PS.: Nehmen Sie bitte einen amtlichen Lichtbildausweis, Ihren Meldeschein und Ihre Geburtsurkunde mit.

Der alte Gouverneurspalast ist ein klassizistisches Gebäude aus dem frühen 19. Jahrhundert. Im letzten großen Krieg brannte es völlig aus. Die Außenfassade blieb allerdings weitgehend erhalten und wurde restauriert, während das Innere und die Wände des Innenhofes zur Gänze im Stil der ausgehenden Vierzigerjahre des vorigen Jahrhunderts wiederaufgebaut wurden. Dies und die schlecht beleuchteten Büros und Korridore verleihen dem Gebäude eine düstere Atmosphäre, auch wenn das gigantische Atrium mit seiner Höhe von vier Stockwerken und seinen gleichfalls gigantischen Fenstern sehr hell ist und längst unter Denkmalschutz steht. Die Glasmalereien zeigen das »arbeitende Volk«, wie man es im Jahre 1949 idealisierte – eine Bäuerin, einen Stahlarbeiter, einen Dampflokomotivführer, einen Ingenieur und einen Arzt bei der Arbeit: alle bunt gekleidet, glücklich, wohlgenährt, zehn Meter hoch, strahlend, zu prallem Kitsch stilisiert. In der Mitte des Raumes, wo einst die überlebensgroße Statue des »Großen Führers« einer längst vergangenen Epoche gestanden war, befindet sich heute ein Info-Point mit Bildschirmen, Werbebroschüren und weich gepolsterten, braunen Drehstühlen.

Die Geräte funktionieren nicht, die Werbebroschüren sind vergriffen, die Sitze aufgeschlitzt. An einem kleinen, halbrunden Tisch steht ein junger Mann, fast noch ein Knabe, in Anzug und Krawatte, der Pauls Dokumente aufmerksam studiert, einen Passierschein für ihn ausstellt und dann mit einem einstudiert wirkenden Lächeln sagt: »Mein Herr, willkommen! Sie werden erwartet.«

»Tatsächlich?«, staunt Paul. »Das ging ja wirklich schnell.«

»Zimmer 595. Das ist ganz oben im sechsten Stock. Es ist leicht zu finden: Nehmen Sie den zweiten Gang links, biegen Sie dann in den zweiten Quergang rechts ein, von dort in den dritten Gang links; die zweite Treppe auf der rechten Seite gehen Sie dann bitte hinauf bis in den sechsten Stock (die Aufzüge fahren natürlich nicht) und dann nach links … Nein, Verzeihung, rechts. Rechts! Oder. Warten Sie. Doch links? Nein, rechts! Alles klar?« Er gibt Paul die Dokumente zurück.

»Ich glaube schon«, murmelt Paul. »Zimmer 595 im sechsten Stock. Wer wartet dort auf uns?«

»Das weiß ich leider nicht.« Der junge Mann zuckt mit den Schultern, öffnet einen Aktenordner und beginnt, darin zu blättern. »Ich leite nur weiter, ich weise ein und erkläre den Weg, und wenn wir ein Netz haben, bediene ich hier die Computer … Übrigens haben wir, wie Sie wissen, heute bedauerlicherweise weder Wasser noch Internet und auch kein Handynetz. Meiden Sie bitte, wenn möglich, die Toiletten.«

»Gut, danke«, sagt Paul.

»Ach ja, noch was!«, ruft der Knabe Paul hinterher, nachdem sich dieser schon einige Schritte entfernt hat. »Passen Sie auf die Hunde auf!«

»Was?« Paul dreht sich erstaunt um.

»Gestern wurde etwa ein Dutzend Straßenköter im Gebäude gesichtet«, erzählt der Knabe. »Die Biester sind hungrig und aggressiv. Der Chefbuchhalter, ein Mitarbeiter der Steuerbehörde und die Leiterin der Revisionsabteilung wurden bereits gebissen. Die Köter sind also wirklich gefährlich, passen Sie bitte auf sich auf, aber ein Hundefänger ist unterwegs und sollte jeden Augenblick hier eintreffen. Wenn Sie den Hunden begegnen, sollten Sie bitte in einen Büroraum flüchten, schnell die Türe hinter sich schließen und abwarten oder sich, wenn Sie das nicht mehr schaffen, flach auf den Boden legen …«

10

Das Gebäude scheint weitgehend leer zu sein. Jedenfalls hat Paul es von seinen früheren Besuchen viel geschäftiger in Erinnerung. Wahrscheinlich sind viele Beamte aus der Stadt geflüchtet, denkt er. Oder sie kommen einfach nicht mehr zur Arbeit. Ein faules Pack, diese sogenannten Staatsdiener, kein Regimewechsel wird das je ändern können.

Erstaunlich ist allerdings, dass die wenigen Menschen, denen Paul in den Korridoren und auf den Treppen begegnet, freundlich lächeln, und dass einige sogar »Guten Tag!« sagen.

Beamte, die in einem Amtsgebäude grüßen! So etwas hat es weder vor dem Einmarsch der Rebellen noch vor der pinkfarbenen Revolution, vor dem Neujahrsputsch oder gar im *Ancien Régime* gegeben. Freundliche Beamte machen Paul Angst. Irgendetwas geht hier nicht mit rechten Dingen zu, beinahe wünscht er sich, angeschnauzt zu werden, wie es sich gehört, und plötzlich kommt ihm vor, es sei etwas Düsteres und Unwirkliches an diesen höflichen, vorbeihuschenden Gestalten, als wären sie grinsende Zombies oder Dämonen, die sich von einem Augenblick auf den anderen in wilde Bestien verwandeln könnten. Vielleicht sind die Straßenhunde im Gebäude gar keine echten Hunde, denkt er, sondern Sachbearbeiter, Sekretärinnen, Abteilungsleiter und Amtsreferendarinnen, die durch eine magische Fügung des Schicksals in das verwandelt worden sind, was sie von ihrem Wesen her als Angestellte im öffentlichen Dienst ohnehin sein müssten.

Der Korridor im sechsten Stock hat einen Boden aus falschem Marmor, Halbsäulen zwischen den Bürotüren aus falschem Marmor, in die Laternen mit Neonröhren eingearbeitet, und dunkelbraun gestrichene, schwere Holztüren mit ovalen Blechschildern, in die Nummern eingraviert sind. Düster ist es hier – düster, traurig und kalt. Alle Zimmernummern im sechsten Stock sind dreistellig und fangen mit einer Sechs an.

Vielleicht hat er den fünften Stock gemeint, denkt Paul. Oder die Nummer 695? Er beschließt, nachzuschauen.

Das Bürozimmer Nummer 695 befindet sich am Ende des Korridors neben einer schmalen Feuertreppe, zu der der Zugang mit einer Kette versperrt ist. Das Klopfen an der Tür verhallt sofort in der Weite des Gebäudes. Zudem ist die Tür so massiv, dass man im Inneren bestimmt kein Klopfen hören kann. Paul zögert kurz und tritt ein.

Das Büro entspricht dem üblichen Standard: Es handelt sich um einen länglichen Raum mit zwei hohen Fenstern auf der rechten und einem Aktenschrank auf der linken Seite. In der Mitte des Raumes steht ein großer, schwerer Schreibtisch, hinter dem eine kleine, zierliche Frau sitzt und telefoniert. Auffallend ist ihr greller, zitronenfarbener Blazer, ihr tiefschwarzes Haar und zwei rote Rosen in einer Vase auf dem Tisch – ein wohltuender Kontrast zu der eher düsteren Ausstattung des Büros. Die einst weißen Wände haben im Laufe der

Jahre eine mausfarbene Tönung angenommen. Tisch und Aktenschrank sind in dezentem Braun gehalten, während der beigefarbene, aus undefinierbarem Material gefertigte Boden schwarze Streifen und Flecken aufweist. An der Wand im Rücken der Frau sieht man noch die Einbuchtung, in der sich vor siebzig Jahren wie in allen Büroräumen das Relief des »Großen Führers« und später die Bilder und Porträtfotos seiner Nachfolger befunden hatten. Jetzt hängt an dieser Stelle ein mit Reißnägeln an die Wand geheftetes Plakat, das den amerikanischen Pop-Sänger John Legend am Klavier zeigt. Markanter als alles andere ist aber der Kristallluster, der direkt über dem Schreibtisch hängt. Der Luster gehört zu den letzten Resten der einst prunkvollen Ausstattung einzelner Büroräume in diesem Haus. Er beherrscht alles. Kaum ist Paul eingetreten, starrt er wie gebannt diesen gigantischen Luster an, der genau auf halbem Weg zwischen Decke und Boden und zudem exakt in der Mitte des Zimmers hängt.

Die Frau hinter dem Schreibtisch scheint über das plötzliche Erscheinen eines Fremden keineswegs irritiert zu sein. Sie hält den Hörer mit der Hand zu, hebt den Kopf, lächelt und sagt freundlich: »Eine halbe Minute noch, bitte! Nehmen Sie doch Platz.« Danach senkt sie wieder den Kopf und setzt ihr Telefongespräch fort: »Hast du denn schon unter dem Kühlschrank nachgeschaut, Bärli?«

Paul schaut sich um, findet aber weder Stühle noch sonst eine Sitzgelegenheit im Raum. Also bleibt er stehen und wartet.

»Woher soll ich wissen, wo deine Geldbörse ist, Bärli? Es ist außerdem gar nicht sicher, ob der Wisch dort drinnen ist. Es wäre ja zu einfach, wenn du die Dinge immer an denselben Platz legen würdest, nicht wahr? … Bärli?!«

Pauls Blick wandert vom Gesicht der Beamtin hinauf zum Luster und von dort zu John Legend. Der amerikanische Sänger passt in diesen Raum wie ein Fisch in die Wüste.

»Bärli!!!«, schreit die Frau währenddessen verärgert in den Hörer. »Ohne Lebensmittelkarte kannst du nun einmal nicht einkaufen gehen. Wir hätten uns die App herunterladen sollen.«

Plötzlich hat Paul die furchtbare Vorstellung, dass demnächst ein Erdbeben kommt, bei dem der Luster der Beamtin direkt auf den Kopf fällt.

»Ja, Bärli, ich weiß, dass es derzeit weder Internet noch ein Handynetz gibt und eine App uns daher nichts bringen würde.« Ihr Tonfall wird immer ungeduldiger, dringlicher, sarkastischer. »Klar weiß ich, dass du der Größte und der Klügste bist und alles vorhersehen kannst. Aber wenn du vergessen hast, wo du unsere Lebensmittelkarten hingelegt hast, nützt uns das nichts.«

Nein, der Luster würde der Beamtin nicht auf den Kopf, sondern mitten auf den Tisch fallen, die Kristallperlen würden bersten und wie Schrapnell in alle Richtungen fliegen.

»Ach, Bärli! Das fragst du mich aber nicht ernsthaft! Wie alt bist du? Es ist doch unglaublich, dass ein neununddreißig Jahre alter Mann …« Sie bricht ab, hält wieder die Sprechmuschel zu, hebt den Kopf, lächelt und sagt: »Bitte entschuldigen Sie. Wir haben hier ein kleines Problem. Eine private Unwägbarkeit sozusagen.«

»Schon okay!«, sagt Paul.

»Aber setzen Sie sich doch!«, bittet die Frau. »Setzen Sie sich.«

Paul sucht den Raum noch einmal mit den Augen ab, entdeckt aber nur einen winzig kleinen Tisch auf Rädern, auf dem ein Wasserkrug und ein Trinkglas stehen, und bleibt mit seinem Blick wieder am Luster hängen.

»Bärli, ich muss arbeiten; du musst dieses Problem irgendwie selbst lösen. Wenn du's nicht schaffst, ruf deine Mutter an«, sagt die Beamtin und legt auf. »Trottel!«, murmelt sie, schüttelt den Kopf, seufzt, richtet sich auf, beginnt wieder zu lächeln und fragt: »Wie kann ich Ihnen helfen?«

Paul erklärt sein Anliegen und reicht der Dame sämtliche Dokumente und den Passierschein.

Die Frau heißt Angelina Soos, sie ist Sachbearbeiterin im Bereich *Stadtlogistik*, *Amtscontrolling* und *Interner Datenaustausch* und erklärt sich für »nicht zuständig«, verspricht aber, unten am Empfang anzurufen. Leider habe sich die gesamte Verwaltung in die Hauptstadt abgesetzt, »das Gebäude aber hier bei uns gelassen«. Seitdem passierten immer wieder Fehler und seltsame Dinge im Haus. Kurzschlüsse. Stromausfälle. Defekte Aufzüge. Bissige Hunde und sonstige, auch zweibeinige, Bestien. Das Festnetz funktioniere aber glücklicherweise noch.

Während sie telefoniert, fällt Paul auf, dass sie ein hübsches Gesicht mit großen, grünen Augen hat und dass auf dem Tisch außer der Vase, dem Telefon und dem Laptop ein gerahmtes Bild steht. Von hinten kann er nicht sehen, was es darstellt. »Es ist natürlich die Nummer 559 und nicht 595«, erklärt Angelina Soos nach dem Telefonat. »So hoch hinauf gehen die Nummern im fünften Stock gar nicht. Nur bis 588. Und eine Nummer, die mit fünf beginnt, kann nie und nimmer im sechsten Stock sein, sondern nur im fünften. Das Bürschchen hat wieder einmal völligen Mist gebaut.«

»Ich danke Ihnen!«, sagt Paul.

»Die Treppe hinunter und dann nach rechts. Sie werden leider recht weit gehen müssen, 559 ist eher am anderen Ende des Korridors.«

»Danke. Kein Problem.«

»Kann ich noch etwas für Sie tun?« Sie grinst so freundlich, dass es Paul kalt über den Rücken läuft. Fast wäre er geneigt zu fragen, was hier los sei, doch stattdessen schielt er wieder Richtung Luster, der eine unwiderstehliche Anziehungskraft auf ihn ausübt. »Es wäre interessant zu erfahren …«, murmelt er und stockt.

»Ja?«, fragt die Beamtin.

»Ich würde gerne wissen …« Er macht eine weitere Pause.

»Ja?«

»Wie hört sich das wohl an, wenn diese fantastischen Glasperlen über Ihrem Kopf gegeneinanderschlagen. Wie klingt, also … wie klirrt das?« Das Grinsen erstarrt in Angelina Soos' Gesicht. »Welche Musik hört man, wenn es draußen stürmt und Sie das Fenster öffnen? Wenn der Wind nach diesem Luster greift, was singt er uns dann vor? Jeder Gegenstand hat seine Musik.«

Das Grinsen in Angelina Soos' Gesicht wird auf einmal wieder breiter.

»Bitte entschuldigen Sie«, wendet sich Paul an die Beamtin, presst beide Hände gegen die Brust, zieht die Schultern hoch und macht eine kurze Verbeugung mit dem Oberkörper.

»Ich öffne nur selten das Fenster«, erklärt Angelina Soos, »und in unserem Innenhof ist es nie windig. Aber Sie werden lachen: Die Frage nach der Melodie des Lusters habe auch ich mir gestellt, als ich vor drei Jahren in dieses Büro eingezogen bin.« Nach diesen Worten zieht sie plötzlich ihre Schuhe aus, klettert auf den Stuhl und von dort auf den Tisch.

»Ich werd' verrückt«, flüstert Paul, so leise, dass die Beamtin ihn nicht hört.

»Achtung, aufgepasst!«, verkündet Angelina Soos feierlich, schaut in die Höhe, streckt den Hals, reckt den rechten Arm nach oben, wobei ihr Blazer verrutscht und ein sehr dünnes, zerbrechlich aussehendes Handgelenk freilegt, und streicht mit dem Zeige- und dem Mittelfinger von links nach rechts an den Perlen des Lusters entlang und dann wieder zurück von rechts nach links. Ein heller, kristallklarer Ton lässt Paul an einen buddhistischen Tempel, an fließendes Wasser und gestundete Zeit und einen japanischen Garten denken. »Fantastisch«, flüstert er und fühlt sich auf einmal so wohl und so frei und so berührt wie seit langem nicht mehr. »Wie zart und fröhlich das klingt! Mein Gott, ist die Welt doch schön!«, ruft er aus. »So viele kleine Schönheiten in all dem großen Elend um uns herum!«

»Ja, in der Tat«, bemerkt Angelina Soos, während ihr Gesicht von einem Moment auf den anderen ernst wird. Sie schaut nachdenklich auf Paul hinunter und meint: »Was glauben Sie, was mir die Kraft gibt, an diesem Ort zu überleben?! Überhaupt zu überleben. Einfach nur zu leben. Trotz allem und allem zum Trotz.«

11

Das Zimmer 559 hat einen kleinen Vorraum, und in diesem Vorraum liegen drei tote Hunde wie Jagdtrophäen auf einem Tisch. Ihr Fell ist blutig, die Zungen quellen heraus – große, zottelige Promenadenmischungen, die man lieber tot als lebendig in seiner Nähe hat. Über den Kadavern verströmt eine Neonröhre gleißendes, künstliches Licht, das an einen Operationssaal denken lässt.

Ein Mann säubert sichtlich stolz seine Pistole und erklärt, er habe die Bestien am Eingang zur Damentoilette erlegt. »Und dabei sind zwei von ihnen Rüden, diese Spanner«, sagt er und lacht. »Zwei Burschen waren hinter dem Mädchen her, doch dann kam ich und: bum, bum … bum!« Er macht unmissverständliche Bewegungen mit Zeigefinger und Daumen der rechten Hand.

»Gratuliere«, sagt Paul mit einem leichten Hohn in der Stimme.

»Ja, ja, lästern Sie ruhig«, meint der Mann – ein großer, durchtrainierter Typ in schwarzem Anzug, mit Bürstenhaarschnitt und einem goldenen Ohrring im rechten Ohr. »Wir leben in einem Land der Drecksköter, aber das wird sich bald alles ändern.«

»Das habe ich schon zu oft gehört«, bemerkt Paul.

»Aber jetzt stimmt es wirklich!« Der Mann steckt die Pistole in das Halfter und streckt stolz die Brust heraus. »Sie werden sehen.«

»Oder aber ich bin es, der irgendwann einmal als Dreckskōter auf dem Tisch liegt, während andere stolz neben mir posieren«, sagt Paul.

Der Mann holt tief Luft, kommt aber nicht mehr dazu, etwas zu erwidern, denn genau in diesem Augenblick öffnet sich die Tür zum dahinterliegenden Büro und eine Frau betritt forschen Schrittes den Raum. Paul erkennt sie sofort.

»Ach, mein Lieber, ich bin so froh, Sie zu sehen! Seien Sie willkommen!« Paul kommt diese Begrüßung zwar bizarr und deplatziert vor, aber er lächelt und streckt der Frau – was der Etikette ganz und gar nicht entspricht – als Erster die Hand entgegen.

»Paul Sarianidis«, sagt Paul.

»Angenehm. Feline Kiska«, sagt die Frau.

»Ja, ich weiß«, meint Paul. »Die Frau mit Ei…«

»Sagen Sie's nicht!«, unterbricht ihn Feline Kiska schnell. »Ich hasse diesen dämlichen Spruch. Aber was soll ich machen: So etwas entscheiden unsere Werbefachleute, nicht ich.«

»Ich verstehe.«

»Herr Sarianidis! Was für eine Freude! Sie sind ja inzwischen eine richtige Berühmtheit.«

»Ja, leider.«

»Darf ich Paul zu Ihnen sagen?«

»Okay«, murmelt Paul erstaunt. Was für ein Narrenhaus!, denkt er und beschließt, sogleich sein Anliegen vorzutragen, doch Feline Kiska kommt ihm zuvor. »Folgen Sie mir bitte in mein Büro«, sagt sie. »Dort können wir alles in Ruhe besprechen. Alle Fragen lösen. Ach, lieber Paul, ich finde es so spannend, dass Sie hier sind!« Sie wendet sich an den Mann im schwarzen Anzug und erklärt: »Manuel, ich danke Ihnen für Ihr Engagement bei der Jagd auf die Bestien, Sie sind ein solcher Schatz, was täte ich nur ohne Sie, aber bitte entsorgen Sie schleunigst diese Leichen. Sie zerstören meine gute Laune.«

»Sehr wohl, gnädige Frau«, sagt Manuel.

»Wann ist denn dieser Ramses, der Hundefänger, endlich da?«, fragt Kiska. »Die Zustände im Haus sind unerträglich! Ohne Sie, lieber Manuel, würde ich mich ja nicht einmal zur Toilette hinaustrauen.«

»Ramón, gnädige Frau! Er heißt Ramón und kommt aus der spanischen Stadt Ceúta in Nordafrika.«

»Wie auch immer.«

»Es wird behauptet, er sei der beste Jäger der Welt. Sogar die deutsche Kanzlerin Angela Merkel hatte ihn angeblich vor zehn Jahren engagiert. Man nennt ihn *El Cadáver*, Sie können sich vorstellen, warum.«

»Wie er genannt wird, ist mir egal. Meinetwegen auch *El Padre* oder *El Niño* oder *Jesús*. Hauptsache, er ist bald da und macht seinen Job!«

»Er sollte jeden Augenblick eintreffen, gnädige Frau. Man wird Sie anrufen.«

»Na hoffentlich!« Kiska seufzt. Dann fasst sie Paul an der Hand, zieht ihn ins Büro und lässt mit einer geübten Bewegung ihres rechten Fußes die Tür hinter sich zufallen.

Dieser Raum hat sich – im Unterschied zu den meisten anderen im Haus – das bombastische Neubarock der unmittelbaren Nachkriegsjahre zur Gänze bewahrt. An der Wand hinter dem Schreibtisch, über der Stelle, wo sich einst das Relief des »Großen Führers« befunden hatte, ist immer noch die Jahreszahl *1949* zu lesen. Damals, rechtzeitig zum siebzigsten Geburtstag des

Diktators, war der Gouverneurspalast wiederaufgebaut worden und hatte dabei ein dem Anlass entsprechendes Interieur verpasst bekommen: Marmor, Gold, Kristall, Mahagoni, Mosaiken, Aufschriften in den wichtigsten Sprachen des großen Landes, in dem der »Große Führer« geherrscht hatte. Fernsehgerät, Computer, Laptop, Drucker, WLAN-Box und andere Spuren der Moderne fügen sich eher dezent ins Ensemble ein, genauso wie Feline Kiska selbst mit ihrer zierlichen Figur, ihrem schwarzen, eng geschnittenen Kleid, Perlenkette, schwarzen Stöckelschuhen und den zusammengebundenen Haaren.

Kiska bittet Paul, an einem kleinen Tisch mit runder Platte aus weinrotem Marmor Platz zu nehmen. Kaffee? Tee? Mineralwasser? Zu Kaffee und Mineralwasser sagt Paul nicht Nein. Kiska schiebt ein meterhohes Ölgemälde, das glückliche Bauern beim Einfahren der Ernte zeigt, wie eine Schiebewand auf die Seite: Hinter der Wand sind eine Bar, ein kleiner Herd, eine Kaffeemaschine und ein Kühlschrank – eigentlich eine vollständig ausgestattete Kochnische – versteckt. Ein weißes, mattes Licht geht an, und das Summen des Kühlschranks ist im ganzen Raum zu hören.

Paul beobachtet, wie Feline Kiska an der Kaffeemaschine hantiert. »Ich würde ja viel lieber meine Assistentin bitten, uns einen Kaffee zu machen, aber sie wurde heute Morgen leider gebissen und ist jetzt im Krankenhaus. Vorgestern Corona, gestern Krieg, heute Hunde, morgen Flöhe. Dreckskköter!«

»Das tut mir sehr leid«, sagt Paul leise.

»Mir auch«, knurrt Kiska verärgert. »Ich hoffe, dieser El Kaviar ist wirklich bald da.«

»Kadaver«, korrigiert sie Paul.

»Mit Milch und Zucker, oder nur mit Milch oder nur mit Zucker?«

»Schwarz, bitte, ohne Zucker.«

»Ich weiß, was Sie jetzt denken!«

Er zuckt erschrocken zusammen, zieht den Kopf ein und murmelt: »Wirklich?«

»Ja«, sagt sie. »Sie fragen sich bestimmt: Warum ist diese Dame und warum sind überhaupt alle hier in diesem Gebäude plötzlich so freundlich und hilfsbereit?«

»Das frage ich mich tatsächlich. Ich weiß ja, in welchem Land ich lebe.«

»Und genau das ist das Problem«, meint Kiska, während sie eine Mineralwasserflasche und zwei Gläser auf den Tisch stellt. »Wir wollen eine Gesellschaft und ein Land aufbauen, in dem nicht alle automatisch davon ausgehen, die Menschen gingen miteinander um wie wildgewordene, bissige Köter.«

»Löblich«, murmelt Paul. Aber völlig unrealistisch, denkt er.

»Politiker und Beamte sind dazu angehalten, den Service-Charakter ihres Tuns hervorzuheben. Wir sind keine Herrscher, wir sind keine Ausbeuter, wir sind keine Götter, die man demütig um etwas bittet, wir sind vielleicht ein bisschen korrupt, weil es die Leute verwirren und ängstigen würde, wenn wir es plötzlich nicht mehr wären, aber wir bleiben trotzdem stets Diener des Volkes. Was wir beim Volk mit einer Hand kassieren, geben wir großzügig mit der anderen Hand wieder zurück. Bescheidenheit und Güte sind unser Markenzeichen.«

Irgendwo auf dem Gang fällt ein Schuss und gleich

darauf ein weiterer. Das Echo verhallt in der Weite der Korridore und Stiegen. Dann hört man ein Jaulen, das in ein Winseln übergeht.

»Wir werden sie ausmerzen!«, verkündet Kiska mit hörbarer Wut in der Stimme. »Verfluchte Vierbeiner! Früher wurden sie in den Tierheimen vergast. Recht so. Ab in die Gaskammer! ... Was hatte ich eigentlich vorhin gerade gesagt?«

»Dienen statt herrschen«, gibt ihr Paul das Stichwort. »Bescheidenheit und Güte.«

»Genau! Heute haben unsere Truppen unter der Führung der Marschalle Ka und Pets die finale Offensive gegen die Hauptstadt gestartet. Die Truppen des Präsidenten lassen ihr Gerät und ihre Ausrüstung liegen und laufen wie aufgeschreckte Hühner hysterisch gackernd davon. Das Ende des Krieges ist nah. Es wird der Anfang einer neuen Zeit sein.«

»Wurden Ka und Pets nicht kürzlich wegen Unfähigkeit degradiert?«, fragt Paul. »Ich kann mich erinnern, wie einer der beiden sich im Fernsehen vor laufender Kamera selbst die Generalsabzeichen von den Schultern gerissen, sie auf den Boden geworfen und mit Tränen in den Augen Selbstkritik geübt hat.«

»Ihnen wurde verziehen«, erklärt Kiska. »Sie wurden rehabilitiert. Die Ka-Pets-Offensive ist, wie gesagt, ein voller Erfolg: ein taktisches und strategisches Meisterstück.«

»Die Großmutter aller Schlachten, sozusagen«, scherzt Paul und lacht, doch Kiska lächelt nicht einmal, sondern wirft ihm einen ernsten, vorwurfsvollen Blick zu und wechselt das Thema. »Sie dürfen hier rauchen, wenn Sie wollen«, sagt sie (es klingt wie ein Befehl) und deutet auf einen großen Aschenbecher aus schwarzem Marmor, der in der Mitte des Tisches steht.

»Danke, sehr freundlich«, sagt Paul und greift nach seiner Zigarettenschachtel.

»Warten Sie, ich habe etwas ganz Besonderes für Sie«, erklärt Kiska, öffnet eine Schreibtischlade und holt etwas heraus, das Paul vor Erstaunen und Aufregung fast den Atem verschlägt: Es ist eine Schachtel *Braunbär im Walde*. Die heimische Zigarettenmarke ist legendär, wird aber seit fast vierzig Jahren nicht mehr produziert. Die Schachtel ist aus grobem Karton und hat einen Deckel, der sich nach oben aufklappen lässt. Das Logo zeigt einen genussvoll grinsenden stilisierten Bären mit weit aufgerissenem Maul und scharfen Zähnen, einer brennenden Zigarette in der rechten und einem Feuerzeug in der linken Pfote sowie einen Wald im Hintergrund. Ein ähnliches Bärenbild – ohne Feuer und Zigaretten – war in Pauls Kindheit auf der Verpackung der Kinderschokolade *Bärchen*, die er gerne aß, zu sehen gewesen. Wahrscheinlich, denkt Paul, wurde beides – Zigarettenpackungen und Schokoladepapier – in derselben Fabrik hergestellt. Im alten Regime war so etwas durchaus möglich.

»Unsere geheimen Restbestände«, erklärt Kiska und grinst stolz. »Bevor die Produktion eingestellt wurde, hat die damalige Obrigkeit einiges für sich selbst und ihre Freunde abgezweigt und gelagert. Nun haben wir es sozusagen geerbt: Bedienen Sie sich!«

Der Tabak ist weder trocken noch verschimmelt. Nach dem ersten Zug weiß Paul, dass alles, was ihm ältere Leute über diese Zigarettenmarke erzählt haben, der Wahrheit entspricht. Während Kiska ein Telefonat entgegennimmt, dem unsichtbaren Gegenüber mit einigen knappen »Ja« und »Nein« antwortet und wieder auflegt, beginnt sich das Zimmer vor Pauls Augen zu drehen, sein Atem stockt, er spürt seine Beine nicht mehr und hat das Gefühl, nach hinten zu kippen. Und dann überkommt ihn, wenn auch nur für wenige Augenblicke, ein unbeschreibliches Glücksgefühl. Er fliegt davon, schwebt, gleitet über den Regenbogen, ertrinkt in Watte mit Himbeer- und Currygeschmack, erstickt in einem süßlichen, blendenden Nebel und taucht schließlich in einem Meer erquickender Gleichgültigkeit unter. Sie haben recht!, denkt er sich. O ja, wie recht sie doch haben: all die Leute, die sich dem schönen, seligmachenden, sinnlichen Augenblick hingeben können, und sei es nur der rasch vergängliche Genuss, dem wunderbaren Spiel von Kristallperlen eines bombastischen Lusters zu lauschen. Dafür leben wir! Für diese wenigen Augenblicke, für die Pausen zwischen den Augenblicken, für den Höhepunkt und das nicht minder beglückende, dem Höhepunkt folgende Zusammenfallen, das Abgleiten und Vergehen. Auflösen. Danach soll die Welt zum Teufel gehen, wenn sie will, wenn es sein muss, oder wenn es nicht anders geht. Was soll's, scheiß auf alles und Deckel drauf – früher oder später kratzen wir ja sowieso alle ab und werden vergessen!

»Toll, nicht wahr? Das ist kein Lungentorpedo mehr«, bemerkt Kiska, während sie neben Paul am Tisch Platz nimmt und sich ebenfalls eine Zigarette anzündet, »sondern ein Lungenbombenteppich. Vielleicht sogar eine Lungenkatjuscha.«

»WS-1B«, meint Paul. »Also – die chinesischen Raketen, mit denen unsere Stadt von euch beschossen wurde, bevor ihr einmarschiert seid. Gehen wir mit der Zeit!«

»Mein Vater hat seit seinem dreizehnten Lebensjahr *Braunbär im Walde* geraucht«, sagt Kiska.

»Und ist wahrscheinlich an Lungenkrebs gestorben«, scherzt Paul und ärgert sich sofort über seine Worte.

»So ist es leider«, erklärt Kiska traurig, »er wurde nur 38. Kein Alter zum Sterben. Lungenkrebs!« Sie macht einen tiefen Zug, schaut die Zigarette konzentriert an und lässt den Rauch durch die Nase entweichen. »Der Tod meines Vaters war mein schlimmstes, wenn auch natürlich nicht mein einziges Kindheitstrauma.«

»Das tut mir leid«, murmelt Paul, macht die Zigarette aus und greift nach der Mineralwasserflasche.

»Wenn ich *Braunbär im Walde* rauche, fühle ich mich meinem Vater sehr nahe«, erklärt Kiska, nimmt Paul die Flasche aus der Hand, schenkt ihm und sich ein, hält inne, schweigt einige Augenblicke und sagt dann: »Sie sind also wegen der beiden Juden hier und möchten, dass wir sie freilassen.«

»Ja. Genau. Konstantin und Moira Katz heißen die beiden. Er ist Geiger und hat bis vor wenigen Jahren im Städtischen Orchester gespielt, sie war … eh …« Zu seiner Bestürzung kann er sich immer noch nicht erinnern, was Myschka beruflich gemacht hatte.

»Sie war Bauingenieurin, so wie ich«, berichtet Kiska.

»Ach ja, natürlich, das Baubüro!«, murmelt Paul. »Jeden Morgen war sie dorthin unterwegs.«

»Warum sind Ihnen die beiden so wichtig?«, fragt Kiska.

»Sie sind alte Leute, die niemandem etwas Böses getan haben.«

»Meinen Sie?«, fragt Kiska. »Aber sogar wenn das so wäre, ja und? Warum engagieren Sie sich in dieser Sache so? Soweit ich weiß, hatten Sie zu diesen Nachbarn nie eine enge Beziehung.«

»Woher wollen Sie das wissen?«, fragt Paul.

»Wir wissen alles.« Die Freundlichkeit schwindet aus Kiskas Gesicht. »Wenn wir etwas wissen wollen, dann wissen wir es.« Plötzlich wirkt sie einen Kopf größer. »Haben Sie vergessen, wo Sie sind und mit wem Sie reden?« Ihre Stimme klingt hart.

»Ich dachte, es werde sich nun alles ändern«, meint er; seine Stimme ist höher und zarter, als ihm lieb ist. »Der Service-Charakter, Diener des Volkes, freundliche Beamte und so.«

»Noch ist es nicht so weit«, bemerkt Kiska trocken, beginnt aber plötzlich wieder zu grinsen, legt Paul den Arm um die Schulter und sagt: »Paul Sarianidis, Paul, wir kennen uns von früher. Erkennst du mich denn nicht, du kleiner Mistkäfer?«

»Nnnein«, stammelt Paul. »Oder doch?« Krampfhaft strengt er sein Gehirn an: *What the Fff...?*

»Jetzt enttäuschst du mich aber!« Sie zieht den Arm wieder zurück.

»Es tut mir leid. Ich verstehe nicht, was Sie meinen.«

»He! Die *Musische Mittelschule* im Jahre 2001. Nu? Dämmert's?«

»Aaah«, summt er verzweifelt. »Du warst, du bist ...«

»Feline Kiska. Schon damals die Kiska Feline. Die kleine, fette Göre aus der C-Klasse zwei Jahre über dir? Na? Der kreischende Fettkloß, so nannten sie mich damals, aus dem Chor, in dem auch du mitgesungen hast!? Der berühmte *Puccini-Chor* der Schule mit dem nicht minder berühmten Professor Jakob Spirono – ein Schlafmittel auf zwei Beinen.«

»Aaah!«, ruft Paul aus, schlägt sich mit der Handfläche gegen die Stirn, so als würde er sich erinnern, obwohl er sich weiterhin überhaupt nicht an eine Feline Kiska aus seiner Schulzeit erinnern kann. »Natürlich. Feline Kiska, der singende Fettkloß. Die Mädchen haben dich fertiggemacht. Aber nun hast du ja ordentlich abgenommen und einiges erreicht im Leben. Im Unterschied zu ihnen.«

»Kreischend, nicht singend«, korrigiert ihn Kiska. »Abgenommen habe ich schon mit achtzehn. Und es waren nicht nur die Mädchen, die mich fertiggemacht haben, auch die Jungs. Sie werden es büßen!«

»Ja, das kann ich mir vorstellen«, murmelt Paul.

»Jetzt schau nicht so ängstlich!«, bemerkt Kiska und kichert. »Mit dir habe ich etwas ganz anderes vor.«

Paul holt aus der Zigarettenpackung einen weiteren *Braunbären im Walde* heraus und zündet ihn schnell an.

»Also, erklär es mir: Warum setzt du dich für diese Juden ein? Bitte um eine rasche und ehrliche Antwort.«

»Ich will einmal im Leben das Richtige tun!«, sagt Paul.

Kiska schaut ihn zuerst entgeistert mit offenem Mund an, dann prustet sie los, nimmt einen Schluck Wasser, verschluckt sich, hustet, schnappt nach Luft, hustet wieder und kann sich nicht mehr halten vor lachen.

»Ja! Ich weiß. Aber es ist genauso banal, wie es klingt!«, versichert Paul. »Ich will einmal im Leben das Richtige tun. Nicht mehr, nicht weniger.«

»Die Juden sind ein mächtiges Volk«, sinniert Kiska. »Ich hasse Verschwörungstheorien, aber im Falle der Juden ist es naheliegend, dass es mächtige jüdische Institutionen gibt, die der Welt ihren Stempel aufdrücken, die das eigene Volk beschützen und dabei andere ausbeuten, in und außerhalb Israels, in den USA, in Europa, natürlich auch bei uns. Wenn du dich mit ihnen anlegst, schicken sie dir sogenannte Investoren, NGOs, Flüchtlinge oder einen Virus. Oder alles zusammen … Und du?« Sie schaut Paul fragend an? »Was ist dein Gewinn? In wessen Auftrag bist du hier? Wir hatten eigentlich gehofft, dass Israel, der Jüdische Weltkongress oder eine andere jüdische Einrichtung die jüdischen Gefangenen aus unseren Gefängnissen freikauft. Spielst du dabei irgendeine Rolle?«

»Keine Ahnung, wovon du sprichst.«

»Was willst du wirklich?«, fragt Kiska.

»Ich will einmal im Leben das Richtige tun«, wiederholt Paul und versucht dabei, so ruhig wie möglich zu wirken.

»Du solltest dich lieber fragen, wie dein Leben in Zukunft sein wird.«

»Das ist keine Frage, das ist eine Aufgabe.«

»Ich muss dir etwas zeigen, komm mit!«, sagt sie, geht hinter ihren Schreibtisch, klopft etwas in die Tastatur ihres Laptops, schaut konzentriert, runzelt die Stirn. Ihre Augen springen hin und her, bevor sie einen Punkt in der fiktiven Ferne des Bildes auf dem Bildschirm fixieren. »Gut, dass ich das heruntergeladen habe, bevor das Internet abgestürzt ist«, bemerkt sie leise.

Paul legt die Zigarette weg, macht eine Runde um den Schreibtisch, starrt ebenfalls auf den Bildschirm, zuckt zusammen, beißt sich auf die Lippen. »Himmel und Hölle! Wer zum Teufel …?!«, ruft er aus. »Der Teufel hat nichts damit zu tun«, fällt ihm Kiska ins Wort und grinst. »Himmel und Hölle schon gar nicht. Den Teufel brauchen die reichen Europäer, die schwulen Holländer, die albernen Italiener, die biederen Deutschen … Wir hingegen, wir sind unser Leben lang sowieso auf dem Weg zum Teufel, und wenn wir bei ihm ankommen, ist er nichts weiter als ein alter Freund.«

12

Das Neonlicht an der Decke flackert, dass man glauben könnte, es handle sich um eine Leuchtreklame. Das fahlgelbe Gesicht der Frau, das man jede zweite Sekunde zu sehen bekommt, ist allerdings nicht dazu angetan, irgendetwas zu bewerben. Vielmehr lässt es an einen Trailer zu einem Horrorfilm oder an einen Stummfilmklassiker desselben Genres denken. Der Raum, in dem sich die Frau befindet, ist nur wenige Quadratmeter groß, fensterlos, hat graue Betonwände, einen Betonboden und eine Betondecke. Eine graue Matratze dient als Schlafstätte, ein Loch im Boden offenbar als Toilette, in einer Ecke stehen ein Blechnapf und ein Wasserkrug, wohl ebenfalls aus Blech. In einer anderen Ecke liegen ein paar Zeitungen.

»Das ist einer unserer Erziehungsräume. In solche Unterkünfte sperren wir Menschen, denen wir zu verstehen geben, dass sie ihre Nasen nicht in Sachen stecken sollen, die sie nichts angehen.«

»Und das funktioniert?«, fragt Paul.

»Natürlich.«

»Willst du mir Angst einjagen?«

»Hast du denn keine Angst?«

»Was willst du wirklich von mir?«

»Bist du denn gar nicht daran interessiert zu erfahren, wer die Frau ist, die hier eingesperrt ist?«

»Sollte mich das etwas angehen?«, fragt Paul, während er die Frau eingehender betrachtet. Es handelt sich um eine korpulente, junge Person Ende zwanzig, die eine Art grauen Pyjama trägt, auf dem Boden kauert, apathisch wirkt und nur gelegentlich in die wahrscheinlich über der Zellentür angebrachte Kamera verschüchterte, gehetzte Blicke wirft. Hin und wieder bewegen sich ihre Lippen, doch kann Paul weder hören noch ablesen, was sie sagt.

»Das ist Wiebke Schlager«, verkündet Kiska. »Die deutsche Journalistin, die extra zu uns gekommen war, um dich zu interviewen. Wir waren so frei, dieses Interview kurzfristig abzusagen.«

»Aha«, flüstert Paul und versucht krampfhaft, den Eindruck zu erwecken, als würde ihn die Sache nicht oder nur wenig interessieren. »Ich kenne sie nicht, habe nur einmal kurz mit ihr telefoniert. Schnee von gestern.«

»Wie viele Mails hast du den beiden arabischen Betrügern geschrieben, wie oft hast du angerufen, um zu erfahren, warum diese Wiebke Schlager nie bei dir angekommen ist? Nun weißt du, wo sie ist.«

Paul zuckt mit den Schultern und schweigt.

»Wir lassen sie frei, wenn die Zeit gekommen ist«, erklärt Kiska.

»Es ist dumm von euch und eurer Revolutionsregierung, es sich mit Deutschland zu verscherzen.«

Kiska beginnt zu lachen. »Glaubst du wirklich, dass es sich die Deutschen wegen dieser kleinen Nummer von Journalistin mit uns verscherzen?«, fragt sie. »Wir haben wertvolle Rohstoffe. Sobald wir die Hauptstadt eingenommen haben, werden alle Länder der Welt um die Wette laufen, um uns anzuerkennen. Das Einzige, was diese Journalistin wertvoll macht, ist ihr deutscher Pass, aber auch der ist nicht mehr so wertvoll, wie er einmal war.«

»Ja, ich weiß«, bemerkt Paul bitter. »Ohne deutschen Pass wäre diese Frau nichts weiter als lebender Biomüll.«

»Sie beherrscht übrigens perfekt unsere Sprache«, berichtet Kiska. »Ihre Mutter stammt von hier, aus unserer Stadt. Sie hat sich in den Neunzigerjahren einen deutschen Businessman, so einen typischen Raubtierkapitalisten, der uns in Zeiten des Elends noch elender gemacht hat, als wir ohnehin schon waren, geangelt und ist mit ihm nach Deutschland abgehauen.«

»Aha«, murmelt Paul.

»Die Frau Mama hat ihre Schönheit und ihre horizontalen Talente perfekt eingesetzt, um sich und ihren Kindern, die sie diesem Herrn später gebar, ein gutes Leben zu ermöglichen.«

»Ist das der Grund, warum ihr nun die Tochter festgenommen und eingesperrt habt? Aus Fairness gegenüber den Kindern von Müttern, die keine horizontalen Talente hatten oder diese nicht richtig einzusetzen verstanden? Damit das privilegierte Kind auch einmal leidet?«

»Nein.« Kiska lacht und schüttelt den Kopf. »Was du für absurde Vorstellungen hast!«

»Warum dann?«, fragt Paul.

»Weil wir dich ganz für uns allein haben und mit keiner ausländischen Journalistin teilen möchten.«

»Wie bitte? Was ist an mir denn so besonders?«

»Gar nichts. Das ist ja der Punkt.«

»Was wollt ihr dann von mir?«

»Was glaubst du, warum du unbehelligt durch die

Stadt spazieren gehen und auf eine schamlose Weise normal dein Leben weiterleben kannst?«

»Weil ich so unwichtig bin?«

»Nach einem solchen Video? Blödsinn! Sämtliche Psychopathen, Patrioten, Terroristen, Moralisten oder bigotten Fanatiker dieser Stadt hätten dir doch längst den Schädel eingeschlagen oder den Pimmel abgeschnitten, wenn wir dich nicht ständig abschirmen würden. Du merkst es nur nicht.«

»Und der Biomüllcontainer, in den ich geworfen wurde?«

»Manchmal muss man dem Mob seinen Spaß lassen. Was glaubst du, wie du gelitten hättest, wenn wir nicht aufgepasst hätten.«

»Aber wozu?«

»Weil wir unsere Revolution genau für Leute wie dich machen! Wir gehen mit der Zeit. Schau doch, was auf der Welt alles passiert!«

»Die Zeit der Pisser?«, fragt Paul bitter. Kiska ignoriert diese Zwischenbemerkung und spricht weiter: »Deshalb machen wir dich lieber zu unserem Maskottchen, statt dich deinem Schicksal und somit deinen Mördern zu überlassen. Wir sind barmherzig und wir sind schlau.«

Darauf sagt Paul nichts. Er senkt den Blick.

»Ich zeige dir eine andere Aufzeichnung«, verkündet Kiska.

»Muss das wirklich sein?«

»Ja, es muss sein«, sagt Kiska, während sie etwas in den Laptop tippt. Das Bild verschwindet, ein anderes erscheint. Wieder zuckt Paul zusammen. Was er zu sehen bekommt, ist noch furchtbarer.

»Du erkennst diesen jungen Mann, nicht wahr?«, fragt Kiska.

»Ja, das ist der Sohn unserer Hausmeisterin«, murmelt Paul. »Er ist Mitglied eurer Nationalgarde, hat einige Tage das Haus bewacht und mich freundlicherweise von Journalisten abgeschirmt, als ich …«

»War!«, unterbricht ihn Kiska. »War! Er war Mitglied der Nationalgarde.«

Auf dem Video trägt der junge Mann keine Uniform mehr. Vielmehr kniet er völlig nackt auf dem Betonboden eines düsteren, fensterlosen Raumes, während ihn drei Gardisten anbrüllen – laut, aufgeregt und so wütend, dass Paul nicht verstehen kann, was sie schreien. Er dreht den Kopf weg.

»Schau hin!«, befiehlt Kiska, und Paul gehorcht.

Einer der Gardisten tritt den jungen Mann mit seinen schweren Stiefeln in die Rippen, ein anderer schlägt ihm ins Gesicht. Der ehemalige Nationalgardist kreischt und bettelt um Gnade. Blut, Speichel und Tränen tropfen von seinem Gesicht auf den Boden. Der dritte Gardist richtet seinen Revolver auf den Kopf des Gequälten, streckt den Arm aus …

»Warum?«, schreit Paul. »Warum?«

Mit einer Berührung des Touchscreens hält Kiska das Video an und sagt: »Angeblich hat er uns belogen und verraten. Stand auf der Gehaltsliste unserer Feinde. Wir haben viele Feinde. Aber die Details spielen keine Rolle.« Der junge Mann starrt Paul mit verzerrtem Gesicht und weit aufgerissenen Augen voller Entsetzen an, während sein Peiniger mit gezogener Waffe etwas verschwommen mitten in der Bewegung erstarrt ist.

Ein Schuss ertönt, Paul stößt einen spitzen Schrei aus

und geht in die Hocke, schnellt wieder hoch – auf dem Bildschirm jedoch bewegt sich nichts.

»Mistköter!«, schimpft Kiska, und tatsächlich hört man aus dem Korridor draußen wieder ein Knurren, ein Bellen und dann gleich ein besonders herzerweichendes Winseln, das nach einem weiteren Schuss abrupt erstirbt. »Vorhin, der Anruf«, berichtet Kiska. »Man hat mir gesagt, wir sollten die Korridore, Toiletten und Treppen für mindestens eine halbe Stunde, wenn nötig auch etwas länger, meiden, solange *El Cadáver* mit seinen beiden Mitarbeiterinnen unterwegs ist«, erklärt Kiska, lächelt und berührt den Bildschirm. Der Folterer zuckt aus seiner Starre in die Bewegung zurück. Die verschwommenen Konturen seines Körpers schärfen sich wieder zu einer kantigen Klarheit. Das Opfer jault auf, beinahe klingt es wie das Winseln des Hundes vorhin …

»Was seid ihr nur für Menschen!«, schreit Paul, greift mit beiden Händen nach dem Laptop und klappt ihn mit einer heftigen Bewegung zu.

»Was fällt dir ein!«, protestiert Kiska. »Das ist mein Gerät. Pfoten weg!«

»Unmenschen!«, zischt Paul, und plötzlich ist es ihm egal, was mit ihm selbst geschehen wird. »Die Hunde da draußen sind menschlicher als ihr!«, schreit er.

»Wie schade, dass du die Pointe verpasst hast«, bemerkt Kiska mit hörbarer Enttäuschung in der Stimme. »Er wurde nicht erschossen. Nein! Der Revolver war mit Platzpatronen geladen.«

»Wie edel.«

»Aber er wird noch oft davon träumen. Diese Nacht und noch Tausende weitere Nächte, heute, morgen und in der Stunde seines Todes!«

»Was habt ihr mit ihm gemacht?«, fragt Paul.

»Soweit ich weiß, wurde das Verfahren gegen ihn eingestellt. Man konnte ihm keinen Verrat nachweisen, man hat sich bei ihm entschuldigt, der Gefängnisdirektor und der Oberaufseher haben ihm die Hand geschüttelt, fünfzig Euro gegeben und ihn nach Hause zu seiner Mama entlassen. Seine Karriere bei der Nationalgarde ist allerdings vorbei.«

»Fünfzig Euro!«, zischt Paul verächtlich.

»Im Ablebensfall gibt es für die Hinterbliebenen hundert Euro«, erklärt Kiska. »Also, ich finde das großzügig – in einem Land wie dem unseren und in Zeiten wie diesen.«

»Warum hast du mir dieses Video gezeigt?«, fragt Paul.

»Warum bist du hier?«, fragt Kiska.

»Wie ich schon sagte: Ich will einmal in meinem Leben das Richtige tun.«

»Was bist du nur für ein sturer Bock!« Kiska verdreht die Augen. »Jeder andere hätte sich nach den schäbigen Gemeinheiten, die du dir geleistet hast, und der schweren Demütigung, die dir dann zu Recht widerfahren ist, irgendwohin verkrochen und abgewartet. In früheren Zeiten, als Männer noch Ehre hatten, hättest du dich längst selbst gerichtet. Du hingegen verbündest dich mit den beiden arabischen Gaunern und setzt dich für irgendwelche Juden ein. War es dir noch nicht genug, dass man dich in einen Müllcontainer geworfen hat? Deine Frau ist Ärztin, jeden Tag hilft sie anderen Menschen. Du hättest jeden Tag die Gelegenheit, dich nützlich zu machen, um abends mit beruhigtem Gewissen ins Bett zu gehen. Melde dich als freiwilliger Helfer im Unfallkrankenhaus, als Pfleger in einem Kinderheim, bei den Hundefängerstaffeln oder dem Roten Kreuz, statt dich um irgendwelche jüdischen Nachbarn zu kümmern. Steck deine Nase nicht in Dinge, die dich nichts angehen.«

Paul geht an den runden Tisch zurück, setzt sich, nimmt seine inzwischen erloschene Zigarette aus dem Aschenbecher, zündet sie wieder an und meint: »Sollte ich nicht lieber in die Politik gehen, so wie du?«

»Wir könnten dich in den Hof hinausführen und erschießen. Deine kluge Journalistin aus Europa und ihren Assistenten erschießen wir vielleicht ebenfalls und lassen die Leichen verschwinden.«

»Ist es das, was du von mir erwartest? Dass ich mich erschießen lasse, ohne Widerstand zu leisten?«

Feline Kiska steht auf und geht einige Male, sichtlich irritiert, im Zimmer auf und ab. Was soll das Ganze wirklich?, fragt sich Paul.

»Was willst du wirklich?«, fragt Kiska, so als hätte sie seine Gedanken erraten und sogleich gegen ihn gewendet.

»Ich will einmal in meinem Leben das Richtige tun!«, wiederholt Paul.

Kiska grinst, setzt sich zu ihm an den Tisch und sagt: »Du lügst!«

»Ich lüge nicht.«

»Doch!«

»Ich habe viele Schwächen, aber ich bin kein Lügner.«

»Du lügst. Wer lügt denn heutzutage nicht? Wir leben in Zeiten der Lüge.«

»Ach wirklich?«, fragt Paul. »Bin ich dafür ebenfalls das passende Maskottchen?«

»Natürlich«, erklärt sie. »Wir leben in einer Zeit, in der es kein Vergessen und kein Vergeben gibt. Was immer du tust, was immer dir widerfährt, wird eingefangen und der Ewigkeit preisgegeben. Was immer du zu verbergen trachtest, früher oder später kommt es heraus. Wenn es die falsche Sache zum falschen Zeitpunkt ist, hast du keine Chance. Das Netz mit Gedächtnis ist so unerbittlich wie die Menschen und die Menschen so unerbittlich wie das Netz: Du wirst an den Pranger gestellt, zum Scheiterhaufen gezerrt und verbrannt, gevierteilt und deine Leiche den Hunden zum Fraß vorgeworfen.«

»Wie grauenhaft!«, bemerkt Paul.

»Sicher. Warum, glaubst du, bin ich Politikerin geworden?« Kiska lacht, nimmt einen Schluck Wasser und spricht weiter. »Aber wir leben auch in einer Zeit der Lüge – das ist das Gute, und darin liegt unsere große Chance. Früher war die Lüge eine Sünde, wer der Lüge überführt wurde, war stigmatisiert. Heute tragen wir die Lüge stolz und schamlos vor uns her und zeigen allen, wie schlau wir sind. Wir können nichts mehr verbergen, aber wir können es zu unseren Gunsten verändern, und die Leute akzeptieren es. Je verlogener wir sind, desto inbrünstiger wollen sie uns glauben. Ist das nicht toll?«

»Also, ich glaube, es gibt schönere Dinge«, murmelt Paul.

»Nein, du irrst, die Lüge ist etwas Wunderschönes, sogar die Liebe ist am schönsten, wenn es sich um eine Illusion handelt!«, versichert Feline Kiska. »Wenn du dich aus Angst vor laufender Kamera anpisst, ist das peinlich. Wenn du aber erklärst, du pisst für den Frieden oder gegen den Krieg, gegen Terror, für soziale Gerechtigkeit oder gegen den Klimawandel … Oder wenn du sagst, es sei alles gar nicht wahr, es habe gar nicht stattgefunden. Dann wirst du erst so richtig interessant, denn alle reden nicht mehr über dein Versagen, sondern darüber, ob du dich überhaupt angepisst hast.«

»Dass ich mich angepisst habe, ist doch offensichtlich!«, widerspricht Paul.

»Na und? Wen interessiert's!«, ruft Kiska aus und stellt das Wasserglas mit einem lauten Knall zurück auf den Tisch. »Wenn alles sichtbar und offensichtlich ist, macht uns erst die Lüge vollständig, individuell und besonders. Nicht wahr?«

»Ich lüge nicht«, beteuert Paul.

»Doch. Man kann auch mit der Wahrheit lügen. Meine politische Gegnerin, die geschätzte Rosmarie Trussik, glaubt zum Beispiel tatsächlich immer das, was sie sagt, sogar wenn sie lügt. Erstaunlich, nicht wahr?«

»Was ist eigentlich deine Lüge?«, fragt Paul.

»Ich glaube an Gott«, sagt Kiska.

»Wirklich? Diese Lüge teilst du aber mit der Hälfte der Menschheit«, meint Paul und lacht. »Was glaubst du, wie viele Menschen täglich beten und regelmäßig in die Moschee oder die Kirche oder in sonst irgendeinen Tempel gehen, ohne irgendjemandem zu verraten, dass sie an den Blödsinn längst nicht mehr glauben …«

»Du verstehst mich falsch«, unterbricht ihn Kiska. »Ich glaube wirklich an Gott! Meine Lüge ist, dass ich die zynische Pragmatikerin spiele, während ich in Wirklichkeit immer noch das kleine Mädchen bin, das ich einst war, eine gottgläubige, rührselige Romantikerin. Wäre ich es nicht, wärst du heute wohl tatsächlich im Innenhof dieses Gebäudes erschossen worden.«

»Dann verdanke ich dir und deinem Gott mein Leben«, sagt Paul ruhig und wundert sich, wie wenig ihn das aufregt.

»Hast du denn keine Angst?«

»Nein, nicht mehr.«

»Ich selbst vertrage kein Leben in Angst«, erklärt Kiska. »Da wäre es mir lieber, ich wäre tot.«

»Ich habe mein Pensum an Angst in diesem Leben schon verbraucht«, meint Paul.

»Das mag sein«, bemerkt Kiska schmunzelnd, mustert Paul mit einem milden Lächeln von oben nach unten, von unten nach oben, bis ihr Blick an seinem Schritt hängen bleibt. »Immerhin bist du dieses Mal trocken geblieben«, sagt sie. »Gratuliere!«

13

Das Fernsehteam in Kiskas Büro besteht aus einem übergewichtigen Kameramann, einem schmierig aussehenden Tontechniker und einer sehr jungen Journalistin, die eine Frisur wie die Freiheitsstatue in New York trägt und besonders cool und punkig sein möchte, aber eher rührend wirkt. Das Team hat Kameras, Stative und Mikrofone mitgebracht. Die Aufnahme soll von guter Qualität werden, weil sie nicht nur ins Netz gestellt, sondern am nächsten Tag auch im Fernsehen gesendet werden soll.

Während Kiska ein paar Begrüßungsworte aufsagt, hat Paul nach langer Zeit wieder Bilder von Goya vor Augen. Es sind Fratzen von Hexen und Monstern, Esel mit Augen so groß wie Wagenräder, die in heiligen Schriften blättern, und Ziegenböcke mit Hörnern, die in den Himmel ragen, Pfaffen, die lüstern nach den Brüsten junger Mädchen schielen, die schlafende Vernunft, die Ungeheuer gebiert, schaurig-schöne Bilder aus dem spanischen Unabhängigkeitskrieg. Am meisten aber lassen Paul die Gesichter der Leute, die er an diesem Tag getroffen hat, an die Menschen am spanischen Hof denken, die Goya in all ihrer selbstgefälligen Einfalt, satten Rückständigkeit und prachtvollen Armseligkeit für immer für die Nachwelt festgehalten hat.

Währenddessen stellt ihn Kiska vor laufender Kamera als »jenen Mann« vor, »den alle bis jetzt vor allem als *den Pisser* kannten, der in den letzten Wochen aber eine Entwicklung vom Saulus zum Paulus, besser gesagt von einem moralisch verkommenen Subjekt zu einem Ehrenmann durchgemacht hat«. Von einem Gegner der Revolution, so Kiska, sei »unser Paul Sarianidis« zu einem ihrer glühendsten Anhänger geworden, und sie, Feline Kiska, habe den Mann, für den sie bis vor kurzem nur Verachtung empfunden habe, in ihr Herz geschlossen. »Das ist es, was uns von unseren Feinden unterscheidet«, erklärt sie. »Sie säen Zwietracht, wir predigen Liebe und Versöhnung, sie setzen die Tradition von Ausbeutung und Nepotismus fort, wir greifen auf jahrhundertealte Volksweisheiten zurück. Unsere Feinde beten den Staatspräsidenten an, wir glauben an Gott und die Vernunft, unsere Feinde hassen, wir lieben, unsere Feinde zerstören, wir bauen auf, unsere Feinde sind nachtragend, sie sinnen auf Rache, wir verzeihen, so wie Jesus verziehen hat.« Kiska hat sich in ihre Rolle so gut eingefunden, dass sie von ihren eigenen Worten ergriffen ist. Anfangs ist ihre Stimme ruhig, am Schluss zittert sie – ein Vibrato des emotionalen Überschwangs. Wenn das eine Lüge ist, denkt Paul, dann ist es zweifellos eine große schauspielerische Leistung.

Feline Kiska wendet sich Paul zu, umarmt ihn heftig und sagt: »Boris Lupowitsch hat dir verziehen! Wir alle haben dir längst vergeben!« Kiska gibt Paul einen Kuss auf die rechte, dann auf die linke und dann wieder auf die rechte Wange.

Die Kameras sind auf ihn gerichtet. Die junge Moderatorin grinst, der Tontechniker grinst, der Kameramann feixt. Was man nicht alles tut, um zwei alte Leute aus dem Gefängnis zu befreien!, denkt Paul. Doch das ist der

Deal. Für diese Show und das Geld, das eigentlich Tochter Katz gehört, kommen die beiden frei: Das hat ihm Kiska fix zugesagt. Paul hofft, dass sie ihn diesmal nicht belogen hat.

Paul sei, so Kiska, ein begabter Ingenieur, der sein Studium *Summa cum laude* abgeschlossen habe, ein guter Ehemann, ein leidenschaftlicher und kompromissloser Vater, der für seine Tochter alles tun würde, in seinem Innersten aber, in seiner Seele, werde er immer ein Künstler bleiben. Als Kind sei es sein sehnlichster Wunsch gewesen, auf einer großen Bühne zu stehen und zu singen. Leider sei ihm dieser Wunsch versagt geblieben: »Der Stimmbruch beendete die Karriere eines begabten Sängers, noch bevor diese richtig beginnen konnte.«

»Ihr habt ja wirklich profunde Recherchen über mein Leben angestellt«, flüstert Paul. »Ich frage mich allerdings, ob ich einen solchen Aufwand wirklich rechtfertige.« Danach sagt er – diesmal laut, sodass es alle hören können – ein paar einstudierte Phrasen über »die Revolution und die neue Zeit«, lächelt, bedankt sich, hofft, er habe das Schlimmste schon überstanden, doch Kiska hat noch eine Überraschung für ihn parat. »Paul Sarianidis hat sich freundlicherweise bereit erklärt, uns *jetzt* etwas vorzusingen!«, verkündet sie. »Unsere Revolution hat es sich zum Ziel gesetzt, den Menschen ihre sehnlichsten Wünsche zu erfüllen. Eine Karriere als Sänger können wir Paul nicht anbieten, wohl aber die Möglichkeit, einmal in seinem Leben für ein großes Publikum zu singen: ein Lied seiner Wahl und dann, zum Abschluss, die Nationalhymne.«

»Wie bitte?«, murmelt Paul erschrocken. »Nein!

Nein, auf keinen Fall. Ich singe nicht mehr. Ich kann nicht mehr singen. Ich will nicht mehr singen! Ich habe mit dreizehn meine Stimme verloren. Heute klingt sie furchtbar! Die Karikatur dessen, was sie einmal war. Und dann auch noch ganz ohne instrumentale Begleitung?! Verlang das bitte nicht von mir.«

»Ach was! Das kriegst du schon hin. Wir sind ja nicht in der Oper. Niemand erwartet von dir einen Auftritt wie von Plácido Domingo. Mach uns die Freude, betrachte es einfach als einen Werbegag: Sing!«

»Das ist mir peinlich!«, protestiert Paul. »Warum verlangst du das von mir?«

»Weil Generalissimus Lupowitsch das zur Bedingung für unseren Deal gemacht hat«, erklärt Kiska. »Er hat, wie du weißt, einen gewissen Hang zur pointierten Inszenierung. Ginge es nach mir, würde es reichen, wenn du ein Gedicht aufsagst.«

»Ihr macht mich zur größten Lachnummer im ganzen Bürgerkrieg«, lamentiert Paul.

»Ja, und?«, fragt Kiska leise, sodass ihre Worte außer Paul niemand hören kann. »Eine Lachnummer bist du doch sowieso schon längst: Finde dich damit ab. Was bist du nur für eine Dramaqueen! Zick nicht herum! Wenn du willst, dass das Ehepaar Katz nach Hause darf, wenn du wirklich einmal im Leben das Richtige tun möchtest, dann sing uns etwas vor. Punkt.«

»Was soll ich denn singen?«, jammert Paul.

»Mein Gott, bist du kompliziert. Irgendetwas Leichtfüßiges, Zugängliches, Lustiges, etwas, das der breiten Masse ins Ohr geht, aber auch hintergründig und melancholisch ist. Etwas, das aber natürlich auch dir selbst Spaß machen soll. *Dance Monkey* vielleicht?« Sie lacht.

»Nimm doch alles nicht so ernst. Das Leben ist kurz, doch Freude lauert überall.«

Paul denkt kurz nach und sagt: »Ich singe das Lied *Sorcery* der britischen Sängerin Emily.« Er atmet einige Male tief durch, schließt die Augen, schimpft gedanklich: *Fuck, Fuck, Fuck you all!*, gibt im Geiste ein paar weitere, noch viel deftigere Flüche von sich und beginnt zu singen:

»*The going from a world we know to one a wonder still, is like the child's adversity whose vista is a hill.*«

Emily ist in Wirklichkeit keine britische, sondern eine kurz nach der Jahrtausendwende in Gibraltar geborene maltesische Sängerin, die in Toronto aufgewachsen ist und in London lebt.

»*Behind the hill is sorcery, and everything unknown, but will the secret compensate for climbing it alone?*«

Die Melodie stammt ursprünglich von Rachmaninow: *Präludium in g-Moll*. Emily hat daraus einen gefälligen Pop-Song gemacht. Das Lied ist melancholisch und beschwingt zugleich, doch Paul kommt es vor, als klinge er wie ein Huhn, das bei lebendigem Leibe gerupft wird. »*I know not but the next would be my final inch, this gave me this precarious gait some call experience.*«

Feline Kiska, die Moderatorin, der Kameramann und der Tontechniker lächeln ihm wohlwollend zu. Sind sie taub oder blöd oder einfach nur völlig ignorant?, fragt sich Paul. Eigentlich sollten ihnen längst die Ohren abgefallen sein.

Es folgt der Refrain: »*When it comes, the landscape listens, shadows – hold their breath. When it goes, it is like the distance on the look of death.*«

Wie in manchen besonders schlimmen Momenten seines Lebens, so auch diesmal, sieht Paul seine Mutter im Korridor der Abtreibungsklinik sitzen und warten und denkt, dass es vielleicht besser gewesen wäre, wenn sie damals den Eingriff zugelassen, wenn sie ihn abgetrieben und nicht im letzten Augenblick die Flucht ergriffen hätte.

»*As all the heavens were a bell, and beating full of fear, and I, in silence, some strange race, wrecked, solitary, here …*«

Nein, er ist doch froh, dass seine Mutter ihn nicht abgetrieben hat! Mit der Wut der Verzweiflung und sich selbst zum Trotz singt Paul gegen die engen Grenzen seiner Stimme und die falschen Töne an. Jetzt erst recht!, denkt er: Er will, er will, er will und er wird leben, für seine Tochter, für seine Frau, für sich, für die anderen, er wird alles ändern, er wird sich ändern, neu beginnen, alles wird anders! Er wiederholt die Strophe: »*I know not but the next would be my final inch, this gave me this precarious gait some call experience.*«

Seine Stimme überschlägt sich, stürzt ab, fällt wie ein Flugzeug, das einen Strömungsabriss erleidet, erfängt sich wieder, rast nach oben. Kikirikiii! Der Tod, sagt man gemeinhin, gebe dem Leben einen Sinn. Wären wir unsterblich, wäre alles beliebig, wir würden weder Freude noch Leid empfinden. Diesseits und Jenseits wären gleich. Vielleicht, denkt Paul, macht uns erst der Sinn, den wir unserem Leben geben, im guten Sinne sterblich. Anderenfalls wäre der Tod dasselbe wie ein schlechter Song, der in einem vergammelten Lokal aus einer alten Büchse dröhnt – alle hören ihn, aber niemand hört hin oder achtet darauf … »*When it comes, the landscape listens, shadows – hold their breath. When it goes, it is like the distance on the look of …*«

Ein ohrenbetäubender Knall übertönt Pauls Gesang und lässt ihn verstummen. Das Gebäude zittert wie bei einem Erdbeben, die Fensterscheiben klirren, es wird dunkel und wieder hell. Man hört Schreie, das Bellen von Hunden und wenige Augenblicke später das beinahe unerträglich laute Heulen von Sirenen.

»Das ist mindestens einen halben Kilometer entfernt«, erklärt der Kameramann fachmännisch. »Kein Grund zur Sorge.«

»So ein Mist!«, schreit Kiska. »Ausgerechnet jetzt!«

»Keine Panik: Wir haben genug Material im Kasten«, erklärt die Moderatorin. »Wir können das gut zusammenschneiden. Die Hymne lassen wir aber am besten weg. Wäre sowieso zu viel des Guten.«

»Ja, okay«, meint Kiska. »Wir streiten ohnehin seit Tagen, ob wir die aktuelle Hymne behalten oder die alte Hymne aus den Neunzigerjahren wieder einführen sollen.«

»Wenn man keine anderen Probleme hat…«, murmelt Paul.

»Das war keine Rakete, das war eine Bombe«, behauptet der Tontechniker. »Terror! Fünfte Kolonne. Mal was Neues.«

»Woher weißt du das?«, fragt die Moderatorin.

»Aus meiner Militärzeit; ich war im Minenräumkommando. Ich weiß genau, was wie klingt, wenn es hochgeht.«

»So ein fauler Drecksack wie du war bei einer Eliteeinheit der Armee?«, wundert sich der Kameramann. »Was hast du dort gemacht? Stiefel geputzt, Kartoffeln geschält oder das Blut weggewischt, wenn was schiefgelaufen ist?«

Alle lachen, nur Paul lacht nicht mit, sondern fragt, ob er nun endlich gehen dürfe.

»Cooler Song übrigens«, meint der Kameramann.

»Ich habe zwar kein Wort verstanden, aber es klingt super!«, erklärt der Tontechniker. »Gibt's das auch auf *YouTube*?«

»Ich habe alles verstanden, und es gefällt mir trotzdem«, meint die Moderatorin.

Feline Kiska kommentiert das Lied nicht, doch sie bedankt sich bei Paul für seine »Kooperation«, schenkt ihm zum Abschied eine Packung *Braunbär im Walde*, auf dass er »diesen netten Vormittag in guter Erinnerung« behalte, und meint: »Übrigens, was ich noch unbedingt sagen wollte: Ich bin nie in die *Musische Mittelschule* gegangen. Meine Cousine war dort und hat mir einiges erzählt. Du hast aber so getan, als würdest du dich an mich erinnern. Siehst du: Du bist genauso ein Lügner wie alle anderen. Wieso auch nicht: Wir leben in Zeiten der Lüge!«

Darauf weiß Paul nichts zu erwidern. Vielmehr hastet er so schnell wie möglich durch den Vorraum, vorbei am verdutzten Manuel, und hinaus in den Korridor. Auf dem Treppenabsatz liegt ein toter Hund, doch Paul ist es in diesem Augenblick egal, ob er *El Cadáver* begegnet oder nicht. Soll ihn doch eine verirrte Kugel treffen!, denkt er. Hat er denn im Rahmen seiner bescheidenen Möglichkeiten nicht getan, was er konnte?

Er steigt über den Hundekadaver, läuft, so schnell er kann, die Treppe hinunter und durch die menschenleere Vorhalle hinaus auf die Straße. Draußen ist es erstaunlich ruhig. Er sieht keine Menschenseele, sondern nur Flammen und dichten Rauch über der Altstadt. Offensichtlich ist die Bombe irgendwo in der Nähe der alten Moschee hochgegangen. Er lehnt sich an die Wand, zündet sich eine *Braunbär im Walde* an, schließt die Augen, pumpt Rauch in seine Lunge. Davon wird ihm schwindlig und schlecht; er hat das Gefühl, sich jeden Augenblick übergeben zu müssen, öffnet die Augen wieder, nimmt einen weiteren Zug, hustet, wirft die Zigarette in weitem Bogen auf die Straße, schaut sich um und sieht es plötzlich wieder: das Zebra! Diesmal ist es vor einen offenen, einachsigen Wagen gespannt, und in diesem Wagen steht der wie ein Gaukler aus dem 18. Jahrhundert gekleidete Saxofonist mit schwarzem Dreispitz und weißer, gepuderter Perücke, den Paul schon zuvor gesehen hatte, und spielt. Er spielt, doch Paul hört keinen einzigen Ton, er sieht nur, wie das Zebra gemächlich an ihm vorbeitrottet, wie es ihn gleichmütig anblickt, er sieht die altertümlichen, eisenbeschlagenen Holzräder des Wagens über das Kopfsteinpflaster rumpeln und das blasse, konzentrierte Gesicht des verkleideten Musikanten, der ganz hingegeben mit dem Oberkörper vor- und zurückwippt und in sein Saxofon bläst, während sich seine Wangen so sehr aufblasen, dass sie zu platzen drohen. Aber es herrscht Stille: eine absolute, bedrohliche, beängstigende Stille, die die Welt so unmittelbar und zugleich unerträglich macht.

»Himmel, Hölle, fetter Pfaffe und tausend zottelige Teufelinnen!«, flüstert Paul, kneift die Augen zu, hält den Atem an, zählt bis drei, und als er die Augen wieder aufmacht und einatmet, sind Zebra und Wagen verschwunden, während der Lärm und die Menschen um ihn herum zurückgekehrt sind, über ihn schwappen und ihn wie eine gigantische Welle aus Schall, Schmutz und Schäbigkeit zudecken. Alle schreien, gestikulieren, lamentieren, rufen einander etwas zu und laufen, laufen – die einen in Richtung der Explosion und die anderen weg vom Ort der Tragödie, in die entgegengesetzte Richtung, um weit entfernt vom tödlichen Geschehen und somit vermeintlich sicher zu sein, obwohl es doch weder hier noch andernorts Sicherheit gibt.

14

Als es dunkel wird, hört man nach langer Zeit wieder Detonationen. Stundenlang war es ruhig gewesen. Es scheint, als werde fernab der Stadt in den Bergen gekämpft, wenn auch nicht besonders heftig. Am Aristoteles-Boulevard bleibt es friedlich, und auch aus der Richtung des Tiergartens oder des Flughafens dringt kein Gefechtslärm. Nur ein paar Leuchtraketen lassen für Augenblicke die Silhouette der Stadt sichtbar werden. Erst jetzt bemerkt Paul, dass er vergessen hat, die Vorhänge zuzuziehen.

Schon das ferne, harmlos anmutende Donnern lässt Lena zusammenzucken. Sie sitzt auf ihrem Bett, umgeben von Stofftieren, die sie seit mindestens zwei Jahren nicht mehr angerührt hat, als wäre sie wieder das kleine, fantasievolle Volksschulkind von damals, das die unfreundliche Nachbarin für eine Hexe und sich selbst für eine Elfe hielt. Nun hält sie ihren lila Plüschelefanten fest umarmt, legt das Kinn auf die Knie und macht sich ganz eng und klein und rund, als wolle sie sich in den eigenen Körper verkriechen.

Als Lena nachmittags nach Hause gekommen ist, hat sie zu Mittag gegessen, geduscht, sich umgezogen, ist dann aber immer langsamer und stiller, immer unnahbarer geworden. Dann hat sie aufgehört zu sprechen, wollte weder etwas essen noch trinken und hat sich mit den Plüschtieren auf ihr Bett zurückgezogen, sich aber geweigert, sich hinzulegen. Wahrscheinlich hat man sie an diesem Tag in der Schule besonders arg gemobbt, verhöhnt, fertiggemacht, mutmaßt Eva, und bekanntermaßen sind die Lehrerinnen, diese »wankelmütigen Witzfiguren«, niemals auf Lenas Seite, weil sie immer nur auf ihrer eigenen Seite, also auf der Seite von Feigheit und Opportunismus, sind.

»Hast du wirklich keinen Durst?«, fragt Paul seine Tochter.

Diese schüttelt den Kopf.

»Soll ich Tanja für dich anrufen? Willst du mein Handy haben und selbst anrufen?« Noch vehementer schüttelt sie den Kopf.

»Lass sie in Ruhe!«, herrscht ihn Eva an.

Flora streckt ihre Arme nach der Tochter aus, doch diese weicht zurück. »Schon gut, mein Schatz«, flüstert Flora und wirft Paul einen vorwurfsvollen Blick voller Wehmut und Schmerz zu. Sie hat Tränen in den Augen. »Ja, ich weiß«, sagt Paul. »Ich.«

»Lasst sie in Ruhe!«, wiederholt Eva. »Seid einfach da. Das ist das Wichtigste: Bei ihr zu sein, für sie da zu sein. Nehmt sie heute zu euch ins Bett. Bleibt bei ihr.«

Die Zeit vergeht. Eva geht schlafen, während Flora und Paul neben Lena wachen. Ob sie sich zu ihnen ins Bett legen wolle? Sie schüttelt den Kopf. Ob sie das Licht ausmachen sollten? Sie schüttelt den Kopf. Ob sie das Plüschtier weglegen, sich ausziehen und unter die Decke kriechen wolle? Sie schüttelt den Kopf. Ob sie … Sie schüttelt den Kopf, noch bevor Flora wieder etwas vorschlagen kann.

Paul ist verzweifelt. Er ist so sehr mit Lena beschäftigt, dass er die Einladung der Katz zum Abendessen ganz vergisst. Als sie ihm wieder in den Sinn kommt, ist es zu spät. Sie werden einsehen, warum er nicht kommen konnte, denkt er. Sie werden verstehen, wenn er ihnen am nächsten Tag alles erzählt. Sie haben ohnehin andere Sorgen als symbolische Gesten der Dankbarkeit. Er selbst wird gerne darauf verzichten, auf Kotiks Geigenspiel genauso wie auf Myschkas devote Phrasen.

Die Verhaftung von Myschka und Kotik Katz – eine Geschichte mit Happy End. Das zumindest wird er fortan guten Gewissens behaupten und auf die Aktivseite seiner Lebensbilanz buchen. Kaum war er gegen Mittag in seine Straße eingebogen, hatte sein Handy geläutet. Das Mobilnetz war, wie er später erfuhr, gerade erst wiederhergestellt worden, wenn auch noch nicht das Internet. Flora war am Apparat, erkundigte sich, wo er war, ermahnte ihn, so bald wie möglich heimzukommen, denn sie mache sich große Sorgen, und erzählte mit hörbarer Irritation, dass Myschka und Kotik am Morgen, kurz nachdem sich Paul auf den Weg gemacht hatte, im Haus aufgetaucht waren: erschöpft, geschunden, geschockt, sonst aber wohlauf. Kaum hatte sie ein Nachbar gesehen, verbreitete sich die Nachricht in Windeseile, wussten es bald alle, und kaum waren alle aus ihren Wohnungen gekommen, wussten sie auch alles, was vorgefallen war: dass die Katz verhaftet, verhört, gedemütigt, eingesperrt und dann plötzlich rehabilitiert, medizinisch untersucht, geimpft und freigelassen worden waren. Ihre unglaubliche und überraschende Befreiung, so erzählten die beiden, hätten sie in erster Linie Paul zu verdanken, der sich bei den Behörden für sie eingesetzt hätte! Das jedenfalls habe man ihnen im Gefängnis mitgeteilt, bevor man sie entlassen hatte.

Als Paul zu Hause ankam, bombardierten ihn Flora und Eva sofort mit Fragen. Was er denn für Myschka und Kotik getan habe und warum, warum er ihnen, seiner Frau und seiner Mutter, nichts davon erzählt habe, ob ihm nicht bewusst gewesen sei, dass er mit seinen törichten Aktionen (und dass seine Aktionen töricht gewesen waren, davon gingen sie aus) seine Familie in Gefahr gebracht hatte.

»Wann, habt ihr gesagt, sind die beiden nach Hause gekommen?«, fragte Paul.

»Am Morgen, kurz nach neun. Wieso?«

»Oh!«, murmelte Paul, dem gerade gedämmert war, dass die Katz offensichtlich schon vor seinem Treffen mit Feline Kiska freigelassen worden waren.

»Was hast du denn für die beiden getan?«, fragte Flora.

»Und vor allem, was hast du dafür bezahlen oder hergeben müssen?«, fragte Eva.

Paul erzählte – knapp und in einer Schonvariante – von seiner Mail und dem Besuch im Gouverneurspalast.

»Aber wozu hast du das getan?«, wollte Eva wissen. »Was hast du denn davon? Du warst doch mit den beiden Juden niemals befreundet.«

»Ich wollte einmal in meinem Leben das Richtige tun«, erklärte Paul.

Die Frauen schauten ihn entgeistert an.

»Wie meinst du das?«, fragte Flora.

»Es gibt kein richtig und falsch«, meinte Eva und lachte, »es gibt nur nützlich oder schädlich.«

»Wenn du das so siehst, hättest du mich abtreiben sollen«, bemerkte Paul, woraufhin Flora zu schimpfen begann und, wie immer in solchen Fällen, verlangte,

Paul solle »mit dem dummen Gerede« und Eva mit ihrem »dümmlichen Zynismus« aufhören. Eva spitzte beleidigt die Lippen, während Paul bereute, überhaupt etwas gesagt zu haben. Dann allerdings umarmte ihn Flora und gab ihm jenen außergewöhnlichen und raffinierten Kuss, den er ganz besonders mochte, und wenn seine Mutter nicht neben ihm gestanden wäre, hätte Paul seiner Frau durchs Haar gestrichen, seine linke Hand in ihren Nacken gelegt und den Kuss heftig erwidert, während er mit der rechten Hand ihre Bluse aufgeknöpft und ihre Brust gestreichelt hätte. Doch seine Mutter stand neben ihm, und außerdem läutete es an der Tür.

»Bestimmt das Ehepaar Katz«, meinte Eva. »Sie läuten selten bei uns an, aber wenn sie es tun, dann immer in einem unpassenden Moment.«

Paul löste sich aus Floras Umarmung, ging in den Vorraum, öffnete die Wohnungstür und tatsächlich: Kotik und Myschka standen im Flur und lächelten, wenn auch etwas verhärmt – beide waren abgemagert, hatten trockene, aufgeplatzte Lippen und rote, verbrannte Haut im Gesicht, auf Armen und Beinen. Offenbar hatte man sie lange Zeit in der prallen Sonne stehen lassen.

Kotik hielt eine Geige in seinen Händen.

»Ich dachte, man hätte Ihre Geige demoliert«, wunderte sich Paul.

»Dies ist meine Ersatzgeige, die gut versteckt war und von den Schlägern nicht gefunden wurde«, erklärte Kotik.

»Oder sie haben sie gefunden, aber sie war ihnen egal«, meinte Myschka.

Flora bat die beiden in die Wohnung, doch sie lehnten ab. Man habe bei ihnen alles kurz und klein geschlagen und geraubt, sie hätten nicht einmal etwas Anständiges zum Anziehen und müssten sich vor dem Abend noch um das Allernotwendigste kümmern.

»Kommen Sie doch heute Abend zu uns zum Abendessen«, bat Myschka. »Irgendetwas werden wir schon zum Essen und Trinken herzaubern. Wir wollen uns erkenntlich zeigen.«

Paul wusste nicht, was die Katz herzaubern würden können, nachdem ihnen alles geraubt worden und das Geld ihrer Tochter gleichfalls verloren war, weil er es Feline Kiska hatte aushändigen müssen. Er wusste nicht, wie die beiden bis zur nächsten Rentenüberweisung überleben würden, ja, ob die Rente überhaupt überwiesen und das Geld etwas wert sein würde. Er würde ihnen helfen müssen, dachte er, doch in diesem Moment sprach er dieses Thema nicht an und erwähnte das verlorene Geld mit keinem Wort.

»Wir stehen bis an unser Lebensende in Ihrer Schuld«, bemerkte Kotik, »und wissen gar nicht, wie wir diese Schuld jemals begleichen können. Wir werden unserer Tochter in Milwaukee schreiben und sie bitten …«

»Es gibt nichts zu begleichen«, unterbrach sie Paul schnell. »Es ist alles längst bezahlt.«

Myschka und Kotik widersprachen. Ihre Dankesworte waren so überschwänglich wie peinlich, doch war Paul bald klar, dass er sich nicht einfach verabschieden und die Tür vor der Nase der beiden schließen konnte. Flora und Eva waren keine Hilfe. Sie standen hinter ihm und schwiegen.

»Sie könnten mir etwas vorspielen«, schlug Paul schließlich vor. »Deshalb haben Sie die Geige ja wohl mitgebracht. Nicht wahr?«

»Ja«, sagte Kotik, lächelte und seine Augen blitzten auf.

»Dann aber in der Wohnung!«, sagte Eva.

»Nein, lieber hier draußen.«

»Dann läuft die ganze Nachbarschaft zusammen«, murmelte Eva.

»Na und?«, meinte Flora. »Soll sie doch! Ist doch egal, was sich diese Drecksbande denkt.«

»Das sehe ich genauso«, meinte Paul.

Kotik legte die Geige mit einer routinierten Bewegung in die Beuge zwischen Kinn und Schulter, machte, gleichfalls routiniert, ein paar Kreisbewegungen mit dem Unterkiefer, der Schulter und dem Kopf, hob die andere Hand, in der er den Bogen hielt, hoch.

»Aber bitte etwas Fröhliches und Beschwingtes und bitte keine Märsche oder Hymnen«, scherzte Paul.

»Nein, nein«, versicherte Kotik. Seine Stimme klang auf einmal nasal, abgehoben und in sich gekehrt.

»Ich bin selbst gespannt«, meinte Myschka. »Was kommt jetzt? Beethoven, Mozart, Rachmaninow?« Sie grinste freundlich und nickte einige Male mit dem Kopf.

Doch es kam nichts davon. Kotiks Arme begannen auf einmal zu zittern, er atmete schwer, ließ den Arm mit der Geige sinken und lehnte sich neben der Eingangstür gegen die Wand.

»Kein Problem – dann eben ein anderes Mal«, meinte Paul, und die beiden Frauen hinter seinem Rücken pflichteten ihm bei. Man habe Zeit, hieß es, abends oder morgen oder übermorgen würde Kotik ein Konzert geben – nur für sie allein. Sie würden sich schon sehr darauf freuen, versicherten sie. »Ruhen Sie sich aus!«, sagte Flora. »Gehen Sie in Ihre Wohnung, legen Sie sich hin und schlafen Sie ein paar Stunden. Das sage ich Ihnen als Ärztin.«

»Ich bin keine Ärztin, aber ich sage Ihnen dasselbe«, meinte Eva.

Doch Kotik gab sich nicht so schnell geschlagen. »Das war ein kleiner, der Müdigkeit geschuldeter Schwächeanfall, nichts weiter«, erklärte er, legte die Geige ein zweites Mal an, musste aber auch diesmal – nach nur einem armselig klingenden Ton – abbrechen. Er versuchte es ein drittes und sogar ein viertes Mal. Vergeblich. Schließlich zog ihn Myschka davon. »Lass es sein, mein Schatz«, flüsterte sie, während sie zärtlich seinen Kopf streichelte. »Lass es. Du musst uns nichts mehr beweisen. Es ist gut, wie es ist; es ist längst gut, so wie es ist!« Er war geknickt und ließ sich von ihr wegziehen. Paul hörte, wie die Schritte der beiden auf der Stiege verhallten.

»Also, ich gebe ihm höchstens noch ein Jahr«, sagte Eva.

»Mama!!!«, zischte Paul.

»Was?«

»Du weißt, was du tun sollst, nicht wahr?«

»Die Klappe halten?«

»Genau«, meinte Paul, schloss die Wohnungstür und lief schnell ins Zimmer zurück.

Kurz nach Mitternacht flüstert Paul Flora ins Ohr, sie solle ihn mit Lena allein lassen. Sie nickt. »Ich bin im Wohnzimmer«, sagt sie leise, steht auf und geht.

Paul wartet eine Minute und rückt dann von der Bettkante etwas näher an Lena heran. Während er zögert, während er darüber nachdenkt, ob er es wagen kann, sie zu umarmen, oder ob dies in diesem Augenblick zu früh und zu viel wäre und alles zerstören würde, spürt er plötzlich eine sanfte, zaghafte Berührung. Nur mit Mühe gelingt es ihm, seine Freude nicht allzu deutlich zu zeigen. Lena hat ihre linke Hand auf seinen rechten Handrücken gelegt. Sie schaut ihn an und lächelt, während er wahrscheinlich wie ein Affe grinst und Tränen über seine Wangen laufen, bis die Welt vor seinen Augen bricht und zersplittert.

Lena lässt das Stofftier aus und schlingt die Arme um seinen Hals. »Erzählst du mir die Geschichte fertig?«, flüstert sie in sein Ohr.

»Was? Welche Geschichte?«, fragt er, obwohl er genau weiß, was sie meint.

»Die Geschichte von Lots Weib.«

»Was, jetzt?!«, ruft er aus, leise genug, dass Flora im Wohnzimmer es nicht hört.

»Ja.«

»Na gut. Wo waren wir denn stehen geblieben?«

»Als Gott zu Lots Weib aus einem brennenden Staubsauger gesprochen hat. Kannst du das Licht ausmachen?«

Paul schaltet das Licht im Schlafzimmer aus und beginnt zu erzählen: »Gott sprach also zu Lots Weib und verkündete feierlich: *Ich bin Gott! Gott, der Allmächtige, Alpha und Omega und natürlich auch alle Buchstaben, Sonderzeichen und Leerzeichen dazwischen, Erschaffer von Himmel und Erde, von Tier und Mensch, Leben und Tod und all dem anderen Dingsbums und Schabernack!*«

»Schnickschnack«, korrigiert ihn Lena.

»*Schnickschnack! Ich spreche zu dir aus einem brennenden Staubsauger*, sagt Gott, *um dir dein Schicksal zu verkünden!* Doch Lots Weib ist keineswegs beeindruckt, sondern kreischt: *Himmelherrgott, du fackelst mir hier die ganze Wohnung ab, potz Blödheit! Kannst du dich denn nicht benehmen und einfach nur leuchten statt zu brennen?!* Sprach sie und kam alsbald mit einem Feuerlöscher bewaffnet zurück.«

Lena zieht sich aus und kriecht unter die Decke. »Erzähl weiter!«, bittet sie.

»*Wage ja nicht …*« Irgendwo in der Stadt gibt es eine starke Explosion. Sie ist so ohrenbetäubend laut, dass die Fensterscheiben klirren, und so grell, dass das Schlafzimmer trotz zugezogener Vorhänge für einen Augenblick hell erleuchtet wird.

»Weiter!«, wiederholt Lena. Ihr Gesicht ist schmal und gelb wie Käse, die Wangen eingefallen, die Augen unnatürlich groß. Für eine Sekunde starren sie Paul mit einem beängstigenden Eulenblick an und verschwinden wieder in der Dunkelheit.

»Weiter!« Sie krallt sich an seinem Arm fest.

»*Wage ja nicht, mich zu löschen, du freches Weib!*, schreit Gott. *Es wird dir außerdem nichts bringen*. Doch Lots Weib murmelt: *Das werden wir ja sehen!* und dreht den Feuerlöscher auf. Gottes Feuer geht aus, und ER verwandelt sich in Rauch, der verdächtig nach Schwefel stinkt.«

Die Schlafzimmertür öffnet sich. Paul erkennt Floras Silhouette und deutet ihr, sie solle wieder gehen. So leise, wie sie sie geöffnet hat, zieht Flora die Tür wieder hinter sich zu.

»*Sei nicht albern, hör auf herumzuzicken, sondern hör mir zu*, sagt Gottes Rauch zu Lots Weib: *Ich werde Sodom und Gomorrha vernichten. Nur Lot, du und deine Kinder werden verschont, denn Lot ist in diesen beiden Städten der einzig Gerechte unter lauter Sündern – Heuchlern, Schwerverbrechern, Lüstlingen und sadistischen Zynikern. Bald schon, in den frühen Morgenstunden, wird Lot mit dir und den Kindern aufbrechen, aber niemand von euch darf sich umdrehen und zurückschauen. Wer auf der Flucht ist, darf den Blick nicht zurückwenden, auf dass er nicht auf ewig am Wegesrand erstarre.*«

Auch am Aristoteles-Boulevard wird nun gekämpft, und die Schiffe im Hafen beschießen die Stadt.

»Weiter«, flüstert Lena und greift wieder nach einem ihrer Stofftiere. In der Dunkelheit kann Paul nicht erkennen, nach welchem.

»*Ich kann nicht flüchten*, erklärt Lots Weib. *An der Brücke erwarten mich nächtliche Richter. Sie stehen Wache. Du sollst unsere Träume in dir tragen und sie den Menschen weiterreichen, sagen sie. Du hast eine Aufgabe zu erfüllen. Wohin du auch gehst, wirst du Sodom in deinem Herzen tragen.*«

Nach nur einer Minute ist das Bombardement zu Ende, die Schiffsgeschütze verstummen, eine weitere Minute später hört man nicht einmal mehr Schüsse.

»*Das ist unsere Heimat, wir bleiben hier!*, verkündet Lots Weib. *Ihr werdet sterben!*, erklärt ihr daraufhin der Rauch Gottes verärgert und kriecht ihr ätzend in Nase und Mund. *Mein Zorn kommt über euch! Ihr werdet sterben, und man wird euch für alle Zeiten vergessen. Sogar die Bibel wird euch mit keinem einzigen Wort erwähnen.* Doch Lots Weib lacht und erklärt: *Hör auf zu quatschen! Für die Zeiten, die kommen, für die heiligen Bücher und sonstige Ewigkeiten, hast du doch ohnehin genügend Gläubige vorgesehen, die dich preisen werden, als wärst du für sie Vater, Mutter, Coach, Geliebter, Haustier und Therapeut zugleich. Wozu brauchst du mich? Steck dir deine Salzsäulen sonst wohin!*«

»Papa!«

»*Du wirst uns nicht vernichten, nicht du!*, schreit Lots Weib, öffnet das Fenster, und eine frische Brise weht den Rauch Gottes hinaus. *Die Zerstörung von Sodom und Gomorrha ist hiermit abgesagt!*, verkündet Lots Weib feierlich. *Wir werden leben und machen aus unseren Städten Orte der Liebe und des Friedens.*«

»Papa!«, sagt Lena vorwurfsvoll, doch klingt ihre Stimme plötzlich klar, beinahe lebensfroh. »Was erzählst du denn da für eine Geschichte!«

»Wieso?«, fragt Paul und versucht, so naiv wie möglich zu klingen.

»Ich bin kein Baby mehr«, meint Lena. »Ich glaube längst nicht mehr an den Weihnachtsmann.«

»Aber ich!«, sagt Paul, drückt Lena an seine Brust und beginnt zu weinen.

15

»Papa, es ist Frieden!«

»Wieso soll auf einmal Frieden sein, Schatz? So schnell geht das nicht.«

»Weil wir in der Nacht zurückerobert wurden. Die Regierungstruppen sind wieder da! Es wird nicht mehr gekämpft.«

»Was?« Paul öffnet die Augen und fährt hoch. Wo ist er überhaupt? Ist er doch tatsächlich im Bett seiner Tochter zwischen all den Plüschtieren eingeschlafen! Lena ist in seinen Armen gelegen. Nun aber steht sie angezogen zusammen mit Flora und Eva am Fuß des Bettes. Alle drei machen ernste Mienen und schauen ihn an, als wäre er ein Toter, um den man trauert.

»Wie spät ist es?«, fragt Paul und gähnt.

»Halb zehn«, sagt Flora.

»Schon so spät?«

»Halb neun«, korrigiert Lena ihre Mutter. »Die Sommerzeit ist ja nun wieder abgeschafft.«

Paul steigt aus dem Bett und geht zum Fenster. Seine Glieder schmerzen, der Rücken tut ihm weh, und er hat immer noch die Hose und das Hemd an, die er gestern getragen hat. Der Geruch seiner schmutzigen Socken ist ihm selbst unangenehm. Draußen ist es sonnig: ein wunderschöner Frühlingsmorgen, und die Kriegsschiffe blockieren nicht mehr die Bucht, sondern haben im Hafen angelegt.

»Was macht ihr denn für Gesichter?«, fragt Paul erstaunt. »Ist es nicht gut, dass der Spuk vorbei ist?« Die beiden Frauen und das Mädchen schweigen und senken die Blicke. »Ja, nun erzählt doch: Wie, was, wie konnte das so schnell geschehen, warum? Warum habt ihr mich nicht früher geweckt?«

Am Frühstückstisch – es gibt nur ein paar Scheiben Brot mit Margarine und dazu Ersatzkaffee, doch wenigstens funktioniert die Wasserleitung wieder – erfährt Paul, dass die Ka-Pets-Offensive eine derartige Katastrophe war, dass die gesamte Rebellenarmee innerhalb von Stunden zusammengebrochen ist. Angeblich allerdings war der Gegenschlag der Regierungstruppen wochenlang vorbereitet und mit Hilfe internationaler Militärberater, der Logistik ausländischer Geheimdienste und einiger Superwaffen, die niemand kennt, durchgeführt worden. In den sozialen Netzwerken werde wild spekuliert. Verschwörungstheorien und Behauptungen, auch die wildesten, machen die Runde. Manche sprechen sogar von Reptiloiden, Zionisten und Islamisten, die in der Nacht ihre Finger im Spiel gehabt hätten.

Lena schaltet das Fernsehgerät ein. Dort wird mit großem Pathos von der »Befreiung der Stadt« berichtet und davon, dass »Seine Exzellenz der Staatspräsident morgen in der Stadt erwartet« werde. Der Kampf um die Stadt selbst sei kurz und unblutig gewesen. Der ehemalige Gouverneurspalast sei allerdings völlig zerstört und das Opernhaus ausgebrannt. Alles sei unheimlich schnell gegangen. Dem Banditen, Terrorboss und ehemaligen sogenannten »Generalissimus« Lupowitsch sei jedoch mit einigen Getreuen im allerletzten Moment die Flucht in die Berge gelungen. Für jegliche Hilfe, die unmittelbar zu seiner Ergreifung führe, werde eine Belohnung in Höhe von 250 000 Euro ausgezahlt. Bandenführer, vulgo »Marschall«, Ka sei von seinen eigenen Soldaten gerichtet worden. Der von der Terrorclique in alberner Weise gleichfalls »Marschall« genannte Schwerverbrecher und Massenmörder Pets habe sich das Leben genommen. Nun werde mit den Anhängern der Terroristen abgerechnet. Bedauerlicherweise sei es dabei schon zu einigen Exzessen und Morden gekommen. Für zwei Sekunden wird ein Plakat eingeblendet, auf dem steht: *Erschlagt sie wie tollwütige Hunde!* Selbstjustiz sei aber auf jeden Fall zu vermeiden. Auch »menschlicher Müll«, heißt es, habe das Recht auf eine »fachgerechte Entsorgung«, also auf ein »ordentliches Gerichtsverfahren«. Vandalismus und Plünderungen werde man ebenfalls auf keinen Fall dulden. Bald, sehr bald sogar, könne jedenfalls das Ende der »erweiterten Polizeiaktion« verkündet werden.

Danach werden die Reste des Tiergartens gezeigt: Hier hätten gestern die schwersten Kämpfe stattgefunden. Man sieht Schützengräben, Sandsäcke, beschädigte Panzer, verbogenes Metall, Bombenkrater, Ruinen von Gebäuden, ein ausgebranntes Fahrzeug, aus dem dunkler Rauch aufsteigt, einen Stiefel mit einem blutigen Bein, der aus der Erde ragt, und ein paar noch intakte Käfige. In den Käfigen sitzen Menschen. »Wilde Tiere müssen wie Tiere behandelt werden«, heißt es. Die »Terroristen«, derer man habhaft werden konnte, sowie ihre »Helfer und Helfershelfer« würden bis zu ihrem Prozess, der für den Herbst geplant sei, im Zwinger festgehalten. Die Kamera schwenkt zu den Käfigen, zoomt die darin eingesperrten Menschen heran, und Paul erkennt unter ihnen Feline Kiska und Rosmarie Trussik, die im selben Käfig eingesperrt sind. Feline Kiska ist offensichtlich geschockt, sie kauert weinend in einer Ecke, während Rosmarie Trussik ständig an den Gitterstäben rüttelt, mit den Füßen stampft und ihren Bewachern einen ordinären Fluch nach dem anderen entgegenkreischt.

»Wie lange es wohl dauert, bis die beiden aufeinander losgehen«, sinniert Eva. »Man weiß ja, was passiert, wenn man zwei Katzen in eine Kiste sperrt.«

»Ist ja irre!«, ruft Paul aus, schluckt und beginnt langsam zu verstehen, warum Flora, Eva und Lena so niedergeschlagen sind. Seine Beine drohen einzuknicken, im Bauch zieht sich etwas zusammen. »Mist!«, flüstert er. »Dass mich der Teufel holt!«

In der ganzen Stadt, heißt es, sehe man Menschen, die aus Gefängnissen, Lagern und Verliesen befreit worden seien. Das Fernsehen spielt Aufnahmen aus der Stadt ein. Auf einer von ihnen sieht man ein Zebra, das langsam durch die Stadt spaziert und sich vom allgemeinen Trubel überhaupt nicht beeindrucken lässt. Ein alkoholisiert wirkender Soldat zielt mit einem Revolver auf das Tier, lacht und drückt ab. Die Kamera schwenkt weg. Man sieht nicht, ob er sein Ziel getroffen hat oder nicht.

Es wird berichtet, dass die illegalen Migranten und Flüchtlinge vorerst weiterhin in den Lagern und Gefängnissen, die die Terroristen eingerichtet hätten und die man »befreit« habe, festgehalten würden. Allerdings sei der Status der Insassen von »Gefangene« in »Internierte« geändert worden. Die Wachen seien angewiesen, die Internierten menschenwürdig und respektvoll zu behandeln. Die Asylwerber und illegalen Migranten blieben interniert, bis ihr Status geklärt und eine Rückführung in ihre Ursprungsländer organisiert worden sei.

Eine junge deutsche Journalistin sei aus dem Folterkeller im Hochsicherheitstrakt der Rebellen befreit, aber als offenbar der legitimen Regierung feindlich gegenüberstehende Ausländerin abgeschoben worden. Sie und ihr Assistent, der gleichfalls eingesperrt gewesen war, säßen schon in einem Flugzeug nach Frankfurt am Main.

»Das ging ja schnell«, murmelt Paul und empfindet ein Gefühl des Bedauerns, dass er Wiebke Schlager nun wahrscheinlich nie kennenlernen wird.

»Ja, sehr schnell«, erzählt Flora. »Gegen ein Uhr nachts sind die Regierungstruppen in die Stadt einmarschiert, schon um halb zwei folgten ihnen angeblich drei Divisionen des *Nationalen Sicherheitsdienstes.*«

»Drei Divisionen? Das kommt mir übertrieben viel vor«, meint Eva.

»Gerüchte.«

»Auf Instagram, Twitter, Facebook, Snapchat …«

»Es gibt also wieder Internet!?«

»Seit sieben Uhr morgens.«

»Sechs Uhr, Mama. Sechs!«

»Wenigstens gibt es keine Todesstrafe mehr.«

»Und frau darf wieder abtreiben.«

»Ja, dafür lohnt es sich, Krieg zu führen«, meint Paul bitter.

»Das Schlimmste weißt du noch gar nicht«, sagt Flora, seufzt, klappt ihren Laptop auf, öffnet YouTube, gibt etwas ein. Zuerst möchte Paul nicht hinschauen, doch dann kann er doch nicht anders und sieht sich selbst, sieht, wie Feline Kiska ihn umarmt, auf die Wangen küsst und als leidenschaftlichen Anhänger der Revolution bezeichnet, und dann hört er sich singen. Es klingt noch grauenhafter, als er befürchtet hatte. Trotzdem oder gerade deshalb ist das Video – keine dreizehn Stunden nachdem es hochgeladen wurde – schon mehr als zweihunderttausend Mal angeklickt worden. Unter dem Video stehen 1729 Kommentare. Paul liest die ersten drei, hat sofort den Eindruck, er müsse sich übergeben, und schaut schnell weg.

»Seltsam. Warum haben sie mich noch nicht abgeholt?«, fragt Paul.

Lena beginnt zu weinen.

»Nein, nein, nein«, beschwichtigt Paul und umarmt seine Tochter. »Verzeih! Bitte verzeih. Ich bin ein Esel. Es wird alles gut, alles wird gut.« Sogleich ärgert er sich über diese Sätze, doch sowohl seine Frau als auch seine Mutter reden nun auf Lena ein und behaupten genau dasselbe: dass alles gut werde, dass Paul nichts Schlimmes mehr passieren könne, schließlich sei er *der Pisser*, der von Lupowitsch gedemütigt worden sei – das schütze ihn vor Verfolgung. Er sei ein Opfer. Ein Opfer sei schwach, aber Schwäche biete oftmals auch Schutz.

»Du hast Kotik und Myschka befreit, Papa«, sagt Lena. »Du bist nicht schwach.«

»Ach was«, flüstert Paul. »Das war einfach Glück.« Er zögert einige Augenblicke und sagt: »Aber ich würde mich freuen, wenn du trotzdem stolz auf mich wärst, Lena.«

»Das bin ich doch, Papa! Ich finde es cool, dass du den alten Leuten geholfen hast«, sagt Lena ruhig und irgendwie beiläufig, als wäre es die selbstverständlichste Sache der Welt. Paul aber würde am liebsten Lena in sich hineindrücken, sie so fest umarmen, dass sie voll und ganz zu einem Teil von ihm selbst und er zu einem Teil von ihr wird. Möge nun kommen, was wolle, denkt er. Sollen sie mich doch in einen Käfig sperren und zur Schlachtbank führen. Sie werden mir diesen Augenblick hier und jetzt nicht mehr nehmen können.

»Ich will nicht, dass sie dich mitnehmen«, sagt Lena, und diesmal ist ihre Stimme voller Angst. »Ich will, dass wir immer zusammenbleiben!«

»Ich doch auch, mein Schatz«, flüstert Paul.

»Ach, wie schön!«, bemerkt Eva. »Vater und Tochter! Was für ein Stoff für Traum und Tränen!« Schweigen. »Braucht jemand ein Taschentuch?«, fragt Eva, doch niemand geht auf ihre Bemerkungen ein.

»Ich glaube, ich höre Schritte«, flüstert Lena und schaut den Erwachsenen abwechselnd ängstlich und forschend ins Gesicht.

»Unsinn!«

»Ich höre nichts.«

»Das sind doch nur die Nachbarn, Kleines!«

»Vielleicht haben sie ihn einfach vergessen«, erklärt Flora ihrer Tochter mit übertriebener Fröhlichkeit. »Er ist nicht wichtig. Glaub mir: Sogar das Internet wird ihn bald vergessen!«

»Ich bin nicht wichtig«, bestätigt Paul.

»Völlig unwichtig!«, meint Flora und sagt mit mühsam herausgepresster, scheinbarer Sorglosigkeit: »Wenn sie ihn holen, dann bestimmt nur, um herauszufinden, was er über Lupowitsch und die Terroristen weiß. Er ist ein Zeuge. Nur ein Zeuge!«

Lena lässt sich überzeugen oder tut so, als ob, und stimmt in den allgemeinen Chor ein: »Sie werden nicht kommen! Nein!« Es klingt wie eine Beschwörung. Und genau in diesem Augenblick läutet es an der Tür.

Flora und Eva erstarren.

Paul küsst seine Tochter auf die Stirn. »Hab keine Angst«, sagt er. »Wer immer das auch sein mag: Ich lasse mich nicht mehr unterkriegen. Nie mehr! Und stell dir vor: Ich habe überhaupt keine Lust mehr, mit irgendwem über irgendetwas im Internet zu streiten. Glaub mir, alles wird anders! Für uns alle wird sich alles ändern.«

Die Türglocke läutet – länger, fordernder, wieder und wieder, in immer kürzeren Intervallen. Wie ein Messer, das die Seele in Scheiben schneidet.

»Papa?!«

Jemand läutet und hämmert gegen die Tür und schreit etwas, das vom Wohnzimmer aus nicht zu verstehen ist. Es wird von Sekunde zu Sekunde lauter. Nun hört man, dass es mehrere Stimmen sind. Sie klingen keineswegs freundlich.

»Die Geschichte, die du mir erzählst, ist doch noch lange nicht fertig, nicht wahr?«, fragt Lena.

»Die Geschichte von Lots Weib?«, fragt Paul.

»Ja. Die und die vielen anderen Geschichten, die du mir erzählen wirst.«

»Die wir uns erzählen werden«, sagt Paul.

»Geschichten von Sodom und Gomorrha?«, fragt Lena.

»Sodom und Gomorrha werden nicht untergehen«, sagt Paul. »Wir lassen sie uns nicht wegnehmen – weder von Gott noch von den Menschen!«

Er wischt sich die Tränen aus dem Gesicht, lässt seine Tochter los, gibt Flora und seiner Mutter einen Kuss, geht schnellen Schrittes in den Vorraum und öffnet die Wohnungstür.

Zitatnachweis

S. 8 f.: „Nichts will ich dir sagen“, aus: Tamar Radzyner: *Nichts will ich dir sagen. Gedichte und Chansons.* Verlag der Theodor Kramer Gesellschaft, Wien 2017. S. 155

S. 46 f.: „Man gab mir einen Körper“ von Ossip Mandelstam. Aus dem Russischen von Vladimir Vertlib übersetzt und verändert auf der Grundlage einer Übersetzung von Paul Celan.

S. 129: Inspiriert von Bildern und Motiven aus Nadine Gordimers Roman „Niemand, der mit mir geht“. Berlin Verlag, Berlin 1995

S. 192 f.: „Loths Weib“, aus: Trude Krakauer: *Niewiederland. Gedichte.* Mit einem Nachwort von Siglinde Bolbecher. Verlag der Theodor Kramer Gesellschaft, Wien 2013. S. 34

S. 209: „Schlaflied für dich“ von Selma Meerbaum-Eisinger, aus: *Wände / Walls. Österreichische jüdische Lyriker / Austrian Jewish Poets.* Hrsg. Und übers. von Herbert Kuhner, in Zusammenarbeit mit der Theodor Kramer Gesellschaft. PROverbis e. U., Wien 2015. S. 168

S. 210: „Einsamkeit“, aus: Anna Krommer: *Staub von Städten. Ausgewählte Gedichte.* Verlag der Theodor Kramer Gesellschaft, Wien 1995. S. 33

S. 212: „Tragik“ von Selma Meerbaum-Eisinger, a.a.O., S. 170

S. 212: „Wenn du nachts …“, aus: Anna Krommer, a.a.O. S. 37

S. 275: „Die Anklage“, aus: Tamar Radzyner, a.a.O., S. 18

Die Liedtexte der fiktiven maltesischen Sängerin Emily auf S. 259f. basieren auf folgenden Gedichten von Emily Dickinson: „The Going From a World We Know“, „I Stepped from Plank to Plank“, „There's a certain Slant of Light“ und „I felt a Funeral, in my Brain“.